我先生今天也很努力

Mr. Rong

桃白百 / 著

于是我试着往前跑了两步，
发现你也向我飞奔而来。
于是一直以来所有讨好
所有忐忑所有努力，全都
有了意义。

桃白百

广东旅游出版社
GUANGDONG TRAVEL & TOURISM PRESS
悦读书·悦旅行·悦享人生

中国·广州

图书在版编目（ＣＩＰ）数据

戎先生今天也很努力 / 桃白百著 . —广州：广东
旅游出版社，2023.3
ISBN 978-7-5570-2949-4

Ⅰ.①戎… Ⅱ.①桃… Ⅲ.①长篇小说－中国－当代
Ⅳ.① I247.5

中国国家版本馆 CIP 数据核字 (2023) 第 027957 号

出 版 人：刘志松
责任编辑：陈 吉
责任校对：李瑞苑
责任技编：冼志良

戎先生今天也很努力
RONGXIANSHENG JINTIAN YE HEN NULI

广东旅游出版社出版发行
（广东省广州市荔湾区沙面北街 71 号首、二层）
邮编：510130
电话：020-87347732（总编室） 020-87348887（销售热线）
投稿邮箱：2026542779@qq.com
印刷：长沙鸿发印务实业有限公司
地址：长沙市长沙县黄花镇黄花工业园 3 号鸿发印务
开本：880 毫米 ×1230 毫米 32 开
字数：300 千字
印张：9.5
版次：2023 年 3 月第 1 版
印次：2023 年 3 月第 1 次
定价：49.80 元

我先生今天也很努力
Mr. Kang

目录

第一章

手帕

Mr. Rong

Chapter 1

距离约定好的时间还有十五分钟。

戎逸转头看了看身侧的便利店玻璃墙，在倒影中确认自己发型、服饰统统完美无缺后，做了一个深呼吸。

"别紧张，平常心。"

他在心中默念完，不仅没放松，心跳频率反而变得更不稳定了。

为了缓解情绪，他下意识把两只手放在身前搓了搓。但很快，他意识到这种动作看起来有点老土，万一被突然出现的对方看见了，可能会觉得他傻。

戎逸赶紧放下了手，他又拿出手机看了一眼，距离约好的时间还有十四分钟。所谓度秒如年大概就是这么回事吧。他正在内心感慨，身后突然传来了一个陌生的十分柔和的声音。

"你好，请问……"

戎逸转过头，看到和他开口说话的是一个他从未见过的少年。

"我想坐公交，但是忘带公交卡了……"少年看起来有点窘迫的样子，"能问你借点零钱吗？我现在就可以用微信转账还你。"

少年仰着头，面色微微泛红，看起来有些紧张。

"抱歉，"戎逸笑容尴尬，"我身上也没有现金。"

"哦……这样啊，"少年愣了一下，却没有离开，眼睛转了转又开口问道，"你是在这里等人吗？"

"嗯。"戎逸回答得十分干脆，但对方却没有离开的意思。

他问道："请问还有什么事吗？"

那少年微微皱着眉头，然后小声说道："其实我只是想要你的联系方式。"

戎逸低头看向这个十八九岁的可爱少年——柔和的脸部轮廓，微微带卷的短发，纤细的身材，还有大大的杏仁眼。

"抱歉，"他无奈地摇了摇头，拒绝了对方的要求，"不太方便。"

"哦……这样啊，"少年看起来有些失落又有些尴尬，勉强笑了笑后立刻转过身，"对不起打扰了。"

看着对方快速跑远的背影，戎逸心中难免过意不去。正当他考虑要不要换个更不显眼的地方继续等待时，突然有一只手搭在了他的肩膀上。

戎逸下意识地回头，在看清对方后，刚才稍有缓解的情绪再次翻涌。

"你你你……你来啦！"戎逸不自觉放大了音量。

"那是你朋友吗？"对方用下巴指了指方才那少年离开的方向，"好可爱。"

"怎么突然想到请我吃饭啊？"刘源在桌子的另一头大大咧咧地问道。

"想谢谢你，前阵子那个……"

"哇，你也太客气了，"刘源笑着摆手，"就这么点小忙，又不费事儿。"

戎逸也冲他笑："应该的。"

"你要真想谢我，刚才那个小朋友问路的时候，你就应该替我要一下他的联系方式，"刘源一副可惜的样子，"早知道你不认识我就过去了。"

戎逸不吭声了。

"呃，我说笑的，"刘源见戎逸看起来不怎么高兴，赶紧换个话题，"不过说真的啊，这么一点举手之劳你还特地请我，真有点不好意思。"

一定要说的话，确实只是个小忙。

戎逸这人有些粗心，前阵子去甲方公司时掉了个U盘。等他出了电梯毫无所觉走到大楼门口，被为了追上他从楼梯一路狂奔下来累得气喘吁吁的刘源给拦住了。其实那点数据他公司电脑里都有，也不涉及机密。关键在于，他原本就对这个甲方公司里格外热情又有亲和力的小哥十分欣赏。

这一定是特别的缘分。

他回到公司借机发了一封邮件对刘源表达了感激之情，接着又要到了私人联系方式。

"就当是……熟悉一下吧。"戎逸双手在桌下握成了拳。

刘源还是很状况外的样子："你今天别那么严肃啊，弄得我也跟着紧张起来了。"

"你可不可以回答我一个问题？"戎逸试探道。

"你说说看。"

戎逸小心翼翼地看了他一眼："我们……是朋友吧？"

刘源想了一会儿才反应过来："当、当然，呵呵。"

戎逸身体一僵，他听出了刘源话里的搪塞。

"我以为你是有工作上的事要和我说。"刘源转移话题道。

"我……"戎逸有些郁闷，一时语塞。

看得出来，在此之前，刘源完全没有两个人是朋友的认识，对戎逸的定位也仅仅是"合作公司的一位员工"。

又自作多情了。这个结果对戎逸而言，并不算意外。在他过去的二十六年人生中，他很难交到知心的朋友，即使他内心十分渴望结识新朋友，却因为患有社交心理障碍，在面对他人的时候，会下意识地紧张，总是轻易就搞砸一段关系。而现在经过心理治疗，他终于可以鼓起勇气，主动社交了，却还是经常碰一鼻子灰。当然，造成这种局面也有一部分原因出在他的外形上。

客观来说，他眉目英挺，长得相当英俊，偏偏气场过分强大，与人对视时仿佛罪孽审判者，令人不由得心虚胆寒，下意识拉开距离。

可他骨子里却是一个温和柔软的人，业余最大的爱好便是买菜做饭，如今一出手也是色香味俱全。他一直盼望着有人能看穿他冷酷的外表，了解到他随和的内心，可惜至今他的一手好厨艺也没机会在父母以外的人面前展示。

一顿饭吃得尴尬无比，刘源以为自己得罪了戎逸，全程战战兢兢，饭后还抢着结了账，离开前又郑重表示了歉意，强调自己与他当然是朋友是好哥们，接着光速离开了现场。

谁都听得出这只是场面话。戎逸看着他的背影，满心惆怅。

戎逸走出饭店，站在人来人往的马路边，安静地发呆。不远处有一对热恋中的情侣正在忘情接吻。虽然不太礼貌，但戎逸还是忍不住多看了几眼。

距离那对情侣不远的地方，有个人正在打电话。那人的个子在人群中显得极为高挑，戒逸的视线下意识地停留，心中不由得感叹了一下。

这人看着气场也挺强大的，不知道会不会有同他相似的烦恼。当戒逸慢悠悠地走到路口时，迎面突然冲过来一个人。那人猛地撞开戒逸后头也不回地一路绝尘而去。

戒逸好不容易站稳了身子，接着就看见那人过来的方向有个十岁上下的小姑娘边跑边大喊："小偷！小偷！"

戒逸赶紧回头，看清正在逐渐远去的那个背影后，拔腿便追了过去。

他当年在学校里参加过田径队，是短跑项目的不败王者，毕业后虽疏于锻炼，但底子还在，认真发力后，肉眼可见他与那小偷之间的距离在不断缩短。

眼看就要追上，戒逸伸手想拽住那小偷的胳膊，万万没想到对方狗急跳墙，回身的瞬间猛地挥出一拳。

戒逸因为惯性无法立刻后退，赶紧侧过身体堪堪躲过，但紧接着心里就惊慌起来。

两人看似身高接近，但体格上却有不小的差距。他追得上，但不代表打得过啊。正当他踌躇之际，对方踉跄了几步终于站稳了身子，接着又是一拳往他面上招呼了过来。

没有受过任何格斗训练的戒逸条件反射般地闭眼，然后抬手阻挡，可一阵拳风过后，预料之中的重击迟迟没有降临。他睁开眼，发现那拳头停在了距离他鼻尖不到一寸的地方。

那小偷之所以没有打他，并不是因为良心发现，而是被人制止了。

戒逸身边多了一个人，正背对着他，手牢牢地抓着那小偷的手腕。

"你……"戒逸话音未落，只见那人抓着小偷手腕的手用力一拽，拖得小偷往前趔趄了两步。而那人灵巧闪过，猛地提起膝盖，撞在了小偷的肚子上。

短短几秒，那小偷就被制服在地，动弹不得了。

而此时戒逸还站在原地没回过神来。

那个突然出手的好心人反剪着小偷的手，单膝跪地，把对方制服在地上，回头问道："你还好吧？"他看向戒逸，一脸关切。

戒逸看着面前这个人，他身材高大，看似威严，却又莫名地令人不由自主地对其产生信赖。

这里毕竟是闹市区，警察几分钟之后就赶到了，快得让戒逸悲痛——他还没来得及回答对方的问话呢。

好在当那两位警察询问他们能否抽点时间去局里做个笔录时，那人一口答应了。于是戒逸自然紧随其后，表示义不容辞。

那小偷选择犯事的地点实在不对，最近的派出所跟这里只有一个路口的距离，走路几分钟就能到。

戒逸跟在那人身后，近距离比较了一下，发现对方比自己还高一丁点儿。不仅如此，对方肩膀宽阔，显得十分可靠。

到了所里，戒逸迫不及待地往外掏自己的身份证，才递到一半，就被警察拒绝了。

"不用不用，你们填个单子就可以了。身份证收好吧。"

戒逸无奈，拿着身份证缓缓往回收。站在他身前的那人此刻视线正落在他手上那张卡片上。

"你的名字好特别。"那人把视线从戒逸的身份证上转移到他的脸上，还冲他笑了一下，"很少有人能把身份证的照片拍得这么好看。"

戒逸也笑了笑，但没说话——不是故作姿态，而是紧张过度。

这个人虽气场强大，但笑起来却很柔和，自带风度，令他更为欣赏。

好在对方并不介意他的沉默。

戒逸领了表单，坐下后还主动递了一张给对方。

单子特别简单，戒逸填写得飞快，然后偷偷往隔壁那人的单子上瞥，想看对方的名字，可惜还没看清就被发现了。

那人主动把单子往戒逸的方向移了移。

"我姓陈，"他说，"陈柯尧。真巧，我们好像还是同年出生的。"

戒逸脸上挂着僵硬的微笑，心想：这人的字写得可真好看。

陈柯尧见戒逸一直不吭声，便不再搭话。

案件本身是很简单的，嫌疑人也已被捕，笔录做起来很快。眼看就要离开，却还没要到陈柯尧的联系方式，戒逸不禁感到惋惜，犹豫要不要主动询问。

就在他踌躇之际，已经走到大门口的陈柯尧停下脚步。戒逸顺着他的视线，看到了那个被抢了钱包的小姑娘。

小姑娘晃着腿坐在角落的长椅上，捧着失而复得的钱包，但是看起来有些不知所措。

大厅里仅有的两个警察正在忙碌，应该是一不小心忽视她了。

"小朋友，你的家人呢？"陈柯尧走到她面前，蹲下身子，"你不回家吗？"

小姑娘有些怯生生的："我……我不知道怎么回去。"

她迷路了，原本从辅导班出来，坐门口的公交车就能立刻回家，可到了站台，她伸手掏钱包时，竟发现口袋里还有另一只手。她有些胆小，当下没敢出声，眼睁睁看着那人转身离开于是傻傻地跟了上去，跟了两条马路后越想越不对，这才鼓起勇气边跑边喊。

如今钱包回来了，但她不记得回车站的路了。她想问警察叔叔，可看到他们十分忙碌，便又鼓不起勇气了。好在她焦虑之际，终于有人发现了她的苦恼。

陈柯尧听完，问道："你家住在哪儿？"

小姑娘的胆子是真的小，有些犹豫，但大概认得面前这位是替她捉住坏蛋的大功臣，最终还是从钱包里掏出了卡片，递给他。

"叔叔，你可以送我去车站吗？"小姑娘问。

"不可以。"陈柯尧看着卡片上的地址，摇了摇头，"但如果你叫我'哥哥'，我可以送你回家。"

小姑娘愣了一下，站在不远处的戎逸也愣了。

"都这么晚了，你现在坐公交车回去太危险，你爸妈该着急了。"他说着站了起来，冲那小姑娘伸出手，"走吧，和警察叔叔说再见。"

就这么跟着陌生人走其实并不安全，但陈柯尧实在不像是坏人。小姑娘认真地盯着他的脸看了一会儿后，小心翼翼地把手放进了他的手心里，跳下了凳子。

陈柯尧牵着她，回头看向还傻站在原地的戎逸，笑道："我的车就停在刚才那边的商场地下车库。"

戎逸眨了眨眼，没吭声。

"抱歉，我刚才看了你的地址，"陈柯尧有些尴尬，但还是继续说了下去，"好像顺路。需要我送你一程吗？"

戎逸咽了一口唾沫才说："那真是太感谢了。"

那小姑娘在与陈柯尧稍微熟悉后，立刻变得活泼起来，一大一小两个人聊得热火朝天。戎逸因而被动收集到了一些陈柯尧的信息。

在案发地点的斜对面，有一个少儿武术班，陈柯尧在里面教小朋友防身术。他给了那个叫洛洛的小姑娘一张名片，说如果她有兴趣，也欢迎她报班学习。价格公道，教学内容真材实料，值得信赖。

当洛洛小心翼翼地收好名片后，这个"拐带"未成年人的当事人立刻对她展开了批评教育，说以后可不能随便跟着陌生人走，毕竟坏人也不会把心思写在脸上。

洛洛摇头道："大哥哥是个抓坏蛋的大好人！多亏了你才能抓住那个小偷呢！"

"是多亏坐在你后面的那个哥哥，"陈柯尧说着，看了一眼后视镜，"要不是他追上去把人拦住了，我也抓不住。"

突然被点名，戎逸有些僵硬。

洛洛对戎逸还很陌生，又恢复了之前怯生生的模样，说道："谢谢哥哥。"

戎逸冲她笑："不客气。"

其实戎逸的住处比洛洛家更近，但陈柯尧不小心走岔了路，绕了个弯子，先把洛洛送到了。

等车里只剩下他们俩，戎逸再次陷入紧张状态，心想：要怎么才能自然而然地要到这个人的联系方式呢？情急之下他突然灵光一闪："陈先生，能给我一张你的名片吗？我有个亲戚家的孩子正好对防身术感兴趣。"

"当然好呀。"陈柯尧刚想伸手掏名片，突然又顿住了。

正巧遇上红灯，他干脆转过头来看向戎逸："不如你加我微信吧？有什么要咨询的，直接联系我就行了。"他说话时直视着戎逸的眼睛，还面带微笑，看起来真诚且和善。

戎逸一边从口袋里掏出手机，一边想着，这个人热情正直，又对自己无比友好，若有机会多加接触，一定能和谐相处。

两个人就这么稀里糊涂地加上了好友。五分钟后，车子停在了戎逸住的小区门口。

陈柯尧在他下车后打开车窗，冲他挥了挥手："有需要随时联络。"

戎逸郑重点头，他决定回家以后立刻联络。

不过在联络之前，戎逸先花了点儿时间翻看陈柯尧的朋友圈。

这个人设置的是只展示最近发布的内容，一共也没几条。理应看起来飞快，但戎逸却花了不少时间，因为陈柯尧在其中两条动态里放了自己的照片。

一张是侧面大头照，配的文字是"完了，这位理发小哥根本听不懂什么叫'只剪短一点儿'"。

戎逸想要回复，可是憋了半天也找不出一个句子能让他得体且幽默地表达他觉得这个发型非常帅气。于是最终，他只是安静地存下照片，然后点了一个赞。

另一张令戎逸自惭形秽，是陈柯尧站在健身房的镜子前照的，画面里的他肌肉线条清晰，腹部格子轮廓隔着衣服若隐若现。

空有花架子的戎逸赞叹不已。他捧着手机，点开了和陈柯尧的对话框。

"谢谢你特地送我回家。"删掉。

"今天真是……"删掉。

"我希望能和您……"删掉。

纠结之际，戎逸的手机突然抖了一下。新增了一条消息，可惜不是陈柯尧发的。

"今天真的不好意思，我这个人反应有点慢，又不太会说话，希望你不要介意。如果可以，我们未来也要好好相处。"——刘源。

戎逸茫然了好一会儿，才反应过来他在说什么。

戎逸毫不犹豫地回复道："今天的事，我已经忘了！"

一直到入睡前，戎逸还是没有给陈柯尧顺利发送信息。

他输入文字，又删除，点进陈柯尧的朋友圈，然后再次打字，又删除。重复若干次后，他发现陈柯尧的朋友圈更新了一条内容。

戎逸手一抖，点了一个赞。等他回过神来，和陈柯尧的对话框里冒出了一条新消息——"你好像有东西落在我车上了。"

戎逸在短暂的疑惑后猛地用力拍了一下自己的大腿：他怎么就没想到故意丢点东西在陈柯尧的车上呢？多好的一个借口！不过还好，虽然主观上过于紧张没想起来，但多亏自己是个粗心大意的人。

戎逸紧张地回复道："真是不好意思，我把什么东西掉在你车上了？"

对面很快发来了一个表情包，并发消息："你连自己少了什么都没发现呀？"

这就很尴尬了，戒逸赶紧把全身上下的口袋找了一遍，又特地去检查了自己的外套，思来想去，怀疑落下的是他的手帕。他坐车经常头晕，又担心当众掏出清凉油深呼吸这个动作太老土了，于是习惯在手帕上抹一点，觉得不舒服时就闻一闻。他主动询问后，果然得到了肯定的答复。

本来戒逸的那块手帕也不是什么名牌，还浸满了陈年清凉油，真掉了也就掉了，但陈柯尧却主动问他什么时候方便，说要送手帕过来。

戒逸心想：送就送吧，完事还能找借口请他吃饭，这一来二去，友谊的桥梁也该稳固建立了。

戒逸在微信里郑重表示了感谢，然后与对方约了两天后的下班时间见面。

进展顺利，戒逸心情愉悦。他在屋子里转了转，一回头，在桌上看到了一块叠得方方正正的格子手帕，那是他拥有的唯一一块手帕。他傻愣愣地盯着那块手帕，接着笑出了声，这是不是意味着陈先生也颇为欣赏他，愿意与他结识呢？这对为外表所苦的戒逸而言还是头一遭，值得郑重对待。

时间很快就到了约定好的那天，戒逸提前做好了出门的准备，以至于出门时，他自信爆棚，可到了约见地点，他又开始慌了。

戒逸对着商场玻璃外墙偷偷照镜子，暗自感叹真是英俊潇洒，简直要担心激起陈柯尧同为男性的竞争意识。

"你好？"有一个长发及腰的女孩儿小心翼翼走到他面前仰头看他，"请问……那个……我……"

"请问有什么事吗？"戒逸问。

"可以给我你的联系方式吗？"女孩儿问。

可见自己外表此刻确实还算得体。戒逸摇了摇头："抱歉，我在等人。"

姑娘听后十分识趣，很快离开了。

刚想再拿出手机确认一下时间，冷不防身侧有个人幽幽开口："很受欢迎嘛？"戒逸顿时一惊，手机都差点儿掉地上了。

"小心。"陈柯尧伸手扶了他一下，"对不起，我吓到你了？"

戒逸怪尴尬的："你什么时候到的？"

"几分钟前。"陈柯尧转身指了指背后不远处花坛边的长椅，"看你好像在忙，没好意思上来打招呼。"

戎逸咧了下嘴，胡诌道："问路罢了。"

陈柯尧笑着伸手指了指一旁的商场："我们先找个地方坐下？"

其实那天约的时候，他们只说了还手帕。可既然订在了饭点，当然要一起吃顿饭。

到了餐厅，戎逸才发现陈柯尧已经提前订了位。

戎逸活了二十六年，第一次有人待他如此细心友好，陈柯尧在点餐前认真询问了他的口味，还主动提出了买单。

陈柯尧在吃饭期间总是找话题和戎逸聊天。可惜戎逸实在紧张过度，保持拿筷子的手不打哆嗦已经用尽了全力，生怕自己神志不清乱说话，于是格外安静。

好在陈柯尧也不勉强，话题一转，聊起了自己工作中的趣事。他应该是真的很喜欢那些小朋友，一提起来，连笑容都变温柔了几分，衬得原本有些锋利的五官也变得温和了。

这顿饭的氛围真好，戎逸还是第一次和陌生人相处得如此和谐，心中不禁有几分感动。饭后，陈柯尧又主动提出送他回家，戎逸没有拒绝。

车到了戎逸家小区门口，分别前，戎逸依依不舍。

"今天谢谢你。"他说话的时候低着头，"下次，我……"我请你吧。

"我还担心你会不会觉得我太唐突了，"陈柯尧说，"所以我下次还能这样和你见面，对不对？"

这哪会唐突呢？戎逸心想，你要跟我立刻拜把子也不唐突，我们现在就上楼！

眼见戎逸僵着不吭声，陈柯尧也不再追问，下车替他打开了车门。

"晚安。"陈柯尧对着戎逸说。

戎逸看着他，点了点头："晚安。"

戎逸浑浑噩噩地进了家门，心中涌起了强烈的不真实感。

好奇怪，为什么会突然认识一个和自己相处得如此融洽的人？这太不可思议了。

戎逸还在思考缘由，他的手机突然响了。才与他分别的陈柯尧给他发了条消息："抱歉，我刚想起来，手帕忘记还你了。"

戎逸腹诽着笑出了声：你哪儿来的手帕？手帕还在我桌上呢。

这个陈柯尧，不会是个骗子吧？可自己又有什么能被他骗的呢？

戎逸工作四年，日常大手大脚还要付房租。虽然以同龄人而言收入不低，却始终没什么存款。骗不了钱，总不能骗他去贷，这也太绕弯子了。

至于别的，就更不可能了。

戎逸决心信任他。

因为那块根本不存在的手帕，戎逸迎来了他和陈柯尧的第二次见面。

就像上一次两人全程没有提起手帕一样，这一次也没有人疑惑为什么归还一块手帕要去电影院。

电影院的空气中弥漫着奶油爆米花的香味。

戎逸很熟悉这类味道，为了让自己更平易近人，他买过很多这样气味甜美的香水，今天身上也洒着相似的味道。

出了电影院，戎逸一边走，一边用余光打量身边这个人。

"对了，"陈柯尧开口，"你的手帕，我上次忘记给你了。"

哦，还有这一茬。就算是个借口，完全不提也有点奇怪。

戎逸赶紧摇头："没关系的。"

然而陈柯尧竟然真的把手伸进了口袋里，接着掏出一个小小的纸袋子，递到了他的面前。

还真有手帕？可自己压根就没落下呀，莫不是陈柯尧故意找借口想送他东西？

戎逸期待地接过纸袋子，小心翼翼地打开，然后蒙了——纸袋里真的是一块叠起的手帕，白色的布料上还印着小兔子和许多胡萝卜，十分可爱。

戎逸看着手帕，呆了一下。

"是你的吗？"陈柯尧问。

戎逸无言以对，用脚趾头想也知道，当天坐过他车的两个人中，哪个人更有可能是这块手帕的主人吧？

"我没有洛洛的联系方式，"陈柯尧说，"所以就先问了你。"

这下轮到戎逸尴尬了……这是什么神奇的巧合，洛洛小朋友为什么要那么粗心大意？原来撒了谎的只有他一个人。事到如今，除了硬着头皮承认这就是自己的东西，还有别的路可以走吗？

戎逸沉痛地点了点头："对，这是我的。"

陈柯尧见状，"扑哧"一声笑了。"我一开始还担心会不会是自己弄错了，"他看着戎逸，"毕竟风格看起来和你有点……"不搭。

戎逸太清楚了，他掏出这一块手帕的效果就仿佛教导主任突然在升旗仪式上跳起了钢管舞一般。虽然他骨子里确实还挺喜欢这种可爱小物件，但是因为知道自己不合适，所以他从来没有买过，这时心情难免低落了几分。"那个……"陈柯尧突然开口说道，"对不起，我没有嘲笑你的意思，只是有点高兴。"

"高兴？"戎逸不解。

"我一直想多了解你，"陈柯尧说，"但你一直不太愿意提自己的事情。"

戎逸瞬间觉得有些头晕目眩——原来他也想借此机会认识自己！

"好了，现在手帕也还你了。"陈柯尧看着他，"那……我下次找不到别的借口再来找你了，你还愿意见我吗？"

戎逸深呼吸，脱口而出："你到底有什么目的？"总不能真是个骗子吧？

这话一说出口，他就意识到不太得体，顿时后悔。他小心翼翼地打量陈柯尧，发现对方的表情果然变得尴尬了起来。

"抱歉，"陈柯尧十分僵硬地冲戎逸笑了笑，缓缓向前走去，"我……"

"我"了半天，也没下文。

戎逸生怕两人就此一拍两散，快走两步赶上去，试图补救。

"你想多了解我对不对？"他大声问道。

陈柯尧加快脚步往前走，不回头，也不说话。

戎逸心想：完了，这个人，那么大个子，也太脆弱了吧。

情急之下，戎逸干脆伸出手，一把拉住陈柯尧。

待到对方惊讶地转过头来，戎逸紧张了起来："我……那个……我……我请你吃饭！"

气氛有那么点尴尬。

两个人面对面坐在饭桌边，原本主动开口引导话题的陈柯尧一直没吭声，于是戎逸不得不绞尽脑汁地找话题，试图挽救气氛。

他有点不明白陈柯尧为什么会如此反常。刚才自己确实失言了，但也不至于给那人造成那么严重的打击吧？看来这个人内心还是挺纤细的。

戎逸下定决心努力补救："对不起，我刚才……"他还没说完，就被对方打断了。

"没事，"陈柯尧强行扯起嘴角，"是我的问题，你不用勉强自己。"

戎逸心中突然涌起一种强烈的违和感。

陈柯尧见他皱着眉不吭声，继续说道："你不用内疚，觉得不舒服也是应该的。我……"

戎逸赶紧摇头："没有不舒服！"

陈柯尧看着他。

"我很高兴你约我见面，"戎逸虽然紧张，但还是鼓起勇气说了下去，"如果你愿意，我希望我们以后也可以经常……就是……像这样……"

陈柯尧还是看着他。

"我只是有些不敢相信，"戎逸垂下眼眸，"陈先生你这么优秀，还愿意和我交流……"他说着又偷偷看了对方一眼。

陈柯尧满脸惊讶，嘴角却带着笑意，显得有几分惊喜。

"我本来还担心是自己太唐突了，"他看着戎逸，说得特别认真，"刚才那两句话，应该是我想说的才对。直到现在，我还是觉得有些难以置信。"

走出餐厅，两人走在路边，气氛依旧使人身心愉悦。

戎逸一瞬间感到茫然，自己的心声怎么是用陈柯尧的声音念出来的？他愣了一会儿，才发现真的是对方在说话。

"我今天玩得很开心。"陈柯尧继续说道。

戎逸附和道："我也是。"

回去的路上，他坐在陈柯尧车子的副驾驶座上，满心恍惚。如此优秀的人，居然也和自己有着同样的想法，简直像在做梦。戎逸偷偷伸手拧了一下自己的大腿，腿上传来的痛感很真实。

等车又一次停在小区门口，戎逸主动向对方道谢："谢谢你送我回来，你……"

戎逸话还没说完，陈柯尧兜里的手机响了。他伸手掏出手机，接听电话。虽然他在接听时刻意走开了几步，但四下安静，戎逸还是轻易听到了陈柯尧的那一声"爸"和下一句"你怎么来了"。

挂了电话以后，陈柯尧的脸上写满了遗憾："我得回去了。"

"哦。"戎逸点头道，"晚安，路上小心。"

陈柯尧却没有立刻离开。他笑着看向戎逸，缓缓抬起了自己的手。

戎逸福至心灵，也把手递了过去。

温暖的手掌握在一起，两人相视一笑。

戎逸回到家没多久，兜里的手机就响了。电话是刚和他分别的陈柯尧打来的："我刚才离开得有些突然，你不会生气吧？"

戎逸没想到，他还会特意打电话过来："没有，我不介意。"

放下手机，躺在床上，戎逸有些高兴又有些感慨：不知道那个小偷现在如何了，简直想给他送一面锦旗。

生活得意，戎逸的事业却突然受阻——前阵子，他交给甲方的方案已经顺利通过，进入了具体实施阶段，却不想对方一拍脑袋，突然改变了想法。

第一次当项目负责人的戎逸头痛欲裂。

团队成员怨声载道，他只能硬着头皮主动前去协商，但成果不太理想。甲方公司空降了一个新的负责人，想象力极其丰富，但缺乏逻辑，偏偏又刚愎自用，听不进意见。一个会开完，戎逸满肚子是火。

同样参加了会议的刘源一开始绕着戎逸走，但会议结束后，他见戎逸眉头紧锁，一脸苦大仇深的样子，又主动跑过来安慰了几句。

"别说你，连我都觉得那个家伙离谱。"他趁着没人，对着戎逸小声道，"这一改，不仅你们头痛，我们也得加班，真的很烦。"

"所以你帮不上忙了？"戎逸悲痛地看着他。

"有点难。"刘源说，"你们如果想套他麻袋，我可以帮忙望风。"

戎逸忍不住笑了："真没出息。"

刘源一路送他到电梯口。

途中，戎逸收到一条消息，是陈柯尧问他什么时候下班，要不要一起吃晚饭。

这可真是让人心情复杂，戎逸悲痛地回复："我要加班。"

片刻后，在电梯到达所在楼层之前，他又收到了新消息："我等你。"

站在他身边的刘源忍不住好奇问道："和谁说话呢？一会儿皱眉，一会儿笑的……"

戎逸抬起头，笑得更夸张了。他试图装出一副若无其事的模样："一个朋友。"

刘源面露疑惑："朋友？"

戎逸笑了笑，补充道："刚认识的，挺投缘。"

刘源似乎松了口气，接着他非常豪迈地在戎逸的肩膀上拍了拍："预祝一切顺利！"

不是戎逸的错觉，刘源对待自己的态度似乎有所改变，变得更随和了。

戎逸笑了一下，叹气："那得你们那个领导先滚蛋才行。"

当天戎逸加班到了深夜，最后也没能和陈柯尧一起吃饭，陈柯尧干脆买了晚饭送过来。

同事们见着，纷纷表示羡慕。

可没高兴几天，戎逸就萎靡了，因为他每天忙得连消息都发不了几条，晚上还总是麻烦陈柯尧专程送晚饭过来，多不好意思啊。当陈柯尧表示晚上有课并叮嘱他自己好好吃饭时，戎逸更是悲痛万分。

他在刘源前来了解工作进度时，激情痛骂了一顿害他加班的领导，还表示要把套麻袋这个想法提上日程。

刘源听完以后，十分惊讶："我怎么觉得你像变了一个人似的？我以前一直觉得你挺安静内敛的呢。"

戎逸尴尬地笑笑，那是因为他当时想给刘源留个好印象所以比较矜持，上次吃饭尴尬收场，他自然也就无所顾忌了。

如今他在陈柯尧面前也是十分安静、无比沉稳呢。倒不是故意端着，装模作样，而是他生怕搞砸，便不由自主地高度紧张，这其实挺累的。但眼下连累一下的机会都找不到，戎逸心里很苦。

眼看加班加点也很难赶上进度，戎逸干脆转换方针，每天厚着脸皮往甲方公司跑，忍着怒火，没完没了地找那领导扯皮。

那领导仗着自己甲方的身份颐指气使，戎逸一开始还耐着性子好声好气地对他，最后终于忍无可忍，拍着桌子和他大吵了一架，引来无数围观者。

吵完后自觉太过冲动，戎逸心情沉痛万分，还在担心项目彻底完蛋，会拖累整个团队，可没想到对方居然松口了——虽然其他要求照旧，但多给了两个星期的宽限时间。

戎逸在茫然之余，也有些感慨，觉得这家伙多少有点儿敬酒不吃吃罚酒，而对付这样的人，讲道理不行，只能靠吵架。

带着喜讯回到公司后，戎逸刚想要通知陈柯尧，忽然接到了刘源的电话。

"你完了，"刘源一边说，一边笑得停不下来，"我们领导看上你了。"

戎逸顿时吓得一哆嗦："开玩笑的吧？"

"他觉得你性格不错，能力又强，打算让他外甥向你学习。"刘源用明显幸灾乐祸的语气说，"我估计下次你再过来，他就会主动和你提了，你做好心理准备吧！"

戎逸无语。

"我劝你还是先答应下来。"刘源说，"这人反复无常，万一翻脸，我们所有人都会完蛋。你就当是为了大家，牺牲一下？"

终于有了喘息之机的戎逸迫不及待想和陈柯尧聚一聚。

早上他们有联系过，那时候戎逸并不知道自己能抽出空来，当陈柯尧说自己晚上有课，他还暗自遗憾。如今，他开始窃喜——他还从来没见过陈老师给小朋友上课是什么模样呢？也不知道自己突然出现，陈柯尧会不会感到惊喜？

根据陈柯尧之前告诉他的地址，戎逸很轻易就找到了地方。

才刚进去，前台的工作人员就热情地接待了他。戎逸有些不好意思，模棱两可地说了几句，心知自己是被当成了前来咨询的家长。

工作人员为了招揽客户，表现得十分热情，主动引着他去教室参观。戎逸跟着往里走，见到了不少正在教室外等待的家长。

为了方便家长们参观和旁听，这儿的教室靠近走廊的那一面是全透明玻璃墙。

走到第一间教室时，虽然老师并不是陈柯尧，但戎逸往里一看，还是有点儿挪不动脚——教室里面，一群走起路来还摇摇晃晃的小娃娃跟着老师，喊着"嘿嘿哈哈"，一本正经地踢着腿，实在令人忍俊不禁。

"这是幼年班。"工作人员见状，主动给他介绍，"先生，你的孩子今年多大啦？"

戎逸为了掩饰尴尬，轻轻咳嗽了一声，问道："请问，陈柯尧老师的班级在哪儿？"

"啊，"工作人员顿了一下，"陈老师的课已经排满了。不过你想参观的话，从这条走廊走到底，再拐个弯就到了。"

陈柯尧所在的教室外的家长格外多，戎逸走近时，发现根本找不到一个视野良好的参观位。得亏他个子高，站在后面也不怕视线被阻碍。

教室里的陈柯尧正背着身给学生们做示范，他身上穿着的应该是辅导班统一的制服，背后还印着标志，有点傻。但那制服穿在他的身上，被那挺拔的身板一衬，竟然显得很帅气。

原本戎逸就对拳打脚踢之类的东西兴趣不大，自然也看不懂，只觉得陈柯尧那一套动作做得干净利落又充满气势，抬手出拳的瞬间令人心惊又折服。

示范完毕，刚才还一身凌厉之气的陈老师弯下腰来看着小朋友们，笑得十分温柔："大家看清楚了没有呀？"

戎逸倒是很想再多看几次，可惜里面的小朋友们整齐划一地拖着长调子，答道："看清楚了！"

小朋友们开始认真练习，教室外的家长们三三两两站在一起，聊得热火朝天。

戎逸听到了不少关于陈老师的讨论。

在有人表示"陈老师对学生温柔是好事，但他不凶，小朋友会不会不肯认真学"时，戎逸本想加入对话，教室里的陈老师本人恰好回身往外看了一眼。

戎逸抿着唇角，隔着玻璃望着他。陈柯尧愣了一下，接着低下头笑了起来。

"你这个骗子，"陈柯尧终于换上便服出来了，看着戎逸直摇头，"还说加班。"

"突然就有空了。"戎逸嘿嘿笑着，"陈老师好受欢迎啊。"

不只家长喜欢他，学生也喜欢他。下了课后，还有不少小朋友特地跑去和他道别，语气、神态很是亲昵。

被小孩子喜欢的肯定是个好人，戎逸对他愈发信赖。

"那你也要来上课吗？"陈柯尧笑着看他。

戎逸默默低下了头："我超龄啦。"

两个人往停车场走，下了电梯后陈柯尧停下了脚步。他说话的时候并不看戎逸："现在不算太晚，好像还够我们找个地方坐坐？"

戎逸点头。

"但你累了好多天了。"陈柯尧又说。

"现在好多了，"戎逸说，"看陈老师给小朋友上课能治愈心灵。"他说的是实话，这一刻，戎逸觉得这段时间以来的所有烦躁、郁闷都消失了，不累了，心情也变好了。

陈柯尧笑了笑，又走了两步，却突然停了下来。

戎逸有些茫然地问："陈先生？"

陈柯尧一瞬间笑出了声。

"陈先生？"他边笑边摇头，"有必要那么生疏吗？"

那叫什么好呢？戎逸正认真思考着，陈柯尧却微微蹙起了眉头。

"你有没有闻到什么奇怪的味道？"他问戎逸。

戎逸茫然地摇头。

陈柯尧摸了摸鼻子，大步向前迈去："先上车吧。"

他表现得很不自然，戎逸不明所以，也跟了上去。

陈柯尧的车就停在不远处。两人先后落座，关上了车门。

身处密闭空间，陈柯尧摸着钥匙，表情变得愈发古怪，不只眉头，几乎整张脸都皱了起来。

"怎么车里也有，还越来越浓了？"他嘀咕。

"你在说什么味道？"戎逸抽着鼻子在空气中嗅了嗅，"我怎么完全没闻到？"

陈柯尧一脸苦哈哈："怎么会呢，很明显啊，闻着怪恶心的。"

戎逸疑惑了会儿，忽然笑了。他把自己的手递了过去，手腕冲着陈柯尧的鼻子："闻一下这个缓缓？"

他今天换了新的香水。

不同于以往的甜美，是十分高雅端庄的味道，带着几分凛冽感。戎逸过去一直想要尝试，却担心会令自己显得更不好亲近，故而从未使用过。

这还是他第一次鼓起勇气喷上。

这味道带着几分清新，想来能为怪味所苦的陈柯尧缓解一下。

却不料陈柯尧在浅浅吸了口气后脸色大变，猛地转身打开车门，一路跑到停车场的角落，扶着墙壁弯下了腰。

留在车里的戎逸茫然万分，迟疑了片刻，也下车跟了过去。走近后，他才发现陈柯尧居然在干呕。

戎逸目瞪口呆："你怎么了？"

难不成陈柯尧口中那股奇怪又恶心的味道指的就是他新换上的香水味？他低下头嗅了嗅自己的手腕。

香气优雅清淡，十分宜人，没有任何问题。

陈柯尧可能是没吃晚饭，干呕了半天也没吐出什么来，但看起来确实挺难受的。

片刻后，陈柯尧在重新站直了身体后用力抹了一把嘴，看向戎逸，一开口，语调满是抱怨："你干吗，故意投毒吗？"

戎逸满头问号，看着对方明显带着嫌弃的表情和语气，心中涌起几分委屈："你鼻子是不是有点问题？"

"你到底往身上倒了什么玩意儿啊？"陈柯尧问。

"香水啊，"戎逸耐着性子解释，"这款香评价很好，没听说过有人是……是你这种反应的。"

陈柯尧捂着嘴："香水没问题，那难不成是你身上的味道？"

这就有点人身攻击了。

戎逸本身没什么体味，平日卫生习惯良好，擦香水时也会注意味道不可过于浓烈引人反感，从小到大从未被人抨击过身体气味。

"会不会是你搞错了？"他不甘心地上前一步，"你再闻闻，真的是我身上的味道吗？"

陈柯尧赶忙后退半步，脸色惨白，再次扶墙呕吐。

戎逸无语了，他平生因为气场吓退无数人，这还是第一回把人给熏吐了。

"你前几天还……还夸我香水品味好呢……"他嘀咕。

依旧吐不出任何东西的陈柯尧干脆蹲下了身子。

戎逸隐约听见他骂了一句脏话。

"你别靠我太近，我闻到又要吐了。"他说完，还抬头看了戎逸一眼，那表情简直一言难尽。

这言行实在有些失礼，戎逸逐渐不悦："你这人是不是有什么疾病？我身上要是有怪味你前些天怎么没反应？我刚才见过那么多人别人怎么都是好好的？"

陈柯尧捂着嘴："你先后退一点再说………"

戎逸气得差点就抬脚踹过去了，但他在关键时刻想起了对方身手非凡，万一对方恼羞成怒，对他大打出手，那可就完了。

可这口气憋得实在太难受了。他在愤怒中从口袋里摸出了一个小小的玻璃瓶。那里面装着的，便是此刻他身上所喷的香水。他这些天特地带在身上，来之前喷上时心里也是美滋滋的。

他在愤怒中抬起手，把瓶子狠狠地朝陈柯尧头上砸了过去。

陈柯尧的反应是真的快，即便吐得半死，依旧动作敏捷，一个侧身躲了过去。

瓶子砸在地上，当场碎裂，里面的液体流了出来，又挥发到空气中。很快，附近的空气都弥漫着香水的味道。

陈柯尧却没有太大反应。

"怎么不吐了？"戎逸冷着脸问。

"不是这个味道，"陈柯尧说着，又把视线投到了戎逸方才递过来的手腕上，"有点接近，但不一样，是……"

言下之意，难闻的不是香水，而是戎逸本身了。

戎逸愤怒："我看你是有病！不是鼻子就是脑子！"

陈柯尧也有点来火："你怎么骂人？你还好意思骂人？"

戎逸气得口不择言："就算真的不喜欢这个味道你至于吐吗？你还有没有一点做人的基本素质？"

"你在搞笑吗？"陈柯尧干笑，"和素质有什么关系？我不跑出来吐难道喷你脸上？"

"正常人闻到香水会生理反应大到当场呕吐？"戎逸大声反击，"我看你还是快去治病吧！"

陈柯尧看了一眼地上的碎瓶子："这香水味道虽然怪，但也不至于想吐。所以分明就是……"

"胡说!"戎逸打断他,"血口喷人!我身上要是有味道你前些天怎么好好的?"

陈柯尧嘀咕:"谁知道你……"

他还没说完便被愤怒的戎逸打断了:"闭嘴吧你!"

戎逸说完,也不等陈柯尧回话,立刻转身往出口走去:"算我倒霉,就当没认识过吧。"

"是,我运气好,"陈柯尧的声音从背后传来,"我多幸运啊能被生化武器熏到吐。"

戎逸气结,但偏偏又知道自己打不过,胸闷得要死。于是他干脆大步走到陈柯尧的车边,对着敞开的车门狠狠地踹了一脚。

"嘭"的一声闷响,车门上留下了一个明显的坑,与此同时,刺耳的警报声炸开了。

"你有病啊!"陈柯尧在他背后大声怒骂。

戎逸回头指着他大喊:"你没资格这么说我!"

那一脚踹得太用力,等戎逸离开停车场,坐上了出租车,前脚掌依旧隐隐作痛。但生理上的不适与他心中的愤怒比起来,简直不值一提。其实也不单是愤怒,还有许多委屈和莫名其妙,总之,他现在的心情太复杂了。他真是倒了八辈子霉,才会遇到陈柯尧这种人。

过去虽然总被人刻意疏远,可还从来没有人当面对他表现出如此强烈的反感。

陈柯尧什么毛病啊,相处了那么久突然嫌弃他身上味道古怪,还吐成那样,简直是在羞辱他的人格。明明自己什么也没有做错,却要遭受这等侮辱,实在太过分了。自己临走时在车门上踹的那一脚还是太轻了,根本难解他心头之恨。

戎逸打开车窗,觉得胃部有些难受,可惜以前装在口袋里的擦过清凉油的手帕并不在身上。这一切,也都是浑蛋陈柯尧的错。

戎逸愤怒地磨牙,顺便诅咒他孤独一生。

第二章

合租

Mr. Rong

戎逸失眠了一整夜，辗转反侧，一闭上眼，脑子里都是他和陈柯尧在停车场的那段对话。如今回忆起来，除了愤怒和不甘心，还有强烈的懊恼。

自己情绪激动时，连骂人都毫无杀伤力，那样的场合，他明明可以选择更好的攻击方式。如果重来一次，他肯定可以骂得陈柯尧狗血淋头。不，如果重来，还是回到初遇的那一天吧，在陈柯尧问他要不要搭便车的时候，他就应该对着陈柯尧翻个白眼，然后说"你给我滚远一点"。

戎逸就这么在床上翻了一百八十遍身，意识才刚刚模糊，天就亮了。

他强撑着意志力爬下床，突然又发现一件特别悲催的事——他的身份证不见了。

戎逸平日习惯把身份证带在身上。昨日情绪起伏激烈，中间发生的许多细节在记忆中已经模糊不清，也不知究竟掉在了哪儿。万一是在陈柯尧的车上，那可就尴尬了。

将心比心，戎逸觉得如果是自己捡到了陈柯尧的身份证，肯定会毫不犹豫地掰断身份证，然后丢进垃圾桶。

昨天在回家的路上，他已经拉黑了陈柯尧的所有联系方式，事到如今，他只能抽时间去补办身份证了。

戎逸黑着脸来到公司，发现整间办公室洋溢着轻松愉快的气氛——托他的福，项目组争取到了一丝喘息之机，昨天大家也久违地准时下班了。对比前阵子的争分夺秒，气氛自然是缓和了许多。

只有戒逸是个例外——大家沉痛的时候，他仗着有人送饭得意不已；如今别人都心情舒畅，他却只剩下半口气。

"怎么啦，黑眼圈那么重？"办公室里的同事小张见到他后，露出了笑容，"昨天晚上干什么去了呀？"

戒逸皮笑肉不笑，没吭声。

戒逸昨天临走时，还特地和小张打了招呼，一脸得意的表情，万万没想到却是给自己挖了个大坑。

小张和戒逸差不多年纪，刚进组时看到戒逸还会紧张，如今已经彻底把戒逸当成了男闺蜜。她对着戒逸左看右看，上看下看，摇着头不断发出"啧啧啧"的声音："看这样子，你昨天是没好好休息吧？"

"是啊。"戒逸面无表情，"昨天晚上，我朋友被车撞死了，我忙着给他送终。"

小张沉默了。

戒逸伸手在她的办公桌上敲了两下："时间还是紧张的，赶紧开工吧。"

小张虽然好奇，但戒逸毕竟还是她的领导，见他一脸阴沉，终究还是没敢追问。

可哪壶不开提哪壶的人真的特别多——中午，戒逸去门口取外卖，遇上前台妹子，对方笑嘻嘻地问他今天怎么没人送饭。

"那个大帅哥呢？"她问。

戒逸胸闷。

"怎么啦？"那妹子察觉到气氛有异，"他……"

"他已经火化了。"戒逸说。

戒逸说完黑着脸，提着盒饭走回办公室，留下那妹子站在原地，愣是没敢继续问。

很快，公司的人都知道了戒先生今天心情不好。

原本戒逸就气场强大，如今板起脸来，更是让人看着就心慌，自然不会有人再故意跑去找不痛快，可偏偏他还要和别的公司的人打交道——

刘源给他打电话时，语气特别欢快："戒逸啊，我们领导让你什么时候有空了就过来一下。"

他边说边笑："你可得做好准备啊，领导肯定要和你提他侄子的事。要不要我先去帮你打听打听？"

戒逸回答得特别干脆："不用。"

"也是，"刘源说，"反正你也就是去应付一下。"

两天后，戒逸带着一部分工作进展报告，再次来到甲方公司开会。散会后，那个负责人大叔果然特地叫住了他。

大叔招呼他去了自己的办公室，还关上了门。"小戒啊，"大叔努力做出一副和蔼的表情，"我想介绍一个人给你认识，你不介意吧？"

戒逸在心中翻了个白眼，但碍于整个团队都要看这人的脸色，为了不连累手下，他暂时只能耐着性子憋出笑容，点了点头。

"你们年轻人互相认识一下，多交点朋友总是好的。"领导问，"小戒你今年多大啦？"

戒逸深吸一口气，保持微笑："我今年二十六岁了。"

"不错，年轻有为，"大叔边听边点头，接着终于抛出了正题，"我有个外甥，比你小几岁，大学刚毕业，非常优秀，但缺乏社会经验。我想让他向你学习学习，你不介意吧？"

戒逸哪有拒绝的余地呢？他觉得自己真的惨透了，本职工作已经够磨人了，居然还要进行这种另类加班。

大叔自作主张为两位小伙约了周日见面，那本是戒逸打算去补办身份证的日子。

戒逸不得已只能在工作日请了半天假来办这些私事。

坐在派出所大厅，他不由得想起了不久前与陈柯尧初遇时的场景。回家的路上，又看到了和陈柯尧同款型号的车。

到了家，桌上摆着那块曾以为掉落在陈柯尧车上的手帕。

无数的记忆碎片，轻易就被激活，可是当初的快乐都化作了懊恼与烦闷。

俗话说，日久见人心。只怪自己看起来太强势难以接近，日常被敬而远之，这才会对突然示好的人全无防备，投入太多信任。如今细想，他们这段时间的相处，本身就显得极不靠谱。

要是自己能长得更亲和友善一些，更会与人交流一些就好了。

戒逸站在电影院的小卖部旁，看向不远处一个穿着浅色外套正低着头拨打电话的男孩。

为什么自己不能像他那样呢？一头柔软乖顺的卷发，五官线条柔和，看起来可爱又讨喜，会让人不由得心生亲近之意。

戎逸正这么想着，他兜里的手机突然振动了起来。接通后，视线里的那个男孩开口说话的时机和耳机里声音响起的时机完美重合。

"您好，是戎先生吗？我到了，请问你现在在哪里？"

"你背后。"戎逸说完，那男孩立刻转过身来，紧接着睁大了眼睛。

对视之后，戎逸对他笑了笑。

戎逸今天看起来十分邋遢，而且他有一阵没去修剪发型了，穿着也十分随意，与往日用心的着装不同。

不知为何，对方看向他的眼神却明显带着惊喜。

"戎先生，你好。"这个有着一双杏仁眼，看起来十分可爱的少年快步跑到了他的面前，"我之前有向你自我介绍过吧？我姓周，叫周砾。"

戎逸微笑道："你好。"

他心里其实有点儿惊讶，毕竟那个大叔其貌不扬，让人难免对他亲戚的外形条件也产生质疑，但面前这个少年长得十分标致，而且年纪似乎也比描述中更小一些。

他心中感慨着，对方则一直看着他，没挪开过视线。

"那个……戎先生，"周砾的表情似笑非笑，"我觉得我们好像在哪里见过。"

在来之前，戎逸设想过很多种方案——最优选自然是让对方主动远离自己。外形的邋遢做得太夸张了反而令人起疑，要故意在举止上引人反感则需要一些演技。戎逸脸皮薄，放不开，实在是做不到举止傲慢、粗鲁无礼，还侃侃而谈、疯狂自吹自擂。要是他一紧张不只会结巴，还会脸红，那可就尴尬了，所以，他打算走更朴素的路线，先探探对方口风。若周砾也是被舅舅逼来的，那就很好收场了。若对方过分热情，真的想要从他身上学到点什么，那就只能装傻冷处理了。

可眼见周砾态度热情，戎逸故意选择了最冷漠的应答方式："没有吧？你应该记错了。"

"不可能，"周砾笑着看他，"戎先生你气质出众，谁见了都会留下深刻印象的。你让我想想……"

"先去换票吧。"戎逸打断他，"快开场了。"

第一次见面，电影院并不是什么好选择，两个人坐在一起对着银幕，又不方便开口说话，并不利于沟通了解。但是戎逸选这儿，正是为了避免两个人正面接触。毕竟他压根不知道要怎么和这位刚认识的年轻人交流，更不知道怎么教导这位年轻人。

片子是周砾选的，是一部特别枯燥无聊的文艺电影。镜头拍得倒是很美，各种风月无涯的风景长镜头下，演员说着寥寥几句台词，特别催眠，看得戎逸直打哈欠。

戎逸偷偷观察，发现身边的周砾也正在十分夸张地打哈欠，一双大眼睛在银幕光的映照下显得尤为水润，很可爱，像一个让人忍不住伸出手摸摸头的小弟弟。

明明他也不喜欢这类影片，为什么还要选择看这部电影呢？戎逸的这个疑惑，在五分钟后得到了解答。

"我本来也不愿意来，"周砾低着头边走边说，"所以挑了一部最没有意思的影片，对不起。"

戎逸认为有点尴尬，在他假装要上厕所，猫着腰离开放映厅后，这个哈欠连连的少年也跟了过来，然后主动开口问他还想不想看，要不要换个地方。

戎逸觉得现在是一个告诉对方自己也只是想走个过场的好时机。

可惜他还没开口，周砾突然叹了一口气。

"戎先生，你真的一点也不记得呀？"周砾抬头看了一眼戎逸，"我们真的见过——上个月，就在距离这里不到十分钟路程的那个商场楼下，我问你要联系方式，你不肯给我。"

戎逸回忆了一会儿，隐约有些印象，可又不太确定。

周砾摊手："没想起来就算啦。"

"抱歉，我……"

"我舅舅以前净给我介绍一些奇奇怪怪的人认识。"周砾继续说道，"今天看到你的时候，我还是第一次想要感谢他呢。"

"这……"戎逸愈发不知所措。

周砾看着他："你其实不想来的，对吗？"

从周砾的眼睛里，戎逸读出了一丝隐约的崇拜感。这对戎逸而言并不陌生，他的外表在让人敬而远之的同时，也时常带来这样的副作用。

戎逸对周砾本身并无任何反感，于是他再三斟酌，他决定还是说实话。

"你舅舅好像对我有点误会。"戎逸艰难地开口，"其实我这个人也就那样……"

周砾愣了一下，皱着眉看着他，没吭声。

"是真的。"戎逸诚恳地说道。

戎逸继续道："你舅舅欣赏我，是因为我那天心情不好跟他吵了一架。这根本不是什么值得学习的事情，对吧？"

周砾表情微妙，许久后才开口："你为了拒绝我，连这种话都编出来了？"

戎逸哭笑不得。那之后，他又和周砾掰扯了至少半个小时。

周砾明明已经大学毕业了，却长着一张娃娃脸，外表看起来像个十七八岁的大男孩，很容易激起别人身为年长者的自觉，下意识地就对他产生包容意识。

他说，那天是他人生中第一次搭讪，失败以后始终耿耿于怀。而刚才在电影院里见到戎逸时，他甚至以为是上天的旨意，可惜很快就察觉到了戎逸对本次见面强烈的敷衍。但就算这样，能有这次机会，他还是不想轻易放弃，想和对方成为朋友。

到最后，周砾说："我真的想和你交朋友，这也不行吗？"

戎逸一时间也找不到合适的理由拒绝，万一周砾郁闷之下，回去说些难听话，甲方领导听了之后对他公报私仇，那可就惨了。

于是，无奈之下，两人交换了微信，各自回家。

电影没看完，之后也没一起吃饭，到家后，戎逸发现比预计中早上不少。他一心想着赶紧离开，等进了家门躺在床上，才发现肚子有些饿。

晚饭时间叫外卖，速度太慢，于是他在柜子里找了一包泡面，开火烧水，打算煮面。

戎逸很会做菜，可惜日常工作忙碌，大多数时候回到家已经很晚了，基本上不是在便利店随便对付，就是叫外卖，偶尔吃个泡面也算是换换口味。

周末他倒是有时间做饭，但终归只有自己一个人，提不起太大兴致。

要是能有个人和他搭伙，每天一起吃饭就好了。

戎逸站在灶台前胡思乱想，房间里突然响起了电话铃声。

戎逸赶紧跑去，拿起手机就发现是个推销电话。他把推销电话的号码拉黑后，手机显示有一条新的未读信息。

发信人是周砾。

戎逸点开一看，周砾发来了一个扶着额头哭笑不得的表情包——原来你真的和我舅舅拍桌子吵架了呀……

戎逸回复了一个傻笑着擦汗的表情包。

周砾很快发来一个语音通话邀请。接通后，戎逸听到了他有气无力的声音。

"我都笑出声了……"他说，"我舅也是个奇葩，脑回路非同一般，说那证明你有魄力。"

"他还挺有眼光。"戎逸故意厚着脸皮同他打趣。

周砾笑了起来："但这好像并不值得我学习啊！"

"我早就说了呀，"戎逸说，"我真的不是你'脑补'的那种精英人士。"

"可你看起来特别像！"周砾说，"一眼看过去浑身都是范儿，我老羡慕了。"

"你也挺好的呀，"戎逸安慰他，"我也羡慕你呢，你人缘肯定很不错吧？"

"也就那样吧，"周砾叹了口气，"总是被小瞧。"

从某个角度来说，周砾很像是戎逸的对立面——他长着一双大大的杏仁眼，头发微微带卷，像个漂亮娃娃。当初在学校里的时候倒还好说，如今他开始工作，处处受到轻视。许多人并非恶意，但有些所谓的"照顾"，对性格要强的周砾而言，让他的心里并不舒坦。

"我觉得自己工作能力挺强的，可总是被当成小孩子……"他对着戎逸抱怨，"不只工作上，家里也是。我舅舅说要给我介绍一个学习榜样的时候我觉得离谱透了，没想到……唉，回过头来看，这件事确实还是很离谱！"

戎逸听着倒不生气。毕竟这意味着，这一关已经顺利通过。而且，他好像还因此交上了一个挺有趣的朋友。

两人各有各的苦恼，戎逸也跟着抱怨了几句。

和周砾相反的是，戎逸本身并不是一个事业心特别重的人，有点随遇而安，比起在事业上奋斗更愿意把时间花在修身养性和美食娱乐上。可偏偏他外表唬人，年纪轻轻便被委以重任。虽说志不在此，但他很有责任心，能力也不差，工作几年便顺利当上了项目负责人，同时也失去了更多的业余时间，个人生活不断被挤压，与为数不多的友人间走动也变得稀疏了。

两个人互相安慰了一番，虽然性格、喜好差别甚远，却很是投缘。

唉声叹气了好一阵的周砾聊着聊着，突然像是想到了什么。"对了，"他说，"有个忙你得帮我？"

"说说看。"

"要是我舅舅问起来，你可得多夸夸我。"周砾说。

"怎么夸？"

"喀喀，"周砾清了清嗓子，"就说，接触以后觉得我这个人比看起来成熟得多，很有自己的想法，非常靠谱，而且……"

戎逸笑出了声。

"别笑啊，"周砾喊，"作为回报，我可以请你吃饭！太贵的不行，我现在穷。"

听到"吃饭"，戎逸猛一个激灵。

伴随着空气中飘来的隐约气味，戎逸拿着聊得发烫的电话，终于想起来自己在一个多小时前煮了一锅面，可这时一切都迟了。

他在一片焦煳味中冲去厨房，只见火光冲天，锅子已经完全看不出原形，灶台旁的厨房纸熊熊燃烧，一边的橡胶煤气管眼看就要彻底融化。

戎逸蒙了，下一秒，抽油烟机的积油盒子就在他的视线中脱落，"扑通"一声落在那团火焰里。

戎逸在惊吓中猛然清醒，鼓起勇气憋着气冲过去关掉了煤气总阀后，立刻拎着手机逃出家门，也来不及同周砾多做交代，便切断了通话，拨打了119。

他跑到楼下仰起头，发现厨房窗户正浓烟阵阵。看着家中一片火海，戎逸的心凉透了。

小区楼下已经聚集了不少人，议论纷纷。戎逸在人群中，还看到了住在他家楼上的一对老夫妻，看着焦虑万分。

他心中惭愧，刚想过去道歉，安抚一下他们，消防车到了。消防员用高压水枪一通招呼，很快火光便彻底消失了，只留下一个黑洞洞的窗口。

戒逸仰着头发呆，接着就看见住在附近的房东大婶惊慌失措地冲了过来，冲着他大呼小叫。

厨房被烧掉了一大半，走廊墙壁也被熏黑了，全屋的地板都泡水里了。一贯和蔼的房东大婶气得发抖，要戒逸给个交代。

戒逸没法交代，他觉得自己差不多快要交待在这儿了。

赔偿肯定少不了，除此之外，他如今好像要无家可归了。虽说房子是租的，但他住了几年，还是有些感情的。

房东大婶是个好人，这几年没有涨过租金，就图他交房租及时不拖沓，而且卫生习惯良好。但眼下，大婶翻脸了。

戒逸收拾了一些东西，悲痛地找了一家环境极差但不用查看身份证的小旅馆。他刚安置好，就收到了中介公司发来的消息，说是受房东委托，将对房屋受损情况进行评估，一周后会与他商议具体赔偿金额。

戒逸查了一下自己的银行存款，心如死灰。

所谓天有不测风云，就是这么一回事吧。他现在只希望自己经历这一连串悲剧后已经到了人生最低谷，接下来能否极泰来。

总是住旅馆也不是长久之计，当务之急是赶紧找到新的住处。也不知是不是真的开始转运，第二天他在朋友圈里发了一条寻求合适房源的信息，立刻就接到了刘源的电话。

"真是巧了，我有个朋友前几天还在找租客。"刘源说，"他挺急的，开价很低，你要不要去看看？"

刘源发来的地址距离戒逸原本的住处有一段距离，但离戒逸工作的公司不远，还有直达的公交车，位置也不偏僻。戒逸对比报价，发现确实物超所值，这对如今穷困且居无定所的他而言，简直是一个天大的喜讯。

"他没什么要求，就希望租客的卫生习惯好一些，平时互不打扰，然后能尽快搬进去。"刘源和他介绍，"他想要把空房间租出去，好像是因为他受不了他爸三天两头跑去住。对了，你会做饭吗？"

"我会，"戒逸说道，"需要搭伙吗？"

"那就更好了。他挺好说话的，而且本来也不缺钱，你要是能帮忙做饭，他估计还能给你便宜一点儿。"

戎逸特别急，下午干脆请了半天假。

他到了那里，带他看房的是中介公司的员工。

中介小哥一边介绍，一边闲聊了几句。听了戎逸的遭遇后，中介小哥十分同情，立刻给房东打了电话，添油加醋地形容了一遍戎逸的悲惨境遇，又对他进行了一番夸赞。

戎逸站在一旁，听到中介小哥对着电话说"这小伙看着干净又舒服，还特别懂礼貌，一看就好相处，你就放心吧。而且人家太惨了，不赶紧找到地方住的话，可能就得流落街头了，你要不还是抽空回来一趟，赶紧把合同签了吧"。

戎逸觉得有些尴尬，于是独自在屋子里观察了一圈。虽然是合租房，但整套房子的装修风格简洁大方，留给他的那间房间空间不小，家具看着很新，他越看越满意。

等他再次从房间里出去，只见那中介小哥站在屋子角落里，正对着手机说道："我说的都是真的，绝对没有骗你，而且长得也很帅。"

戎逸在他身后轻轻咳嗽了一声。

对方挺直背脊："好，我知道了，我现在就带他回公司等你过来。"

等跟着中介小哥到了中介公司，戎逸突然意识到一个十分严重的问题——他没有身份证。

眼看着合同就要签不成，那个传说中的房东终于出现了。

"这位就是陈先生。"一直陪同戎逸的中介小哥热情地为两人介绍，"这位是戎先生。你们彼此还有什么问题，可以现在提一下，至于这个身份证的问题，其实也不急……你们怎么了？"

戎逸也想问，这到底是怎么了？

他愣愣地看着面前的陈柯尧，觉得整个世界都在和他开玩笑。

陈柯尧的表情也是十分精彩，先是一脸惊讶，接着又皱起眉头。半晌后，他见戎逸依旧一副难以置信的模样，才终于清了清嗓子，主动开口问道："你家被烧了？"

真是狗嘴里吐不出象牙。

一股无名火猛地朝戎逸脑门上蹿，当下提起行李就想往外走。

那中介小哥一脸莫名其妙："戎先生你怎么了？你去哪儿？"

"我不租了。"谁要和这个人一起住？他情愿流落街头！

中介小哥后知后觉："原来你们认识？"

"你等等，"身后传来陈柯尧的声音，"你没收到身份证？我已经寄给你了。"

原本一只脚已经踏到门外的戎逸愣了一下后，回头看向陈柯尧，没吭声。

陈柯尧皱着眉头，继续说道："那天你的身份证掉在我车上了，我第二天寄到你公司了。你没收到吗？"

还真没有。

他们公司前台确实堆积了不少快递，全靠收件人自取。戎逸最近没有网购，自然想不到要去看一看。

原来真的被他捡到了，本想着如果是自己，一定会把身份证掰断后丢进垃圾桶的戎逸免不了一阵心虚，可现在知道也来不及了，他都挂失了。

见戎逸一声不吭，表情却不断变化，陈柯尧叹了一口气："那天的事，我……"

戎逸看着他，心头突然一酸。

"没什么好说的，"戎逸垂下视线，"就当我们没见过吧。"

陈柯尧欲言又止，最终点了点头："行吧。"

眼看一笔生意就要泡汤了，围观了全程的中介小哥还想努力一把。

"等等！你们既然是熟人，那再好不过了吧？"他快步走到门口拉住了戎逸，"戎先生，你刚才不是说，因为你要赔一大笔钱，所以接下来每一块钱都要省着花吗？你现在住的地方条件差，还不便宜吧？而且你身份证没拿回来，去别的地方租房子，一般人家不认识你是不会答应的！"

戎逸听他这话说得有道理，当下便陷入了踌躇之中。

眼见戎逸的态度有了些许松动，中介小哥赶紧回头问陈柯尧："陈先生你说呢？你不介意他以后再补身份证信息吧？"

陈柯尧没说话，其实他的态度很明显——虽然他不像戎逸那样怨气深重，但摆明了也是不愿意继续和戎逸打交道。只是他想着戎逸如今的境况确实凄惨，狠不下心拒绝罢了。

可戎逸又怎么愿意承他的情呢？

虽然那中介小哥疯狂在两人中间使眼色，看起来十分努力的样子，但戎逸还是决定辜负他。

正当戎逸想要开口告辞时，陈柯尧的手机响了。他低头看了一眼屏幕后，嘟囔了一句："我的天。"

紧接着，他没有接听电话，而是猛地抬头看向戎逸。

戎逸被他那诡异的眼神盯得头皮发麻，下意识往后退了一步。

陈柯尧却往前走了一步："你要不要先去我家暂住一晚？"

戎逸一愣。

电话铃声还在响着，陈柯尧见戎逸依旧皱着眉，没吭声，无奈之下先接通了电话。

那之后，戎逸听到了一段有些好笑的话语。

"爸……你怎么又来了？"陈柯尧的表情纠结无比，"我房子都租出去了，真的。人家今天就住进来了，没地方给你睡了。是真的……我骗你做什么？我们待会儿就一起过来了。不用，不用过来，我不回去吃饭，你不用给我带……我没有！你不要瞎说好不好？"

站在戎逸身边的中介小哥小声对他说道："你看，怪可怜的，你就帮帮他吧。"

戎逸："……"

陈柯尧的房子就在隔壁小区。

戎逸跟在他身后，两个人一前一后往他家走，无比沉默。

事情发展成这样，实在非常诡异，戎逸觉得自己的内心有些扭曲——变相地让陈柯尧受自己的恩惠，让他有一种奇特的快感。

两个人走到楼下，陈柯尧突兀地停下脚步："待会儿上去，要是我爸还在，不管他说什么，你都不用理会。"

戎逸在他身后点了点头。

陈柯尧显然看不见，但也没再强调，就这么一副心事重重的模样上了楼。

戎逸下午来过这里一次，也算是熟门熟路。他出了电梯后，往陈柯尧家门的方向望过去，只见一位中年男子正站在门口。

听见身后有动静，中年人立刻回过头来。而走在戎逸身前的陈柯尧果然开口了："爸，你站在门口做什么呀？"

那中年男子没有吭声，只是皱着眉头，视线越过了自家儿子，看向了儿子身后的戒逸。

戒逸僵立在原地，跟那个容貌与陈柯尧有五分相似却又成熟许多的男子对视了几秒，接着偷偷倒吸了一口气，心中莫名紧张起来。

陈柯尧的父亲保养得极好，看起来最多四十岁出头的年纪，身材全无走样，穿着考究，发型一丝不乱，不仅面貌英俊，而且气质出众，与戒逸设想中的会让儿子头痛的老父亲形象截然不同。

当他微微蹙起眉头，上下打量戒逸，戒逸不由得挺直了背脊，浑身僵硬。

"这位是……"陈柯尧的父亲说话时，视线停留在戒逸的脸上。

"我的房客。"陈柯尧大步走过去，"你以后别总过来了，没有空房间了。"

虽然他在楼下被叮嘱过不要多话，但戒逸看着面前的帅大叔，还是忍不住想留下一个良好印象。

"叔叔，你好。"他主动打了一声招呼。

谁知陈柯尧的父亲同他点头，打过了招呼后，眉头皱得更紧了。

"尧尧，你老实告诉我，这到底是谁？"

"爸，"正在开门的陈柯尧抬手抹了把脸，"你在外面能不能不要这么叫我？"

"你先回答我。"他父亲又看了一眼站在一旁不知所措的戒逸。

"不都说了吗，是我房客。"陈柯尧打开了家门，一脸无奈地看着他，"他租我房子，我是他房东。还能有什么关系？你还要进来坐会儿吗？还是我现在就送你回去？"

陈柯尧父亲将信将疑。

戒逸刚想开口，陈柯尧就抢在前面道："你不要在这里添乱了好不好？我和这位戒先生今天才第一次见，根本不熟。你这样做实在让人看笑话。"

戒逸在心里翻了个白眼。

陈柯尧的父亲听后，大概信了，点了点头，向着戒逸的方向走了两步，主动开口道："不好意思。小戒对吧？"

虽说言行古怪，但这位叔叔此刻表情语气都十分温和，戒逸礼貌地点了点头。

陈柯尧的父亲凑近他，压低声音说道："小戒，你可千万小心那个小子，他这人有点问题。"

正当戎逸无语之际，走进玄关的陈柯尧一下子就冲了出来："爸，你干吗呀？！"

见陈柯尧一脸尴尬至极的样子，戎逸暗地里有些舒爽。

他舔了舔嘴唇，当着陈柯尧的面说道："怎么会呢，陈先生人很好、很热情呀。"

陈柯尧的父亲十分警觉地回头瞥了一眼自家儿子："所以你才要小心，他热情就是别有用心呢。"

本来他是故意让陈柯尧尴尬，可面对这番发言，戎逸不免惊讶。

与陈柯尧初识时，他也一度怀疑过，这个人对他如此热情，会不会是别有用心。那段时间有多快乐，现在想起来，他就有多难受。

"爸，我帮你叫出租车吧。"陈柯尧冲过来隔开两人，"时间不早了，早点回去吧。"

"叫出租车做什么？你送我不行吗？"他父亲看起来十分不满，"我还有话要问你呢。"

"我的车送去修了，"陈柯尧说着，回头看了戎逸一眼，"车门坏了。"

戎逸默默地扭过了头。

陈柯尧的父亲离开，两人之间的气氛很快变得尴尬了起来。

把戎逸带进房间后，陈柯尧简单交代了几句就退了出去，出房间后还带上了门，留下戎逸一个人坐在房间里。

戎逸发了会儿呆，突然感到迷茫。他居然就这么来到了陈柯尧的家，还打算住下？这是不是太奇怪了？现在算是什么？相逢一笑泯恩仇？那么那天在停车场的闹剧又算哪一出呢？

戎逸被人中伤过无数次，很少有像周砾和陈柯尧这样能跟他做朋友、与他正常相处的。但周砾和陈柯尧又是不一样的——周砾和他是同病相怜，陈柯尧带给他的却是强烈的屈辱，甚至是愤恨，理应老死不相往来。

当然，在几个小时前，他也没有想过自己还会和陈柯尧产生交集。

就这么纠结了一会儿，外面突然传来了敲门声。

这屋子里除了他和陈柯尧，就没别人了。原本躺在床上的戎逸立刻正襟危坐，还下意识整理了一下衣服。

"什么事？"

门立刻就被打开了，陈柯尧进来的时候，还自备了一张凳子。

他坐下后，清了清嗓子："有几件事要说一下。"

戎逸皱着眉看他。

"我平时最早是在中午起床，所以希望早上你出门的时候尽量不要发出太大的声音。"陈柯尧说。

戎逸点了点头，心里却觉得有些奇怪。

在他们短暂的相处时间里，他习惯每天起床后给陈柯尧发一条消息，而这家伙在五分钟内一定会回复。

"还有就是……我平时很少用厨房，你要是用，记得清理干净。不过你应该不会做菜吧？"

戎逸立刻否认："我会！"

陈柯尧皱眉："听说你家就是厨房着火，才……"

"那是意外！"戎逸强调，"我会做菜，非常厉害！"

"好吧。"陈柯尧点了点头，"那你用完清理干净，小心不要着火。"

戎逸憋着一口气让自己不要反驳他。

"如果冰箱还有空间，你就随便用。我有时不记得自己买过什么东西，你要是介意，可以在自己的东西上贴个便笺纸。"

"知道了。"

陈柯尧继续说道："我一般凌晨三点后睡，如果你觉得我的动静影响到你了，可以和我提，我尽量注意。"

戎逸很想问他大半夜不睡干吗呢，但觉得不太合适，话到了嘴边还是咽了回去。

"医药箱在客厅柜子里。门口的鞋柜下面那格有工具箱。我看你好像没有带什么东西……有需要可以拿。"

"哦。"戎逸点头。

"然后……如果你找到了新住处，记得和我说一声。这里一空出来，我爸又要来烦我，我得提前做准备。"

他这话就是暗示了戎逸只是临时落脚，很快就会搬走的。当然，这确实是戎逸心里的想法。

"大概就这些，"陈柯尧看着他，"有什么问题，你现在可以和我提。"

戎逸的确有话想问，比如你之前每天早上是不是为了回我消息才早起？你现在收留我，只是为了能把你爸堵回去吗？以及……

"你现在和我待在一个房间，不觉得有味道？"

陈柯尧呆滞了半秒，摇头："我……我那天可能只是对你喷的香水过敏。"

那天他不是这么说的。戎逸默不作声地看着他。

"真的，"陈柯尧说完，又小声补了一句，"你别介意。"

戎逸心想：真是莫名其妙。恐怕陈柯尧是真的有病，该去好好治治。

"还有别的问题吗？"陈柯尧问。戎逸又憋了半天，问道："修车门……要花多少钱？"

陈柯尧愣了一下，接着笑了出来。他看着戎逸，微微扬起眉毛，点了点头："还挺贵的。"

戎逸无语，原本心中那一丝愧疚之情顿时荡然无存，他也学着陈柯尧的模样，点了点头："那我就放心了。"

陈柯尧见状却并不生气，只是低下头又笑了一会儿，然后从口袋里掏出手机："以防万一，还是交换一下联络方式吧。"

戎逸一边掏手机，一边腹诽：原来这家伙也把我的手机号码删除了呀。

陈柯尧家的客厅很宽敞，两人的房间分别位于客厅的两边，两个房门都关上后，双方几乎听不见对方的任何动静。

晚上十二点，按照陈柯尧的说法，这个时间他应该还没睡。

戎逸偷偷打开门，往陈柯尧房间的方向看了一眼。他的房门底下隐隐透出一丝光亮，但无论戎逸如何竖起耳朵，都听不见半点儿声音。

不久前，陈柯尧每天还会在这个时间说晚安，原来这家伙根本没睡。

他们认识的时间实在太短了，如今回过头来，戎逸才发现自己对这个人几乎一无所知。

除开一周里的几个晚上给小朋友上课，他大多数时候是在做什么呢？那份工作应该只是他的兼职吧？

好奇了一会儿后，戎逸突然开始生自己的气。关心他做什么？就算陈柯尧每天晚上出去做贼都不关自己的事。等找到合适的住处，自己就会立刻离开，到时候必然要再删一次这人的联系方式。不想了，睡觉。

戎逸躺进陌生的被窝，翻了两下身，接着推翻了方才的部分观点。如果陈柯尧做贼，他还是要管的，一旦他抓住了把柄，绝对会去报警。

第二天早上醒来时，戎逸对着陌生的房间，感到有些茫然。他走出房间，家里一片安静，陈柯尧的房间房门紧闭，没有传出半点声响。戎逸蹑手蹑脚地走过去，把耳朵贴在房门上听了一会儿，依旧全无收获。

他到了公司，给甲方发了一封邮件回函后，接到刘源的电话。

"听柯尧说，你已经在他那儿住下了，"刘源似乎还挺高兴的，"相处得还好吧？"

戎逸皱着眉头，刻意避过了这个问题："这位陈先生和你很熟吗？"

"柯尧是我大学同学，睡在我下铺的兄弟。"刘源说，"你别看他人高马大的，看起来有点凶，其实他很温顺的。"

"温顺……"是什么诡异的形容词。

戎逸听着，又想了一会儿，接着小心翼翼地开口道："但他这个人，有时候说起话来……"

他稍一试探，果然刘源的语气也有了变化。

"他……和你说什么了吗？"刘源语气无奈，"你别放在心上，他这个人口无遮拦说话不过大脑。我们寝室一共四个人，其中俩跟他掀过桌。"

戎逸惊讶，问道："除了你之外？"

刘源态度微妙："包括我在内。"

戎逸无言以对。

"但其实都是误会，"刘源说，"他这个人就是这副死样子，但人不坏，别和他较真就行。你不会是和他吵起来了吧？"

戎逸犹豫过后选择否认："没有的事。"

"那就好，"刘源乐呵呵的，"以后他乱说话，你左耳进右耳出，当他胡说呗。"

"你可别把我今天问你的这些告诉他。"戎逸提醒。

"放心吧，我又不傻。"刘源说完像是想到了什么，问了他一个问题，"我刚听说，你和我们领导的外甥还挺投缘？"

周砾拜托他在自己舅舅面前说点好话，戎逸很配合地照办了。

原本戎逸以为自己的日常生活不会受影响，却不想那位大叔听过后得意不已，逢人便吹自己外甥优秀，又间接夸赞自己这手安排何其明智。"你为了工作可真是牺牲不小，"刘源一副心情很复杂的样子，"那家伙的外甥也不能是什么正常人吧？"

戒逸心想，人家可比你正常多了，但没好意思说出来。

下班回去的路上，戒逸接到了周砾打来的电话。

那天慌忙中切断通话，戒逸事后还联系周砾解释了一下。

周砾忧心忡忡，但碍于自己和家人同住，没办法收留戒逸，这几天就一直在帮他留意有没有合适的住处。

听说他找到了临时落脚的地方，周砾挺开心的，问能不能找个休息日来做客。

戒逸觉得自己可能有被害妄想症，才认为周砾对他的热情超出常理。于是当下他只是对周砾说自己还要回去问问房东是否方便，不能立刻答应。

挂电话的时候，他正巧经过一家大型超市。

原本打算去便利店随便买点东西对付一下晚餐的戒逸犹豫了片刻后，走了进去。

到家时，他左手与右手各提了一个满满当当的袋子，都是刚买回来的新鲜蔬菜、肉类。

正好从房间里走出来的陈柯尧见状，吃了一惊："你要干吗？"

戒逸看了他一眼："当然是做饭呀。"

说完，戒逸在陈柯尧的视线中昂首挺胸地走进了厨房，把买来的食材都堆在了料理台上。

陈柯尧跟在他身后走了进来："你真的要用厨房？"

"你不是说我可以用吗？"戒逸回头看了他一眼，"不行吗？"

陈柯尧欲言又止。

戒逸前几天在朋友圈里发过厨房被彻底烧毁的照片，今天白天陈柯尧看见了，回复了一串省略号。如今他这神情，显然是心有余悸。

他在戒逸不满的视线中犹豫了片刻，开口问道："你介意我在旁边看一下吗？"

戒逸耸肩："你随意。"

戒逸是故意的，他这人没有什么业余爱好，只有烧饭、做菜是花了许多时间努力学习过的，他十分乐在其中，也小有自信。昨天他被陈柯尧质疑了一番，难免心里不爽，想要自我证明一下。

但就这么被陈柯尧从背后盯着，他多少有些紧张。

戎逸有心炫耀，拿着菜刀飞快地把豆腐干切成了头发丝一般的粗细，装盘时还故意侧身，好让陈柯尧看清楚。

"你打算炒什么呀，要切成这样？"陈柯尧问。

关你什么事，我就爱切，要和你汇报吗？

戎逸低头瞥了一眼装着豆腐丝的碗，犹豫了片刻道："凉拌。"

"这样拌，不会断吗？"陈柯尧又问。

以前怎么没有发现这个人如此讨嫌？戎逸不爽，"啪"的一声把碗放在了料理台上："我来做就不会断。"

他说着又拿起一把洗好的芹菜放在案板上，转身问道："你还要看吗？"

"其实我是有点事想和你说。"陈柯尧说。

"那你说呀。"

"我又怕现在说了会影响你的心情。"陈柯尧指了指案板上的芹菜，"你先切吧。"

戎逸拿起菜刀，看了他一眼，接着转身，举刀狠狠剁向了那把芹菜。"啪"的一声，芹菜一刀两断。他有点后悔，早知道这家伙要在厨房一直看着，自己就不应该买肉酱，而是应该买一块猪肉，当着他的面剁成肉糜才好。

切完了菜，戎逸发现陈柯尧还倚在门框上。

"你要看到什么时候？"戎逸问。

"你好厉害啊。"陈柯尧说这话的时候，语气十分真诚，"刘源之前有没有和你提过我想找人搭伙？"

这话题转得戎逸始料未及，他不好意思，眼神闪烁了一下后，转过身去。

"提过。"

"你看你一个人做那么多，也吃不完吧？"陈柯尧继续说道，"不然我出钱，你出力，我们以后一起吃饭吧？"

"以后再说吧。"戎逸背对着他，"你刚才要和我说的事呢？"

陈柯尧不知为何，清了清嗓子。

"前阵子，我们这里有好几户人家被盗了。"他说。

"哦。"戎逸低头拌菜，"所以呢？"

"我觉得有点不安全，就去买了两个摄像头装在了家里。"

戎逸回过头去："什么？"

"你放心，你房间没有，浴室也没有。"陈柯尧说着往后退了一步，出了厨房，抬手指了指客厅的角落，"一个在门口，一个在那儿。"

戎逸愣了一下。

"我晚上会看监控，"陈柯尧说，"不好意思，之前忘记告诉你了，整间客厅都会被拍到，你自己留意一下。"

戎逸脸上的表情差点儿没维持住。

也就是说，他昨天半夜开门偷偷观察，今天早上趴在门外偷听，全被陈柯尧看见了……难怪这家伙说要等他切完菜才能说！

眼看戎逸的神色羞愤难当，陈柯尧又清了清嗓子："我看你买了那么多，今天晚上的饭有我的份吗？有的话，我就不点外卖，出去等着开饭了。"

"你快出去吧。"戎逸低着头，有气无力地回答道。

凉拌豆腐丝确实不需要切得太细，但陈柯尧面对这盘略显逊色的拌菜，没有再度质疑。他估计是真的吃够了外卖，特别想找人搭伙，所以对着一桌子菜赞不绝口。

戎逸面上波澜不惊，心中难免得意。吃到一半的时候，他收到周砾发来的消息，问他有没有和房东提过，周末能不能邀请客人。

虽然戎逸心中对他的这般热情难以理解，但当下还是十分顺口地问了一句："我能带朋友回来吗？"

正在嚼排骨的陈柯尧愣了一下，把嘴里的食物咽下去了，又喝了一口汤，他才皱着眉问道："过夜吗？"

那肯定是不过的。

但戎逸看着他的神情，不知为何，一开口便鬼使神差道："有可能吧。"

陈柯尧想了想道："最好不要。"

见戎逸不回话，他抬起头看了一眼，接着低头想了一会儿，又说："不过，如果你尽量不影响到我，那么也行吧。"

戎逸觉得自己的心态可能真的扭曲了。

陈柯尧说不要带人回来，他觉得不爽；陈柯尧改口说带回来别添麻烦就行，他觉得更不爽。也许还是陈柯尧这个人本身就让他感到不爽吧。

戒逸睡在这张床上的第二个夜晚，比前一天更辗转反侧，因为客厅里的那个摄像头，他还没法偷偷张望一下对面房间的情况。

夜深人静，裹着被子的戒逸想到陈柯尧回看监控时发现自己大清早蹑手蹑脚走到他门口，还趴门外偷听的情景，戒逸越发觉得没法做人，想要自我毁灭。他像烙饼似的在床上翻来覆去，好不容易睡着，又因为思绪过多，醒了过来。

也不知道就这样过了多久，半梦半醒之间，他突然发现房间里好像有人。

刚听见响动时，他还迷糊着，只隐隐约约觉得自己的房门似乎开过又合拢了。逐渐清明后，他微微睁开眼睛，借着从窗口照进来的月光，看见了一个人影。

那人正站在床边，向前倾着身子，视线明显是落在戒逸身上的。

戒逸突然就清醒了，这个家里除了他和陈柯尧，还能有谁？夜深人静，陈柯尧偷偷潜伏进自己的房间，是想做什么？

戒逸躺在床上，眯着眼睛盯着床边的那个黑影，心如擂鼓。他突然跑过来，是……陈柯尧武力值惊人，自己肯定不是他的对手，岂不是要交待在这儿了？

在戒逸天人交战之际，那个一直仔细观察他的人影终于有了反应。

初见此人有动作时，戒逸的心瞬间跳到了嗓子眼，可之后就疑惑了起来，因为那个人缓缓转过身，蹑手蹑脚走到了床边的矮柜前，蹲下了身子。

戒逸才在这里住了两天，随身行李也少，这柜子从没打开过，连他都不知道里面有些什么东西。

那人屏着呼吸，用极其缓慢的动作一点点拉开抽屉，很快就轻轻咒骂了一声。

因为光线不佳和不敢睁大眼睛，戒逸看不太清，心中却猛地一惊。

虽然那一声咒骂十分短暂，但声线听起来虚得很。戒逸对陈柯尧的声线印象深刻，因为打心底觉得好听，是那种很醇厚的男中音，特别有磁性。

可这人的声音，听起来实在不怎么样。那么，会在这样夜深人静的时刻出现在这个房间里翻箱倒柜的人，会是谁？

戒逸顿时回想起陈柯尧之前在厨房里告诉他的那件事——最近，这个小区里有好几户人家被贼光顾了。

不是吧，这么倒霉？

就在戎逸心慌不已的同时，那个一无所获的贼人弓着背站了起来，接着蹑手蹑脚地走到了衣柜边。此刻再眯着眼睛打量过去，戎逸只觉得这家伙看起来浑身都散发着猥琐之气，身形佝偻，和陈柯尧有着天壤之别。

戎逸手足无措，现在自己到底应该怎么做呢？

眼见那贼人小心翼翼地打开了衣柜，还伸出手去摸衣服，戎逸顿时就有些恼火。

被陌生人触碰衣服已经够讨厌了，看起来这家伙还想挨个翻他的口袋？那还得了！戎逸暗自比较了一下双方的体格，觉得自己未必没有一战之力。

他小心张望了一下，发现目前伸手能摸到的范围内找不到任何趁手的武器。这难免让人心里没底。

眼看那人的手已经伸进了口袋，戎逸刚要起身，突然听见"哐当"一声响。

屋里一站一躺的两个人都被吓了一跳，紧接着那小偷立刻蹲下身，从地板上捡起了一个东西。

待他拿着那东西站起身，回头看向戎逸时，戎逸正坐起了身，伸长脖子，盯着他手里的东西看。

空气瞬间凝滞了，戎逸在一片昏暗中看到了一闪而过的寒冷反光。

完了，刚才掉下去又被小偷捡起来的东西，是一把大约二十厘米长、末端尖锐的菜刀。如果没认错的话，晚上戎逸还用它切过菜，锋利无比。

在突如其来的恐慌情绪里，戎逸大脑一片空白。也不知算不算幸运，拿着刀的小偷同他一样慌张。但赤手空拳的人和手里拿着致命武器的人，心理上的底气总是不一样的。

两人互相盯着对方看了一会儿后，戎逸默默咽了口唾沫，那小偷则猛地冲着他举起了刀。

"你……你……你不要动！"那小偷拿着刀的手抖个不停，"你……你……躺下！"

这两个指令有点矛盾，但当下还是识时务者为俊杰，戎逸没有发表任何看法。

那小偷见状，缓缓倒退着向门口挪动。也不知他踢到了什么东西，突然脚下一滑，整个人踉跄了一下。

戎逸见状，不假思索地掀开被子，从床上一跃而起，飞起一脚就向着小偷踢了过去。只是他毕竟睡了半宿，浑身没有什么力气，那一脚只是把小偷踢得往后退了几步，没能成功把人踢倒。

小偷恼羞成怒，虽然脚下不稳，但手里的刀握得极紧。他被踢得"嘭"一声撞到门板上后，就舞着刀疯狂地冲了过来。

戎逸慌张之下，赶紧拿起枕头砸向小偷，接着扯过一边的被子往自己头上罩。

就在此刻，突然传来了敲门声。

"戎逸？"门外响起的是他无比熟悉的低沉又充满磁性的男中音，"你没事儿吧？"

拿被子蒙住头的戎逸深吸一口气，用从丹田升起的力气奋力大喊："贼——"

那之后的几秒发生的事，戎逸都没看见。

被子阻挡了他大部分的视线，他只能听见门被推开的声音，接着是那小偷咒骂的声音，再响起的似乎是两人缠斗在一起的声音，以及陈柯尧叫他名字的声音。

在戎逸掀开被子的瞬间，不远处又是"哐当"一声响，那把刀掉了。

如今二对一，有高手做队友，对方还失去了武器，戎逸自然无所畏惧。可等他从床上起来，跃跃欲试地想要上去踹几脚时，定睛一看，那小偷已经被摁在地上了。

一片昏暗中，戎逸只能隐约看见陈柯尧的动作。那小偷还有些没死心，一边骂骂咧咧，一边还在挣扎。可惜在专业人士面前，这点抵抗毫无用处。

"你没事吧？"陈柯尧在黑暗中回过头看向他，"有没有受伤？你动一下，我看看？"

惊魂未定的戎逸愣了一下，才摇头说道："我没事。"

"那就别傻站着了，报警。"

戎逸如梦初醒，赶紧弯腰去摸枕边的手机，视线却没有从陈柯尧的脸上挪开。月光透过窗户照进来，映在陈柯尧脸上，让他的肤色看起来特别白。

但就在他白皙的侧脸上，有一块深色痕迹十分明显，甚至还在逐渐向下漫延、扩大。

戒逸拨通 110 后，一边同警察交代情况，一边走到墙边按下顶灯开关，接着立刻倒抽一口冷气。

电话那头传来接线警察关切的声音："又有新情况了吗？"

"不是，"戒逸摇头，"你们……你们快点过来吧。我们这儿有人受伤了。"

等挂了电话，陈柯尧紧张地看着他："你不是说你没受伤吗？"

戒逸看着他脸颊上还在往下淌的血，一瞬间哭笑不得。

在警察到来之前，陈柯尧没法挪位置。

他的手法看起来和上次很相似，把人压制在地板上反剪着手臂，让对方完全失去战斗力，无论如何反抗都动弹不得。

"怪不得觉得有点痒。"他低头冲那小偷说道，"老哥你这把刀哪里来的？还挺快。"

戒逸想吐槽：你真是十指不沾阳春水，居然连自己家的菜刀都不认识了。

他在一边团团转："你就不能先把小偷打晕吗？"

"不太好吧。"陈柯尧低着头，皱眉看向小偷的后颈，"万一一下打死了，怎么办？"

那小偷闻言，原本还在挣扎的身体立刻不动了。

戒逸完全笑不出来。他犹豫了一会儿后，冲去了客厅，开始翻箱倒柜："你说的药箱在哪里呢？"

"在……"陈柯尧想了想，"沙发旁边的那个柜子？"

戒逸打开一看，生气道："这都是什么乱七八糟的东西！"

"那……你看看对面吧，反正肯定是在客厅里。"

这屋子看着干净整洁，可把柜子、抽屉一打开，里面全是灾难。陈柯尧这人的整理原则大约是"把东西塞进视线看不到的地方"。戒逸在翻了几个抽屉后，只找到一支温度计和半盒已经过期的感冒药，所谓的药箱却是遍寻不见。

房间里又传来陈柯尧的声音："我记得是在沙发旁边的柜子，你要不要再……"

"你闭嘴吧，"戒逸头也不抬，"我自己找！"

这客厅的面积不小，但其实储物柜并不多。戒逸挨个查看，很快就翻出了药箱。

他还没来得及打开药箱，警察来了。

对于陈柯尧空手夺白刃导致脸部挂彩的英勇事迹，警察同志在赞扬之余又进行了一番教育，提醒他就算对自己的身手再自信，也要以安全为前提，有困难当然还是要找警察。

至于笔录，眼下是三更半夜，陈柯尧还挂着彩，倒也不急，可以等明后天抽空再去。

警察带着那入室盗窃的小偷离开后，捧着药箱憋了半天的戒逸终于忍不住了。他把打开了的箱子放在陈柯尧面前，皱着眉头说道："你这根本就是个空箱子吧！"

陈柯尧一副很惊讶的样子："我记得以前里面有很多东西呢……难不成都被小偷给偷走了？"

戒逸无语了，那箱子里的东西少得可怜：一包没拆封的止痛片，一瓶没开封的碘伏，一盒没用过的创可贴。他有理由相信，所有曾经装在里面的东西，只要被拿出来使用过，后面都不会再回到这个箱子里。如今纱布、棉签之类的用品，只有天才知道散落在这个家的哪一个角落里。

在戒逸生闷气的同时，陈柯尧小心翼翼地摸了摸自己的脸部，然后十分明显地皱了下眉头。他看着自己被血弄脏的手："血好像已经止住了，问题不大吧？"

戒逸看着他，没吭声。看来这道口子只是划得长，但并不深，没必要特地去医院。可就算血止住了，那伤口也需要清理、消毒。

在心里琢磨了一会儿后，他跑回房间，快速换了一身衣服，拿着手机冲出来道："你坐着别乱动，等我回来。"

陈柯尧愣了一下："附近没有二十四小时营业的药店吧？要不我用纸巾……"

"坐下！"戒逸头也不回地指了指沙发，"等着。"

陈柯尧这家伙一方面非常靠谱，另一方面又简直是极端不靠谱。戒逸一边往楼下跑一边腹诽，他靠谱的这方面，人这一辈子能遇上几次呀？上一回遇到扒手，这一回撞上入室盗窃的小偷，这样的危险情况，戒逸有生之年总共不过撞上这两回罢了，而每一次都是陈柯尧见义勇为。另一方面，陈柯尧在日常生活上的一些习惯，可真是一塌糊涂。

和这种人合租，不被累死也会被气死吧？

而他那些英勇表现，全都是不能当饭吃的。

当戒逸提着便利店袋子回到家时，看见陈柯尧真的依旧乖乖坐在沙发上，只是他大半张面孔变成了大花脸，面前的茶几上还扔着几个血淋淋的纸巾团。

"你在做什么？"戒逸惊恐地看着他。

"我就随便擦了两下，"陈柯尧皱着眉头，"怎么就又破了呢……"

戒逸再次无语了，他现在有一种自己是一个操心熊孩子的家长的错觉，视线离开一秒钟，小孩立刻就会闯祸。

他快步走到陈柯尧跟前，把袋子丢在茶几上，而后抬起陈柯尧的下巴，皱着眉头仔细看了看那道伤口。伤口有七八厘米长，两头较浅的部分已经结痂了，但中间部分因为陈柯尧多此一举的行为而崩开了，正在隐隐往外渗血。伤口附近还有不少半干的血渍，看着脏兮兮的。

"那个……"被他盯着看的陈柯尧浑身僵硬，眼神游移，"你买了什么呀？超市里应该没有纱布吧？"

他一边说，一边伸手翻了一下戒逸带回来的东西，接着大惊失色："你买这个想做什么？"他举起一包卫生棉。

"没有纱布，用这个替代一下吧。"戒逸说着从袋子里拿出了棉签，又从药箱里拿出碘伏，"你别动。我先帮你把伤口洗干净。"

"等一下，"陈柯尧开始挣扎，"你要把这个东西贴在我的脸上吗？我不要！"

戒逸无奈："不会一直贴在你脸上的。现在大半夜的，买不到纱布，将就一下而已。"

"那我也不要！"陈柯尧很坚定，"又不是什么大伤口，洗干净就好了，没必要特地包上。"

戒逸觉得恼火，这人真的像个熊孩子，不只会闯祸，还任性。

"会感染的。"戒逸耐着性子把人拽回来，然后低着头小心翼翼地用棉签清理伤口，"留疤了怎么办？"

"我情愿留疤，也不要把这个贴在脸上。"陈柯尧小声说道。

"说不定感染以后，半边脸会烂掉。以后小孩子看到你，都会被你吓哭，再也没有人来上你的课。"戒逸说。

"又不是直接贴，干吗那么在意？"戎逸说着，换了一根棉签，"要是觉得痛，就说。"

"不痛。"

"你脸上是不是根本没有感知神经？"戎逸忍不住稍微用力按了一下。

"嗞——"陈柯尧倒抽一口气，"我知道我说痛，你肯定会顺手戳两下，没想到我说不痛你也戳。"

戎逸心虚，没吭声。给伤口消好毒后，他又去找了一把剪刀，把卫生巾剪开。

"我看了一圈，也就这个牌子的有纱网，还消过毒。"他说着把经过裁剪的纱网递到陈柯尧面前，"看不出原形吧？这是以前我学校的校医教的。"

陈柯尧皱着眉头，显然还是过不了心里那关，可又苦于找不出合适的理由拒绝，很是纠结。

眼看着戎逸已经把纱网加工完毕，就要把曾经是卫生巾原材料的东西往自己的脸上贴，陈柯尧试图垂死挣扎："我觉得用餐巾纸也不错，餐巾纸可以吗？"

"不可以。"戎逸毫不留情地把纱网贴了上去，"你要是真的不喜欢，我明天给你换。"

陈柯尧抿着嘴看了看他。

"不然你自己去医院换也行。"戎逸从沙发上站了起来，指了指茶几上那一堆废弃物，"你自己丢吧，还有两个小时就要天亮了，我再去睡一会儿。"

陈柯尧小心翼翼地摸了摸自己包扎好的伤口："晚安。"

戎逸走到房门口，又听到他小声说了一句："谢谢你。"

"应该的。"戎逸说。

如果不是急着救他，陈柯尧根本不会被划伤。所以对戎逸而言，那确实是应该的。一定要说的话，该是被救了一命的他说声"谢谢"。

不只是刚才的事，其实就陈柯尧愿意收留他这一点，他也该对陈柯尧表示感谢的。这房子租金便宜，地段好，还是精装修，想要找个房客根本不难。相反，戎逸要再找一个同等水准、价位的住处，基本不可能。

无论陈柯尧的出发点如何，戎逸确实是受了恩惠的，只是之前一直不愿去想罢了。但要他坦诚地表达感谢，他也做不到。

这一晚上发生的事情过于惊心动魄，戎逸躺在床上，翻来覆去，眼看天就要亮了，却还是睡不着。他用被子蒙着头，心想：不如找个机会，问问陈柯尧平时爱吃什么菜吧。

躺在床上的时候睡不着，到了不得不起床出门上班的时间，戎逸却又困得半死。

他哈欠连天地打开房门，发现客厅已经被收拾得干干净净了。

他犹豫了一会儿，决定等下班回来再看那些东西究竟都被陈柯尧一股脑儿塞去了哪里。

一直到戎逸出家门，陈柯尧的房间始终房门紧闭。知道有摄像头后，戎逸就不好意思再过去偷听、偷看了，甚至连在客厅里忍不住打哈欠时，他都故意背过身。

戎逸在公司里浑浑噩噩地过了一个上午，中午趴在桌上睡了个午觉后，醒来破天荒收到陈柯尧的消息。

陈柯尧说自己昨天忘记说了，今天他有课，晚上不回来吃饭，不用替他准备。派出所那边他也去过了，让戎逸不用再跑一趟。还有，他看了监控，发现小偷是从客厅窗口爬进来的，他找人给客厅窗户加了个弹簧插销，现在应该安全多了。

戎逸有点想和他打趣，问他脸上的纱布有没有换过，万一被家长认出来，小心被当成变态。字都打完了，犹豫了会儿，他还是删了。

他刚收回手机，一抬头就发现小张正笑嘻嘻地看着他。

戎逸莫名心虚："你干吗？笑得那么不怀好意。"

"嘿嘿，"小张跑到他旁边坐了下来，"和谁发消息呀，一会儿开心一会儿皱眉头，表情那么丰富。"

戎逸顿时表情僵硬了起来："就你事多。你上午一直不好好干活，偷偷看手机，以为我没发现是不是？想加班？"

"会完成工作的。"小张对戎逸这位顶头上司明显缺乏尊重，"来，我给你看个好东西。"

她说着拿出手机摆弄一番后，递到戎逸面前，还激情地配音："当当当！"

戎逸低头一看，立刻激动了："哇，这是什么？"

"我们莫莫的杂志新照片！还说自己是真粉丝呢，你根本不关心莫莫。"

小张一脸鄙夷。

戎逸拿起自己的手机："快发我。"

把新收到的照片设置成屏保后，戎逸的心情好了不少。他在下班途中经过便利店，犹豫了一会儿后，还是走了进去。

其实他昨天买的食材很多，如今都存在冰箱里，再做两天菜也足够。但一个人的时候，他终归还是有些懒得动手。

他没想到自己提着盒饭进了家门，就见到沙发上有个人影。

"你不是不回来吃饭吗？"戎逸低头换鞋，"我给自己买盒饭了，你看看是要自己解决，还是我现在随便给你弄一点？"

等戎逸换完鞋，沙发上的人都没回话。

今天凌晨的经历让戎逸猛然警觉，赶紧往里走了两步。看清是谁，松了一口气的同时，他又涌起了莫名的不安。

沙发上那人乍一看和陈柯尧十分相似，年纪却要大上不少。戎逸想起这是陈柯尧的父亲。

"小戎是吧，"陈父站起身来，冲他十分和蔼地笑了笑，"尧尧今天不回来吃饭呀？"

戎逸听到"尧尧"这个称呼就想笑，为了防止扭曲的表情被对方看到，他只能十分不自然地低下头："他有课。叔叔你要找他的话，还是给他打个电话吧。"

"没事，我就过来看看。"陈父摆了摆手，坐了回去，接着突然问道，"你们平时都一起吃饭吗？"

戎逸有点不知如何回答："我们算是……搭伙吧。"

"尧尧那天和我说，你们刚认识不久？"陈父继续问道。

戎逸一瞬间有些明白为什么陈柯尧看到自己的父亲会如此头痛，这位大叔说起话来，不仅兜圈子，还婆婆妈妈的，真的令人难受。

"叔叔，"戎逸也不想和他继续兜圈子，干脆走过去坐在他旁边，"我和陈柯尧真的刚认识，不熟，除了搭伙吃饭没别的交集。"

陈父突然微笑道："小戎你不要这样说，我们尧尧其实人蛮好的。"

第三章

喝醉

Mr. Rong

也不知陈柯尧的父亲之前究竟误会了些什么，今天对他的态度出现了一个一百八十度的大转弯，热情无比。

盒饭都快凉了，他却不得不坐在沙发上，听面前这位大叔称赞儿子。

"尧尧这个人，你别看他长得有点凶，又不太会说话，其实他的脾气特别好。他从小就学了那些拳打脚踢的东西，但从来不主动和人打架，很乖的。我是他爸，我最了解他了。"

所以呢？要我和他手拉手一起做好朋友？

戎逸为了礼貌，强行憋出一个微笑："原来是这样。"

"而且他真的很喜欢小孩子，很有爱心。"陈父边说边摇头。

戎逸努力扯动嘴角。

"你们每天一起吃饭，又一起住，年龄也相近，应该还算是挺投缘的吧？"陈父看着他说。

戎逸怕此刻搪塞后患无穷，干脆老实交代："我们不久前刚大吵一架，你儿子对着我狂吐不止。"

陈父闻言，整个眉头纠结在了一起："啊？什么？"

"叔叔，如果没别的事，我就先回房了。"戎逸站起身来，"您吃过晚饭了吗？要不要我帮你做点什么？"

陈父迟疑了会儿，摇了摇头："没事，我马上就回去了。"

他说着立刻站起身，向着门口走去，走了两步又回过头来："我今天来

054

过的事情，你别告诉尧尧好吗？"

戎逸抬头看了一眼客厅角落的摄像头："嗯。"

等陈父走到了门口，戎逸听见他又念叨了几句："你们这些年轻人，这样真的不太好。"

戎逸撇了撇嘴：这两人不愧是父子，不只长得像，开口就讨嫌这一点也是一模一样。

陈父离开以后，戎逸先吃了饭，接着在客厅里搜查了很久才找出药箱。打开一看，他哭笑不得——陈柯尧不仅把昨天剩下的棉签和碘伏放了进去，连那包拆封的卫生巾也被他一股脑儿丢进去了。这是要存着它，等着下次受伤了继续用它代替纱布吗？

戎逸把药箱整理了一下后，忍不住把放药箱的柜子也清理了一下。

那里面乱七八糟的，又是扎成团的塑料袋，又是扳手。戎逸怀疑陈柯尧说的放在鞋柜里的工具箱，那些工具也早就四散在这个家的各个角落了。

戎逸整理完，洗了个澡，回到房间躺在床上看了一会儿小说，隐约听见开门的声音。

算算时间，现在差不多是陈老师下课到家的点。但因为昨晚刚经历了一场意外，戎逸有点惊弓之鸟。他蹑手蹑脚地走到房门边，打开了一条门缝，往外瞄了一眼，结果与刚换完鞋往里走、脸上还贴着大块纱布的陈柯尧对上了视线。

一时间两人都有几分尴尬。

"回、回来啦？"戎逸说完，也没等陈柯尧搭腔，"砰"的一下把门关了。

过了半个多小时，陈柯尧突然跑来敲门。

"睡了吗？"他在门外问道，"我现在方便进来吗？想说点事。"

原本躺在床上看小说的戎逸跳起来整理了一下衣服，才应道："嗯。"

陈柯尧进来的时候依旧自备了凳子。"我爸刚才来过了？"他一坐下就开门见山，"他都和你说了什么？"

戎逸在心里腹诽：说你温柔体贴还很有爱心。

"随便聊聊。"戎逸别过头，"你就问这个？"

"不是，只是刚才正好看到了，所以顺口提一下。"陈柯尧说，"反正他说什么，你都别当一回事。他这人就这样，我都嫌烦。"

"嗯。"戒逸看了他一眼，"那你还有别的事？"

"那个……关于昨天晚上的事，你别嫌我啰唆。"陈柯尧说，"其实那种情况，你赤手空拳和人搏斗，不太理智。"

这话怎么听着有点耳熟呢，好像昨晚警察才对着陈柯尧说过。

"遇到这种事，你就装睡，等他走了再报警也不迟。"陈柯尧说，"昨天要不是我正好醒过来，又听见声音，会发生什么我都不敢想。"

戒逸有点儿不好意思，他低下了头："嗯，我下次注意。"

可能是被变化过于明显的态度感染，陈柯尧也跟着僵硬了起来。

陈柯尧支支吾吾地说了一些"注意安全"之类的话后，终于还是出口伤人："万一有人在这儿遇害了，我这房间想再租出去就难了。"

戒逸立刻冷下了脸，看他的眼神都变了。

"所以还是别有下次了。"陈柯尧伸手抓了抓头发，"还有，那个……"

戒逸没好气："干吗？"

"你这人是不是有点不负责任？"陈柯尧说，"昨天说好了帮我换纱布的。"

陈柯尧的伤口看起来恢复得还不错。

戒逸接过他买回来的医用纱布，包扎起来十分麻利。等戒逸三下五除二替他包扎好后，眼睁睁看着这个家伙随手打开一个抽屉，把剩下的大半卷纱布丢了进去。

戒逸觉得这个人简直就是在挑战他的底线。

他冲过去打开抽屉，把纱布拿了出来，接着拽着陈柯尧走到放药箱的柜子前，打开柜子，指着药箱问："你看见这个了没？"

陈柯尧看了看箱子，又看了看戒逸的脸，接着居然轻轻"啧"了一声。但眼见戒逸皱起眉头，他还是非常识相，主动接过戒逸手里的纱布，打开药箱放了进去。

"这样可以了吧？"他一副硬着头皮迫不得已完成任务的讨嫌样。

难怪他的学生都那么喜欢他，熊孩子当然会喜欢"熊大人"。

平安无事地相处了几天后，戒逸迎来了搬进陈柯尧家的第一个周末。

但他把这两天的短暂休假已经安排得满满当当的，没空再邀请周砾过来做客。

　　首先是要把还留在原住处的其他行李搬过来。戎逸当初只随身带了少量衣物，这周的外套都在重复穿，他在心理上难以接受。他现在的经济状况产生了严重危机，舍不得请搬家工人，估摸着顶多两个行李箱就能搞定，于是打算亲自上阵。

　　拖着行李箱来回坐了两次地铁后，他才意识到自己太天真了。以往他打开柜子，总觉得自己没衣服穿，如今要搬运，才发现柜子里的衣服多得仿佛无穷无尽。

　　等他第二次拖着行李箱回到家里，陈柯尧才刚起床。见他在门口看着行李箱叹气，一副心力交瘁的样子，陈柯尧皱起眉头问："你要搬走吗？"

　　"你很想我走吗？"戎逸拖着箱子往房间走。

　　陈柯尧跟在他身后，看到他堆在床上还没来得及整理好的衣物，"哇"了一声："你就一个人搬呀？怎么不找个朋友帮忙？"

　　"我以为很容易搞定的。"戎逸无奈。

　　"那现在是搬完了？"

　　"没，"戎逸摇头，"可能还要再跑两次。"他说着一屁股坐了下来。

　　"好烦，要丢了算了，不想动了。"

　　"你为什么不找我？"陈柯尧一副不理解的样子，"我可以开车送你。"

　　戎逸眨巴了两下眼睛："你的车修好啦？"

　　陈柯尧看着戎逸的脸，笑了："托您的福。"原本他以为只是车门被戎逸踹出了一个坑，没想到他那天把车开回去的路上，车门响个不停。

　　"您这一脚有点厉害，"他笑道，"多练练，肯定大有前途。"

　　这话听着不像赞美，戎逸别过了头，不敢与他对视，也不吭声。

　　有了帮手和运输工具，剩下的东西一次性搬完了。等收拾好，戎逸犹豫再三，还是主动找了陈柯尧。

　　"你修这个车门……花了多少钱呀？"

　　"可贵了，"陈柯尧说，"你赔不起。"

　　戎逸嘴角抽搐。

　　"你明天是不是还要去和人商量赔偿的事情？"陈柯尧又问。

　　"问你多少钱，你就说。"戎逸生气了，"哪里那么多事？你怎么知道我肯定赔不起？"

陈柯尧笑了："逗你的，保险公司已经赔我了。"

戎逸一阵无语。

"我晚饭想吃小排骨汤。"陈柯尧说。

戎逸真的赔不起。

尤其是第二天去和中介公司谈了具体赔偿金额后，他觉得自己很快就连新住处的房租都付不起了。

其实他的前任房东大婶人真的很好。虽然事发时她怒不可遏，但如今冷静下来，见他一个年轻人孤苦伶仃地在外地打拼，觉得他也不容易，外加多年的相处让她对他印象颇佳，所以最终给出的赔偿金额人情味十足。

可惜戎逸掏空全部存款，依旧不够。一直以来，他的消费习惯实在不好，距离"月光族"只有一步之遥，赚得不算少，花得更不少。他忧心忡忡地回到家，犹豫再三，没把这件事告诉陈柯尧。

这段时间相处下来，他发现陈柯尧生活中用钱比他更大手大脚。之前刘源也说过，这人并不缺钱，想把房间租出去纯粹是为了不让自家爹上门。

如果他开口问陈柯尧能不能宽限交房租的时间，这人十有八九会答应。可人情这东西，最是难还。以他们两人之间尴尬的关系，自己已经受了那么多恩惠，如果还想得寸进尺，显然不合适。但钱这东西也不会自己从天上掉下来，所以他到底要怎样才能渡过这个坎呢？

俗话说，"在家靠父母，出门靠朋友"，眼下他出门在外，没钱，只能先找朋友借了。

戎逸翻了一遍电话簿，有点头疼，毕竟关系亲近到能借钱的朋友实在不多。一个前阵子刚为了结婚倾家荡产买了房，一个远近知名"月光族"，还有一个存钱癖但热衷购买定期理财产品。他抱着一线希望给最后那个打了电话，还没开口就被对方兴奋地推荐了一款基金，说是虽然回报率一般，但十分安全可靠。对方还说自己已经把手头所有闲钱投了进去，叮嘱戎逸也不要胡乱花钱，该为未来认真做点打算了。

戎逸绝望地挂了电话，干脆发了一条朋友圈，问有没有谁手头宽裕，能救济他一下。

编辑文案的时候，他特地屏蔽了一些人，比如父母、陈柯尧、同事，以及才认识不久的周砾。

屏蔽父母是因为不想让他们担心。戎逸毕业后没回老家，独自在外地打拼，父母本就牵肠挂肚，所以他早就习惯了报喜不报忧。若非真的到了山穷水尽、走投无路的地步，他实在不想惊动两位老人家。

至于陈柯尧，单纯就是觉得尴尬罢了。问房东借钱交房租，这叫什么事。

而周砾，戎逸虽然挺喜欢和这个人相处的，但总归还是介意对方那点莫名的崇拜心理。之前周砾说过他穷兮兮的，戎逸怕他强行勒紧裤腰带来接济自己。

戎逸没想到自己的朋友圈发出去不到五分钟，就接到了妈妈打来的电话，问他怎么回事，之前不都好好的，怎么突然开始借钱了。

戎逸蒙了，以为是谁泄露了机密，一边应付着他妈，一边打开朋友圈仔细看了一下。突然间，他眼前一黑——他一时走神，编辑错误，选择的居然不是屏蔽这些人，而是仅这些人可见。

戎逸惊慌失措，赶紧删除，接着在心里偷偷祈祷其余人还没看到。别的不说，被个别同事知道自己过得如此凄惨，想想就万分尴尬。

他妈在电话那头很惊慌。这位退休妇女的想象力十分丰富，问他是不是跑去贷了什么款，或者是身陷不法组织。

戎逸原本还想隐瞒，眼看着他妈甚至开始担忧他陷入金融骗局，失业流落街头，面临即将卖身的困境，他不得不硬着头皮说了实话。

那之后果然免不了一顿唠叨。

戎逸为了证明自己如今不仅有地方住，而且住得还不错，打开摄像头在房间里转了一圈，又去客厅转了一圈。他刚要回房，陈柯尧的房门突然打开了。

"你在干吗呢？"陈柯尧问。

与此同时，戎逸的手机里传出了戎妈妈的声音："天呀！"

戎逸顿时头大。

"这谁呀？怎么和你住在一起？你别把镜头遮住，再让妈看一眼！"

戎逸捂住手机冲回去，即将关上房间门的同时，背后传来了陈柯尧的声音："阿姨您好！"

虽然没有必要，但关上门，戎逸蹲在地上特意压低了声音，说："妈，那是我的房东。"

他看着手机："你一把年纪了，能不能稳重一点？"

手机屏幕里的他妈笑个不停："房东？"

戎逸愤愤地说："是的，妈，你别看他长得人模人样的，其实脑子有问题。"

戎妈妈闻言立刻皱起了眉头。

"不是攻击人的那种问题，"戎逸赶紧补充，"你别瞎操心了。"

"哦……"戎妈妈点了点头，"你缺多少钱？我让你爸明天就打过去。还有，你赶紧去把那条朋友圈删了，丢不丢人？"

戎逸移开视线："已经删了。"

没想到离了家，最终还是要靠父母，戎逸感觉到了温暖和不好意思，但也庆幸终于暂时躲过了一劫。

挂断通话，他暗自感叹，手机振了一下。戎逸以为又是自家老妈的唠叨，点开一看，惊了。

陈柯尧给他发了一笔微信转账，数额还不小。

他赶紧跑去敲陈柯尧的房门："你干吗突然给我转钱？"

"伙食费。"手机还被陈柯尧拿在手里，他说，"不是说好搭伙，你出力，我出钱吗？之前你一直在垫付吧？"

戎逸犹豫了一下："你给的钱比房租都多了……直接抵扣也行的，没必要特地给我。"

"一笔算一笔吧，混在一起容易糊涂。"

戎逸有点纠结："但其实买菜用不了这么多钱。"

"真的吗？"陈柯尧很惊讶，"我从来不买菜，所以不清楚。不过我以前请阿姨每天过来做菜，也差不多付这个数，她还不帮我整理客厅呢，做菜手艺也不如你。"

"你嫌多？"陈柯尧说，"那你还我。"

戎逸皱着眉盯着陈柯尧看了一会儿，最后默默回了房间。

他其实想问陈柯尧，是不是看到他之前发的那条朋友圈了。可话到了嘴边，他觉得尴尬，最终强行咽了下去。

躺回自己床上后，他犹豫许久，还是给同一个屋檐下的陈柯尧发了一条消息："你平时都爱吃些什么？"

陈柯尧给的这笔钱多少还是救了戎逸的急，毕竟为了不让父母过于担心，他报给他妈妈的亏空数字是往少里报的。

第二天，他到了公司，忽然有一个平日里不怎么熟悉的同事趁着午休时间，过来偷偷问他要不要帮忙。戎逸在谢绝对方的好意之后，内心一片温暖。

他的运势在触底以后，好像开始反弹了。俗话说"大难不死，必有后福"，那天面对小偷的经历，他现在回头想，实在惊险万分，可自己毫发无伤，如今还顺利渡过了原本以为艰难的经济危机。

而且这些天不知是不是托了周砾的福，那个甲方领导变得十分好沟通，整个小组的工作进展得无比顺利，眼看就能提前完成任务。这意味着休假和一大笔奖金。

戎逸过得顺风顺水，周砾本人却闷闷不乐。

周砾在电话里同戎逸诉苦，说自己最近被上司"特殊照顾"，他很不爽。

戎逸想了想道："不如我这周末去你公司找你吧？"

那天陈柯尧有课，他不用回去做饭，恰好最近总是两点一线，有点儿闷，正想找一个人一起出去逛逛。

周砾闻言，十分兴奋地道："好呀，你来，我请你吃饭！"

戎逸到周砾公司楼下后，没过多久周砾便跑了出来，同行的还有一个身材微微发福的人。眼睁睁看着周砾跑到戎逸跟前，那个人变了脸色。

"戎戎啊！"周砾说的话让戎逸不知所措，"你特地来接我也不提前告诉我一声，我好惊喜！"

戎逸有点想笑，强行忍住了，道："所以才叫惊喜嘛。"

周砾冲他挤眉弄眼，然后转身朝还站在大楼门口的那个人挥了挥手："李经理，我都跟您说过了，我今天和朋友有约了，真的不用麻烦您了！"

戎逸十分老练地配合着周砾，对着那个胖胖的李经理摆出一个微笑。

两人刚要开溜，一直皱着眉头的李经理突然在背后高喊了一句："戎逸？你是戎逸，对吧！"

戎逸心里"咯噔"了一下，僵硬着回过头去。他身边的周砾顿时也跟着紧张了起来。

"你们认识？"周砾小声地问戎逸。

戎逸盯着对方那张略显圆润的面孔，冥思苦想，觉得似乎有那么几分印象，可一时间没法对上号。那应该不是什么熟人吧？他犹豫着要不要干脆告诉对方认错了。

在他纠结的短暂间隙，那人皱着眉头向他们这边走了几步："你不记得我了？我是李啸然呀。"

戎逸眨巴了两下眼睛，紧接着，糟糕的回忆在脑中猛地复苏了。

"真的认识？"周砾又问。

何止认识，戎逸觉得自己快没脸做人了。脂肪真是颜值的最大杀手。

当年戎逸认识李啸然的时候，这个人还是他们高中篮球队最受欢迎的人气选手，运动少年有一种独特的魅力，吸引了无数人的目光，戎逸多少有些羡慕，便也想试着去打篮球。

凭借身高优势顺利加入篮球队后，戎逸一度以为可以学习这位受欢迎的学长的篮球技巧，谁知对方根本不搭理他。

在不得不重新面对这段黑历史的当下，戎逸在感叹对方变化竟如此之大的同时，心中也有些许苦涩。

未到中年已提前发福的李啸然见戎逸神情变化，便确定自己果然没认错人。

他快步走到两人跟前，皱着眉头，表情微妙道："没想到几年不见，你还是过去那样……"

戎逸一点也不想和他叙旧，偷偷在身侧搓了搓手，学着对方的样子皱起了眉头："我们以前见过吗？抱歉，我实在没什么印象了。"

李啸然闻言愣了一下，接着嗤笑了一声，转头看向周砾："这就是你说的工作能力巨牛的好兄弟？"

戎逸心生不悦："这位先生，你到底想说什么？"

李啸然看了看他，又把视线投向周砾，问："要不要听听他当初的光辉故事？"

戎逸尴尬又窘迫。他当初在篮球队里确实闹过不少笑话。他空有身高没有技术，又偏偏长着一张帅气却看着没好气的脸，被以李啸然为首的老队员明里暗里穿过不少小鞋。

"那时候有个投篮打板最后球弹在自己脸上的人你记不记得？"李啸然装模作样，"那个人叫什么来着……哦，好像就是你啊！"

周砾小心翼翼地瞟了戎逸一眼，接着咽了一口唾沫："那么高难度的动作，厉害！"

等终于离开李啸然的视线范围，戎逸立刻捂住了脸："这都是快十年前的事情了，谁年轻的时候没做过一些傻事呢。"

等他放下手，眼前的周砾表情十分难以形容："你在我心目中的形象要崩塌了！"

戎逸叹气："所以说，外表这个东西是很不靠谱的。"

距离周砾公司大概步行十分钟的地方新开了一家火锅店，网上评价相当不错。他们提前一天订了位，如今边往火锅店走，边聊天，聊天话题自然不可避免地提到了李啸然方才所说的那段回忆上。

"你当初真的那么傻？"周砾不愿相信，"听起来简直是个喜剧人！"

"也没有那么夸张，"戎逸试图为自己挽尊，"我……我又不会，初学者犯点小错也很正常嘛。"

"你居然不擅长打篮球，"周砾感慨，"你真是对不起自己的身高。"

"篮球又不是用身高打的，"戎逸嘀咕，"再说，我本来就对这项运动不感兴趣……"

"那你为什么要加入篮球队？"周砾不解。

还不是因为当年对李啸然风光无限的人生向往，想成为同样受欢迎的人。提起那些往事，戎逸忍不住对着周砾诉起了苦。

等戎逸讲述完过去种种悲伤经历，两人已经坐在火锅前吃得差不多了。

周砾听完，感慨万分。

"我觉得你的方式可能出了问题，就是……那个……"他喝了好几罐啤酒，说起话来有点口齿不清，"你气场这么强大，看着就很冷漠，反差太大容易把人吓到。"

"啊？是这样吗？"也喝了不少的戎逸眯着眼问道。

"对啊，又帅、又有气场，个子也高，往那一站脸上就写着'靠谱'，不会被人看不起，"周砾打了个嗝，"我羡慕得要死。"

戎逸哭笑不得："还羡慕，我都头疼死了。"

"怕什么？等我们老了，如果你还单身，我也是，我们可以一起结伴养老啊。"周砾对着他挥舞着筷子，"一起种花，一起下棋，不是也很好？"

戎逸支着脑袋叹气："我还是希望我那时候能子孙满堂。"

周砾生气："没出息！"

他说着"啪"的一下倒在了餐桌上："我好羡慕你……都不会有那些烦人的事情，过得要多潇洒有多潇洒……"

"我也很羡慕你。"戎逸叹气，"我要是有你一半的亲和力，也不至于闹那些笑话。"

周砾没回话。他安安静静趴着，一动不动。

周砾这人，喝起酒来气势如虹，其实酒量差得一塌糊涂，好在酒品还算不错，并不发疯。但他睡得太死了，愣是叫不醒，戎逸就差把他拎起来抖了。

戎逸想送他回家，苦于不知道地址。

犹豫片刻，他想起自己之前征求过陈柯尧的意见，决定干脆先把周砾带回家将就一晚。

周砾个子小，体重也轻，戎逸下了车后，一路把他扶上了楼。到了门口，戎逸开始纠结怎么腾出手来拿钥匙。

其实戎逸喝得不比周砾少，现在思维迟钝，人也迷迷糊糊的，傻乎乎站在门口发了半天呆也没想起按门铃。正在他犹豫要不要先把周砾搁在地上，门自己打开了。

原本打算往外走的陈柯尧吓了一跳。

"什么情况？"他低头看了看戎逸怀里的周砾，"你还真带人回来了？"

陈柯尧说话的时候堵着门口，让一路扶人上来，还在门口耽搁了好一会儿的戎逸十分不满。

"你让开呀，"他说着就往里挤，"我胳膊都酸了。"

陈柯尧皱着眉头退了一步，看着他一路往自己房间冲，犹豫了一下也跟了过来。

等戎逸把人安顿好，刚想甩手臂放松一下，靠在门框上的陈柯尧突然开了口。

"那个……"陈柯尧的表情十分纠结，"你还真的带人回来啊？"

戎逸那泡过酒精的大脑一时转不过弯来："什么真的假的？"

陈柯尧没回答，只是把视线挪到了周砾身上。

周砾这会儿睡得很香，一动不动。要不是一路上戎逸偶尔看到他一脸痛苦，简直要怀疑这人晕死过去了。

戎逸顺着陈柯尧的视线看了周砾一会儿，忽然猛地抬头："你干吗盯着他看？没礼貌。"

"我……"陈柯尧有些尴尬地移开视线，"我是想问，他……"

戎逸也不等他说完，大步走到他面前："你这个人怎么站没站相？"

斜倚着门框的陈柯尧满脸疑惑，却还是在戎逸的目光里下意识地站直了身子。

"这么晚了，你还在我房间里做什么？"戎逸继续指着他，"你想做什么呀？"

陈柯尧犹豫了一下："这是我家吧？"

"也是。"戎逸点了点头，抬起脚步便往客厅走，过了一会儿突然觉得不太对劲，猛地转身冲了回来，"这是我的房间，我付房租了！"

陈柯尧盯着他看了一会儿，笑了："其实你也喝多了吧？"

戎逸摇头："我没有。"

"你说没有就没有吧。"陈柯尧说着转过身，朝大门走去，"你喝多了，早点休息。"

戎逸认为自己思路特别清晰，立刻判断出这家伙前后矛盾的话，他立刻追了上去："我喝了，但我没喝多。"

陈柯尧低着头换鞋："嗯嗯，没多，没多。"

戎逸终于满意了，想回房间，走了两步，听见后面的开门声，他又转身问道："你去哪里？"

"楼下便利店。"陈柯尧说，"你别反锁门，我马上就回来了。"

戎逸想了一会儿，接着也走到门口开始穿鞋："我也去。"

陈柯尧一副很想阻止的样子："别了吧，告诉我你要买什么，我帮你带上来。"

说话间，戎逸手脚麻利地换好了鞋，觉得自己神志清醒，思维流畅，行动自如，根本没有半点醉酒的症状，完全不能理解陈柯尧在纠结些什么。

"我可以自己去!"戎逸昂首挺胸地走出家门,站在陈柯尧面前一抬手,"出发!"

他雄赳赳、气昂昂地走到电梯前按下电梯按钮,陈柯尧很快跟了过来。

陈柯尧看着戎逸一副欲言又止的样子,但直到两人一起走进电梯,他还是什么也没说。

"你觉不觉得这电梯有点晃?"戎逸站在电梯中央,皱着眉问道。

陈柯尧看着他,表情无比微妙:"好像是……有一点儿吧。"

戎逸默默退到轿厢边,贴紧:"吓人。"

陈柯尧没吭声,只是安静地转过了头,留给戎逸一个后脑勺。

等出了大楼,一阵冷风吹在滚烫的皮肤上,戎逸只觉得舒爽万分,心情也变得愉快了。他主动和陈柯尧搭话:"大半夜的,你去买什么东西?"

"肚子饿,买点吃的。"陈柯尧说,"我睡得晚,你平时回来做的那顿饭对我而言其实是午饭。"

"你为什么睡得晚?"戎逸又问。

"习惯了,"陈柯尧说,"生物钟就这样。"

戎逸看着他:"为什么会习惯?"

陈柯尧不理他了。

"为什么会习惯?"戎逸不依不饶地追问。

"因为……"陈柯尧看了他一眼,"每天沐浴着第一缕晨光入睡,坚持三百年可以成仙。"

戎逸听完,一时有点想不明白,停下脚步不动了。

陈柯尧回头看着他呆站在原地,歪着头冥思苦想的模样,笑了:"快点跟上。"

两个人进了便利店,陈柯尧走到冷藏柜前选择夜宵,戎逸站在收银台前,看着架子上的各式糖果,陷入了犹豫。

他觉得有点烦躁,嗓子也不舒服,想买点薄荷糖,或者口香糖,但眼下这一排排的方盒子,看着都很陌生,和印象里经常买的牌子对不上号。

他皱着眉头纠结了一会儿,陈柯尧拿着饭团过来了。

戎逸一伸手,把他拽到了自己身边,然后用下巴指了指面前的货架。

"你觉得哪个比较好吃?

"你都没吃过吗？"

陈柯尧看了看货架，又看了看他的脸，小心翼翼地摇了摇头："没。"

不早说，真是浪费感情。

戎逸不再搭理他，伸手随便拿起一个包装盒看了看，接着抬头问站在柜台里的店员："这个系列，哪个味道比较好？"

店员迟疑了一下："虽然没吃过，但应该都不太好吧……先生，你可以看看下面那一排，那个牌子的口味更多。"店员说完，还瞟了一眼陈柯尧。

陈柯尧立刻飞快地往旁边挪了两步，远离了戎逸后，才把手里的饭团递过去："加热，谢谢。"

戎逸弯着腰看下一排货架，依次看过去，果然看到了印着各种水果图案的包装盒。他想了想，挑了一盒草莓的，又去冰箱拿了一瓶可乐，一起交给店员结了账。

走出便利店后，陈柯尧的表情十分微妙。

"你买这个？"

"啊？"戎逸不明所以。他在疑惑的同时非常顺手地撕开了刚才买的那盒口香糖的外包装，递到了陈柯尧面前。

"你要来一个吗？"

陈柯尧十分明显地顿了顿。

这个人怎么突然那么客气，戎逸有点嫌烦，从盒子里拿出一个就往陈柯尧提着袋子的手里塞。

"尝尝。"

这糖果居然有独立包装，还挺精致。

他默默感叹完，从盒子里掏出一个，用牙咬着包装，扯开后挤进了嘴里开始咀嚼。

陈柯尧一脸惊恐地看着他："你在干什么？"

戎逸皱着眉头嚼着，并不吭声。

陈柯尧惊疑未定，张着嘴看了他好一会儿，问道："好吃吗？"

"不好吃。"戎逸摇头，"那个店员骗我。"

"口感特别奇怪，"戎逸把嘴里的东西吐回包装里，"咬不动。"

陈柯尧低头看了看那个被强行塞到他手里的小包装。

"你也别吃了，丢了吧。"戎逸边说边往垃圾箱走，"太难吃了。"

他刚走了两步，背后突然响起爆笑声。

他一回头，只见陈柯尧正蹲在地上，笑得上气不接下气，似乎连眼泪都快掉下来了。

"怎么了？"戎逸疑惑。

陈柯尧似乎是想说什么，但实在止不住笑，甚至直不起腰，只能闭着眼睛对他摆手。

戎逸莫名其妙："你疯了？"

回应他的依旧是一连串笑到喘不过气来的声音。

"别笑了。"戎逸伸开双手，小心翼翼地保持平衡，"你笑得太厉害，地都开始晃了！"

才刚收敛住些许笑意的陈柯尧闻言，抬头看了他一眼，接着再次低下了头，整个人抖得不行。

真是莫名其妙。

戎逸不再理他，像走独木桥一样小心翼翼地往垃圾桶的方向挪动，想把这难吃的口香糖扔掉。他好不容易走到垃圾桶边，刚准备把拆开的包装盒扔掉，突然被陈柯尧从背后拦住了。

"你别丢呀，太浪费了吧，"陈柯尧说话的时候还在笑，"剩下的那些，先留着吧。"

"真的很难吃。"戎逸十分认真地告诉他。

"算我拜托你，就多留一个晚上，"陈柯尧表情扭曲，"明天再扔，好不好？"

"为什么？"

"明……明天你就知道了。"

陈柯尧说完最后一个字，又像疯了一样开始爆笑。

戎逸瞪了他一会儿，然后把手里拆封的包装盒丢进陈柯尧提着的袋子里："那送给你吧。"

进了电梯，戎逸觉得陈柯尧的精神似乎不太正常，但在眼下这电梯仿佛秋千一样疯狂摇摆的时刻，这个不太正常的人成了戎逸唯一的依靠。

"你扶我一下，"戎逸贴着轿厢，一脸痛苦地向他求助，"太吓人了。"

陈柯尧一边伸手，一边还在笑："不是，你都这样了，干吗还要买酒喝？"

"什么酒？"戎逸浑身紧绷，用力拽着他的袖子。

陈柯尧用另一只手指了指："你手上那个！"

戎逸抬起手看了看，接着也疑惑了。他记得自己在上电梯前一口气喝掉了大半瓶的是他刚买的冰可乐。但眼下他手里这小半瓶，看包装怎么有点像酒呢。他嘟囔："谁给我调包的？"

陈柯尧继续抽搐。

戎逸回头看他："是不是你？"

"不是。"陈柯尧笑着摇头。

"这里只有你，"戎逸严肃地看着他，"肯定是你！"

陈柯尧哭笑不得，最终点了点头："好吧，是我。"

"你这个……"戎逸话没说完，脚步和声调一起飘了。

在失去了轿厢壁的支撑后，戎逸只觉得整个世界又开始天旋地转，他完全站不稳，左跄两步，右跄两步，最终在陈柯尧连声的"小心"中往前跌去。

陈柯尧原本就伸着手想扶他，当下就被他撞得连连后退，最终两个人一起撞向了另一边轿厢壁。

小半瓶酒"咚"的一声掉在了地上，滚到了电梯的另一边。

突然一阵困意袭来，戎逸缓缓闭上了眼睛。

可就在这时，陈柯尧突然用力推开了戎逸。

被推到一旁的戎逸晕乎乎地甩了甩头，接着他发现陈柯尧正疯狂按控制面板上的开门键。电梯门一打开，这个人立刻头也不回地冲了出去。

戎逸靠在轿厢壁上发了一会儿呆，才摇摇晃晃地走出去，然后他发现这家伙正站在楼道拐角的地方，撑着扶手弯腰狂吐。

戎逸在陈柯尧背后摇来晃去地看了一会儿，走上前去，在他身边蹲了下后，说："你喝多了？"

陈柯尧终于停止呕吐，伸手抹了一把嘴，抬头看了戎逸一眼。

戎逸看着陈柯尧没事了，跌跌撞撞地准备起身，没想到一时没保持好平衡，一屁股坐到地上了。

陈柯尧哭笑不得地看着他……

戎逸第二天醒来时，已经是下午了。

宿醉的感觉很不好受，他觉得脑袋特别沉，晕乎乎的，还隐隐作痛。

他睁开眼后对着天花板发了很久呆，才想起自己昨天似乎还带了一个人回来。可眼下他环顾屋内，却再无旁人。

他疑惑之际，房门的把手被人小心翼翼地拧开了，有个人蹑手蹑脚地往里踏了半步，接着在与他对视后放松了动作。

周砾冲他笑了一下，转头冲着门外喊道："他终于醒了！"

"你在和谁说话？"戎逸问。

周砾走到床边的椅子前，坐了下来："你室友呀。"

这家里一共有两个卫浴间，一个在陈柯尧住的那间房里，另一个公用卫浴间连接着客厅走廊。戎逸的房间是没有独立卫浴的。

周砾说他临近中午醒来后，迫切地想要上厕所顺便洗漱，可等了半天，见戎逸还是睡得很死，就自己摸索着出去了。

卫生间不难找，但他没有洗漱工具，只能捧着水漱漱口，再用纸巾抹把脸。

"结果我一推门出去，就在客厅里看到一个人，可把我给吓坏了！"周砾说着还在自己的脸上比画了两下，"长得那么高，表情那么凶，脸上还有那么长一道疤！"

"扑哧。"戎逸当下没忍住，笑场了。

陈柯尧这个人，不吭声，微微皱眉时，确实有几分凌厉。但不久以前，他同"凶悍"这个词还是扯不上关系的，只是最近他脸上的伤刚结了痂，一条暗红色的疤痕横布半张脸，醒目无比，再配合上容貌、体格，他距离"大佬"就只差一条金链子了，可谓凶神恶煞。

戎逸笑完，正想替陈柯尧解释几句，却听周砾又说道："不过你这室友人真的很不错！"

原来，两个人在那儿大眼瞪小眼了一阵后，这位刀疤大哥突然开口问他需不需要牙刷。

那之后，陈柯尧给他拿来了一次性牙刷和洗脸巾，叫早餐外卖时还也帮他捎带了一份。

"我们一起吃完早餐，又聊了一会儿天，"周砾说，"这人说话也挺有意思的，真是人不可貌相。"

戎逸惊讶："你们这么快已经交上朋友了？"

"啥？"周砾一愣，"也不至于吧，就是随便聊聊。"

戒逸小心翼翼地压低了声音："以防万一我还是提醒你一下啊，这人有些毛病，不太正常……"

"毛病？"周砾好奇，"什么毛病？"

当初那段经历对戒逸而言有点屈辱，他不愿细说："反正……反正就是怪里怪气，特别能气人。"

周砾疑惑了会儿，也突然压低声音问道："我问你一个问题，你可得诚实地回答我。"

戒逸警觉："你先说说看。"

"你……和你室友最近是吵架了吗？"周砾问。

戒逸一开口，音量都比之前大了好几倍："没、没有，吵什么架。"

周砾盯着他看："没有就没有，你那么激动做什么？"

戒逸不吭声。

周砾舔了舔嘴唇："对不起，我有点多管闲事了，你说他不正常，我就以为你们吵架了……"

戒逸怪尴尬的。虽然现在他和陈柯尧最近还算正常，但两人之前的事始终是他心里的一道坎。就在他纠结的时候，房门突然被敲响了。

"你不饿吗？"陈柯尧从外面探进来半个头，"还有一个蛋饼，你吃不吃？吃的话，我帮你加热一下。"

戒逸不想吃蛋饼这种油腻的东西。

宿醉本就难受，他根本没有胃口，现在心情也跟着低落了。等他洗漱完毕，走到厨房，一闻到油味胃里顿时翻江倒海。

陈柯尧用微波炉加热了一个蛋饼，看起来还挺得意，一直把蛋饼往戒逸面前递："吃呀，你吃呀。"

戒逸接过以后放到一边，然后打开冰箱，想看看还有没有别的食物。

"你不吃吗？"陈柯尧十分惋惜。

"我前天买的酸奶怎么没了？"戒逸回头看他，"就放在门上的，被你喝了吗？"

陈柯尧愣了一下。

戒逸皱眉："我胃有点难受，这个我吃不下。"

"酸奶大盗"陈柯尧很惭愧："那我现在去帮你买一瓶吧。"他说着就往门口走。还没等戒逸出声阻止，他兜里的手机突然响了起来。

"现在？嗯……可以，你还有多久到？行。等等，你路过楼下便利店的时候，帮忙带一瓶酸奶上来，行不？嗯，对……你稍等一下……"陈柯尧接通电话，说着回过头看向戒逸，"你还有什么别的想要的吗？"

戒逸用口型问他："你朋友？"

"刘源，"陈柯尧说，"所以你不用客气。"

陈柯尧当年宿舍里的一位老哥前阵子回了一趟老家，捎来了一大堆特产，把给陈柯尧的那一份托付给了刘源，让他有空帮忙送一下。

听说会有这两人的朋友来，周砾便主动告辞，准备离开了。

戒逸倒是想留他吃晚饭，但周砾说自己昨天晚上没洗澡，觉得难受，想赶紧回去换身衣服。戒逸和他的体型相差实在大，想借自己的衣服给他穿都不行。

戒逸才刚把他送到电梯外，电梯门就打开了。

电梯里站着一个人："戒逸，你来接我呀？"

刘源提着两个塑料袋，笑嘻嘻地走出来，紧接着突然一愣。

"那我走了。"周砾转身冲戒逸挥了挥手，走进了电梯。

正当他伸手想要按下一楼的按钮，刚从电梯里走出去的刘源瞬间窜了回来。

"你要去哪儿？一楼是不是？来，我帮你按！"

刘源一边按电梯按钮，一边对着周砾微笑，嘴上也没停下："你是戒逸的朋友吗？是来找他玩的吗？这么快就走，怎么不多坐一会儿呢？"

周砾的表情十分微妙："你要跟我一起下去吗？"

"我……"

周砾伸手按住了开门键："不下去的话，你快出去吧。"

被赶出电梯的刘源对着周砾挥手，一直到电梯门完全紧闭，接着，他喊道："这不是上次那个人吗？你还和我说你不认识！"

"别摇，别摇，"宿醉没恢复的戒逸快吐了，"好好说话……"

刘源立刻松手："上次，你为什么说你不认识？"

戒逸可算知道周砾为什么说有的人很烦了。就眼前这样的，谁见了不烦？

以戎逸对周砾的了解，刘源方才那一番操作，已经遭烦了。

戎逸正犹豫要怎么告诉他这个残酷的消息，背后传来了陈柯尧的声音："你们不进来吗？站在那儿干吗呢？"

刘源给戎逸买了一瓶酸奶和一盒小蛋糕。

戎逸刚想要给他钱，却见这家伙十分做作地摆手："这点小钱你还和我那么计较，太不把人当朋友了！"

他说完，见戎逸皱着眉头，赶紧搬来了一张椅子："你站着干什么？来，坐！"

戎逸还没来得及说什么，站在一边的陈柯尧忍不住了。

"怎么回事儿，你被戎逸逮着什么把柄了？"

"嘿嘿，"刘源看着戎逸，笑得一脸讨好，"你把刚才那个人的联系方式给我吧。"

戎逸十分尴尬地移开了视线："我得问问他本人的意见才行。"

"什么人？"陈柯尧十分莫名其妙，说完以后想了想，才恍然大悟，"你说的是刚才走的那个人，叫周砾，是吧？"

"周砾，这名字好……怎么写的？"刘源问。

陈柯尧看了一眼表情微妙却没吭声的戎逸，犹豫了一会儿后，走过来伸手在刘源的脑门上弹了一下。

"你别闹，那可是戎逸合作公司大领导家的亲戚。"

刘源大惊道："难道他就是那家伙的外甥？"

戎逸看着刘源，小心翼翼地点了点头。

刘源还想继续说些什么，才张开嘴，就被陈柯尧拽走了。

陈柯尧强拽着刘源往自己房间走时，还对着戎逸比了个口型，让他别往心里去。

戎逸在回到房间以后，替刘源问了一声，可惜结果就如同他预料的一样。

周砾在收到他的消息后，回了个电话。

"我的天，像你朋友这么夸张的人，我还真是第一次遇到！我鸡皮疙瘩都起来了！"

"所以……"

"千万别把我的联系方式给他。"周砾大喊，"我求你了！"

戎逸有点想笑："行吧，我知道了。"

周砾松了一口气，挂了电话。

刘源要留下吃晚饭，做饭是戎逸的兴趣，多一张嘴就能多做点花样，他还是挺欢迎的。

他在厨房里忙活到一半的时候，陈柯尧突然走了进来。

"晚上吃什么呀？"他在后面探头探脑地问。

戎逸指了指料理台上的半成品："你猜。"

陈柯尧走近看了一会儿，一开口却说了个完全不相干的话题："你和周砾……"

他还没说完，戎逸猛地回头："干吗？"

"你这么激动做什么？"陈柯尧说，"我看你们相处得挺好，为你高兴。"

戎逸突然觉得有点滑稽。

"刘源说，是周砾的舅舅非要介绍你们认识的？"

"你到底想说什么？"戎逸皱着眉看他。

"随便问问，"陈柯尧说，"不行吗？"

戎逸整个人提高了警惕。

"你干吗呀？"陈柯尧无奈，"我真的没有别的意思……你看，我们现在还算是朋友吧？"

戎逸看着他，没搭腔。

"不算吗？"陈柯尧问。

"你有话就直说。"

"我没想说别的话，就是随便问问，"陈柯尧说着，抬手摸了摸鼻子，"我怕你一个人待在厨房无聊，所以来陪你聊聊天。"

"我不无聊，"戎逸转过身，背对着他继续忙活，"你别碍手碍脚。"

"行吧。"陈柯尧说完，居然真的转身出去了。

戎逸觉得莫名其妙，完全不能理解这人到底是来干吗的。

结果这家伙刚出去两分钟就又进来了。

"对了，"这一次，陈柯尧开口的语气与方才大不相同，带着一种奇特的兴奋，"我突然想起来一件事。"

他说着，在戎逸疑惑的目光中走到他旁边，笑容满面的。

"昨天晚上的事，你还记不记得？"

"什么事？"戒逸问。

"你喝多了以后发生的事，你一点印象都没有了吗？"陈柯尧的表情看起来很扭曲，明显是在强行忍笑。

"我那也不算喝多了吧？"戒逸一脸防备地看着他，"我甚至都记得我把周砾带回来以后，还和你去了一次便利店，对不对？"

陈柯尧的表情愈发微妙，他舔了舔嘴唇，问道："那你记不记得自己买了什么？"

"哦……我好像把一瓶酒当可乐喝了，是不是？"戒逸回忆了一会儿，"我真的都记得，我喝多了不会断片的，你别想编故事唬我。"

"还有别的呢？"陈柯尧一副饶有兴致的模样。

"我还记得你吐了。"戒逸说，"在我不小心撞到你以后。"

陈柯尧咳嗽一声，移开视线："那个不算，我晕电梯了。你也说过昨天的电梯特别晃，对吧。"

戒逸在心里翻了一个白眼，再开口时，语气就更嫌弃了："你有话就说，别吞吞吐吐、磨磨唧唧的，像个老太太似的。"

"你还买了一盒糖，记不记得？"

"记得呀，"戒逸无语道，"那糖巨难吃。我想要扔，你还不让，所以我送你了，对不对？"

他刚说完，陈柯尧再次爆笑。他捂着肚子，弯着腰，笑得整个身子一抽一抽，完全停不下来，也说不出话。

"你发什么病？"戒逸疑惑极了，"脑子短路了？"

陈柯尧开始用力拍大腿，好一会儿后才直起身子，然后边笑边从口袋里摸出了一个包装盒。他把包装盒递到戒逸面前，晃了晃："你看这是什么？"

戒逸当然认得，虽然这包装盒乍一看像是糖果，但其实是一盒单独包装的压缩面膜。

盒子已经打开了，包装上画着两颗草莓。

陈柯尧说："特别难吃。

"我还是第一次看到有人把这个，塞进嘴里嚼的。

"你要是不信，可以现在再拆一个尝一尝，看看是不是……"

他话还没说完，门口传来了咳嗽声。两个人下意识回头，看见刘源正站在厨房门口。

此时，戎逸的尴尬已经透支了，他该怎么向刘源解释自己吃压缩面膜这回事……

当天晚饭时间，戎逸十分刻意地清了清嗓子："刘源，刚才……"

话还没说完，正在喝汤的刘源"噗"的一下把嘴里的液体全喷了出去。

坐在他对面的陈柯尧瞬间摆出防御姿态，可惜慢了一步，还是被喷了满头满脸。陈柯尧立刻跳了起来："你也太恶心了……"

说完，他就起身去了卫生间，留下抹着嘴不知所措的刘源，以及说话被打断后显得有些僵硬的戎逸。

面面相觑了一会儿，戎逸开口道："我想说……"

戎逸开口时气势万千，到了这儿突然卡壳。其实是因为我昨天喝醉酒买错了，把压缩面膜当糖吃了……这话怎么都有点说不出口。

这真相也太破坏形象了……

等刘源回家后，家里只剩下戎逸和陈柯尧两个人，戎逸第一时间回了房，还关了门。

没过多久，陈柯尧就来敲门了。

戎逸从陈柯尧进门起，视线就停留在他的左手上："你拿着这东西干吗？"

陈柯尧低头看了眼手里那个包装盒，然后递了过来："还你。"

戎逸一愣，没接。

陈柯尧见状，干脆把包装盒放在了一旁的书桌上。

眼见他往外走，戎逸喊了一声："你等一下。"

陈柯尧回过头："怎么？"

"送都送你了，"戎逸用下巴指了指桌上的盒子，"拿走。"

陈柯尧笑容促狭："我可不爱吃这个。"

戎逸被戳了痛处，脑子一热旧事重提："我好歹是喝多了做傻事，不像某些人没喝也能吐个不停。"

陈柯尧瞬间呆滞。

戎逸才刚说完便已经后悔了。这哪是戳陈柯尧的痛处，分明也是在给自己找难看。

"还不是因为你。"陈柯尧说。

"胡说，"戎逸虚张声势，"我身上哪有什么味道。"

当天晚上，戎逸躺在床上，翻来覆去，难以入眠。

陈柯尧太奇怪了，他看起来也不像是真的讨厌或者嫌弃自己，可为什么正常的接触会让他有那么大的反应呢？为什么有时候陈柯尧面对自己会呕吐，但是大多数时候相处是正常的呢。他忍不住拿起手机搜索了起来。

他通过搜索找到了一个活跃度相当高的医学论坛，使用搜索功能后找到了几个相关的帖子。

有人说自己能闻到别人闻不到的奇怪气味，评论大多认为他有癔症，也有少数人猜测他的嗅觉可能比寻常人更灵敏。

还有人说自己只要闻到特定气味就会反胃呕吐，评论区里同好还不少，受不了的味道千奇百怪，从大多数人都不太喜欢的汽油味到本该受到喜爱的奶油或糖果味，令人大开眼界。

戎逸擅自将这些信息组合在一块儿胡乱猜测，陈柯尧不会是嗅觉异于常人，能闻到普通人身上的体味，然后又恰好受不了自己的味道吧？

若真是这样，陈柯尧也只是受本能所苦，好像也没那么讨厌了。躲在被窝里看了好一会儿帖子，戎逸哈欠连天，但看得津津有味，舍不得睡。

想着再看最后一个帖子就立刻放下手机，他大拇指往上一滑，突然看见一个十分微妙的标题——"疑难杂症"我好像会对特定的人产生应激反应……戎逸愣了一下，皱着眉头点了进去。

那帖子写得并不详细，但戎逸觉得熟悉的感觉突破天际。

楼主说，自己前阵子在机缘巧合之下认识了一个非常合拍的人，原本相处融洽，可自己却偶尔会出现无法控制的应激反应，从肉体到精神都产生强烈不适，十分难耐。

回帖中有人打趣，问他会不会是因为他本身讨厌对方却不自知，被楼主毫不犹豫地否认了，那之后，楼主甚至还花了大量笔墨对那人进行赞美，从行文中不难看出想要与对方和谐相处的期盼。

他还说，因为自己在应激状态下无法控制情绪，两人一度闹翻，但最近因为一些契机又有了相处机会，或许能重修旧好。他很担心因为这莫名其妙的毛病又把一切搞砸。

被问到对病因有没有头绪时，楼主说，可能是因为自己的童年阴影。

主题帖还挺长的，因为楼主不仅说了第二次出现应激反应是在电梯里，因为醉酒两个人有了肢体接触，还说了对方现在出于一些原因，就住在自己家里……

回帖里很快就有人表示了疑惑，说既然都能接受合租，证明两个人关系还不错，不如带对方去医院检查一下，彻底查清楚过敏原……

楼主回复说，关系也没有到很好的地步，而且自己因为成长经历和童年阴影，在接触一些人时就会出现不舒服的应激反应，不一定是因为过敏……

这很难不让人联想，但戒逸考虑到世界如此之大，类似事件不见得独此一人，便不敢轻易对号入座，尤其是中间那洋洋洒洒的大段赞美，太过头了。戒逸自觉并不值得被如此夸奖，又看了一下发帖日期，他更犹豫了。

正常发出感慨的时机，一般也该在事发后的几天，而楼主发这个帖子的时候，他都在陈柯尧家住两天了，时间有点对不上。那楼主用户资料里性别那一栏填的还是"女"。而且呕吐算是应激反应吗？

整体综合起来，显得似是而非，让人完全无法判断。毕竟太阳底下没有新鲜事，世界那么大，有类似的事情发生一点也不奇怪。不过不管是不是，戒逸都忍不住想回帖：你这不就是有病吗？有病就不能去治一治吗？

为此，他特地注册了一个账号，结果点击回帖时，页面忽然跳出提示，要求他进行手机认证。他耐着性子接收了验证码，页面忽然又跳出提示，要求他先完成论坛任务。根据提示，他设置了头像和个人信息，不屈不挠地再次回帖，结果又跳出了提示：新用户注册二十四小时后才可以发言。

什么垃圾论坛。

戒逸气得关掉了手机，倒头睡觉。

第四章

糖醋小排

Mr. Rong

Chapter 4

第二天是周日，熬了夜的戎逸一觉睡到了中午。

他走出房间的时候，陈柯尧正在客厅里和人打电话。

两人视线撞上以后，他对着戎逸点了点头，戎逸莫名紧张，没作理会就逃进了卫生间。

虽然场外信息全都对不上，但戎逸还是忍不住思考那帖子究竟是不是他发的。

因为帖子里有一个细节，让戎逸很在意——很希望能和对方重修旧好，担心会再把一切搞砸。

前天晚上在电梯里的那一幕，戎逸因为醉酒记得不是很清楚，但确实有印象。他醒来后没主动提起，不代表不在意。

其实他耿耿于怀——陈柯尧嘴上说着"我们已经是朋友了"，但居然会对他恶心到呕吐。这完全是对他自尊心的无情践踏。之后，这家伙说自己是晕电梯，戎逸当然是不信的。但他也不想刻意拆穿，毕竟那就像在打自己的脸。

他当时想过，其实陈柯尧这个人骨子里挺温柔的，抗拒不了生理上本能的厌恶，但还知道要给他留点面子。

不过，若那个帖子真的是陈柯尧发的，以上所有想法就不成立了，陈柯尧当时的矢口否认，瞬间变成了为维护自身形象所做的掩饰，只为了不破坏在他心目中的形象。

当然，这都建立在"那个帖子是陈柯尧发的"前提之下。

戒逸一口气挤掉了半支牙膏，皱着眉头站在镜子前，沉浸在思绪中不可自拔，一直到他手上黏糊糊的，觉得有些难受，才意识到不对劲。

戒逸把粘在手上的薄荷牙膏洗干净，手上一大片皮肤都变得凉飕飕的。他走出卫生间时，发现陈柯尧还坐在客厅里的沙发上，低头捂脸并且两只手在自己脸颊上来回搓着。

他脸上的伤口虽然结了痂，但毕竟还没彻底长好，戒逸见状有些担心，开口问道："你在干吗？"

陈柯尧抬头看了他一眼，接着"啪"的一下呈"大"字形仰靠在了沙发靠背上，一副生无可恋的样子。

"我被家长投诉了。"他说。

"啥？"

"有家长投诉我，说我一看就是个流氓，不能接受把自己的孩子交到我手上。"

"别憋了，"陈柯尧看了他一眼，"要笑你就笑吧。"

于是戒逸当场爆笑。

陈柯尧皱着眉，一脸无奈看着他在那儿前仰后合，叹了一口气："我好冤，我这条疤怎么说也算是见义勇为的英雄凭证吧？"

"那你们机构有向家长解释吗？"戒逸坐到他身边问道。

"解释了，还添油加醋了，说我是在路上救小朋友，和歹徒搏斗时才受伤的，"陈柯尧说，"但好像效果不太好。"

被勇救的戒逸小朋友想了想："要不……我现在去给你送一面锦旗？"

"不用，"陈柯尧苦着脸摆手，"我放假了。"

戒逸一愣："哎？"

"不只那一个家长投诉，"陈柯尧唉声叹气地说，"那天有好几个家长结伴过来参观，本来都打算报名了，结果看到我，当场就走了。

"你要笑就笑，何必憋得脸都变扭曲了。"

"对不起，但……"戒逸捂着嘴，"噗……"

"我现在看起来有那么吓人吗？"陈柯尧十分意难平的样子，"我照了镜子，觉得还好。"

"你想听实话吗？"戒逸问。

陈柯尧很果断："不想。"

"其实还好，也不是很吓人。"戒逸说。

"你知道吗？"陈柯尧说，"那天有个小朋友看到我以后，当场哭了，不肯继续上课，要回去找妈妈。

"都说了你要笑就笑。"

戒逸赶紧摇头。虽然他刚才那一瞬间的表情确实纠结，但并不是在忍笑。这事听起来很滑稽，可对一直喜欢小朋友的陈柯尧而言，这件事的打击应该挺大的。

他脸上的伤，自己占了不小的责任，戒逸难免过意不去。

陈柯尧从身边抓了一个靠垫抱进怀里："我本来是排在我们学校'最受小朋友欢迎的老师'的第二名。"

刚严肃起来的戒逸当场笑了起来，等陈柯尧斜着眼睛看过来，他强忍着笑意，装模作样地拍了拍手："太了不起了，陈老师真厉害。"

"我真的很受欢迎，"陈柯尧不知为何特别在意，"你不信吗？"

戒逸当然是相信的。陈柯尧长得好看，性格又温柔，而且看起来特别有本事，小朋友对这样的年长者本来就没有抵抗力。他之前去参观的时候，虽然滤镜深厚，但也看得出有不少小朋友对陈老师满心崇拜。只是想到那一天，他就不由自主地想到之后在停车场里发生的事。

戒逸突然皱起眉头的动作，引起了陈柯尧的误解。

陈柯尧从沙发上站了起来，抱着靠垫往自己房间跑："你等一下，我给你看一个东西。"

"哎？"戒逸一愣，"你的第二名奖状吗？"

陈柯尧再次走出房间的时候，手里除了靠垫，还捧着一个相框。

戒逸大惊：这种东西，他居然还裱起来了？

"你看，"陈柯尧把相框递到他面前，"是不是很可爱？"

戒逸伸手接过相框，看清了相框里那张画的内容后，一时有些不理解。

这张特地被陈柯尧裱起来的画，内容实在令人不敢恭维：许多歪歪扭扭的小人依次排开，像是在拍集体照，每个人胸口的位置还写着各自的名字。

"你的学生画的？"

"对，"陈柯尧在他身边坐下，伸手指了指小人里最高大的那一个，"这是我。"

戎逸当然看出来了，毕竟上面还写着"陈老师"三个字。

"这是我之前带的那个班的学生送我的生日礼物。"陈柯尧说，"是几个关系好的小朋友私下里偷偷准备的，每个人画了一个自己，还留了个空位，送我的时候让我把自己补上。是不是很可爱？"

戎逸低头看向那个胸口写着"陈老师"三个字的扭曲火柴人："这个人是你画的？"

陈柯尧点头："是的，你看这字迹就不一样。"

他的字迹确实好看，和小朋友扭来扭去的字迹形成鲜明对比，但他的绘画水平居然没和小朋友们拉开半分差距。从某种程度上说，这也算是天赋异禀了。

陈老师显然对这份礼物喜欢得很，所以特地配了一个相框。戎逸没进过他的房间，不过他能那么快拿出来，这幅画十有八九就挂在醒目的位置。总和小孩子待在一起，是不是会变得天真可爱？

戎逸看着明显有些得意的陈柯尧，心情有点儿复杂。他低头轻轻地咳嗽了一声："嗯……那反正伤口总是会好的，到时候你就可以继续当你的孩子王了。"

"唉，"陈柯尧叹了一口气，"希望能快点吧。"

戎逸点了点头，突然想起了这段时间以来自己一直好奇，但找不到机会问的事："那你这段时间岂不是没有收入了？"

"这你不用担心，每个星期上两次课本来也没几个钱，"陈柯尧说，"我的主业不是这个，买菜钱还是付得起的。"

戎逸赶紧顺势问道："那你的主业是什么？"

这个人每天中午起床，平日里根本不上班，戎逸一直疑惑他到底在做些什么。

陈柯尧却是一副不太想说的样子："是一份只要依靠智慧的大脑，就暂时饿不死的工作。"

见戎逸表情微妙，他又说道："我只是一个普通的自由职业者。"

陈柯尧再次补充："合法。"

"不说拉倒。"戎逸站起身来，向厨房走去。

戒逸暗暗在心里琢磨，陈柯尧看起来经济宽裕，收入颇丰，而且大多数时候并不出门，似乎还挺悠闲。他不像设计师，不像专职股民，更不像网店店主。这还能做什么呢？莫不是专职包租公？可这也用不上什么智慧啊。

戒逸疑惑着打开冰箱，发现他昨天晚上新买的酸奶又不见了。

而厨房外，传来了酸奶大盗惯犯的声音："我晚饭想吃小排骨汤！"

陈柯尧好像每天都想吃小排骨汤。

戒逸在吃过饭后，去了一趟大卖场，买了一大堆肋排，还买了大量酸奶和零食。陈柯尧这个人睡得晚，一到半夜就跑出来翻冰箱。为了保证自己的食物不会被半路打劫，他觉得有必要多准备一点口粮。反正陈柯尧前阵子给的伙食费很多，买小排骨根本花不完。

这一趟是陈柯尧开车送的，但他到了以后没下车，戒逸提着袋子回来的时候，发现他正坐在驾驶座里玩手机。

戒逸不由得就联想到自己昨天晚上发现的论坛，以及其中那个最让他在意的主题帖。

上了车后，他装作若无其事地问道："你刚才在看什么呢？"

"随便看看，"陈柯尧转动钥匙，"你买东西还挺快的。"

戒逸微微偏过头去看了他一眼，接着问道："你在网上叫什么名字？"

不知为何，陈柯尧反应很大："你怎么突然问这个？"

"想到了，随口问问。"戒逸说，"怎么了，很难以启齿吗？"昨天那个发帖人的 ID 叫"一棵藤上七个瓜"，有点搞笑，但并不算很出格，不至于到说不出口的地步。陈柯尧不肯回答，总不能是怕自己听了以后，搜出那个帖子吧？

戒逸疑神疑鬼，而陈柯尧看起来莫名紧张："你是不是已经知道了？"

"什么？"戒逸有点激动。

"你在套我话？"陈柯尧看着前方，"就那么想知道我到底是做什么的？"

戒逸一时转不过弯来。在网络上用的名字和职业有什么关系？陈柯尧是打开电脑就会变身的"键盘侠"吗？

陈柯尧抽空看了他一眼，笑了："没事，我在胡说呢……"

接着他又道："我在网上叫'你的陈老师'。"

戒逸非常确定这才是胡说的——这人明显发现两人说的不是同一件事

后，松了一口气，开始瞎掰了。

套话实在不是戎逸的强项，一直到双休日过去，再次投入工作中，他还是什么都没问出来。

戎逸的项目进展非常顺利，预计下周就能进入尾声。只要甲方不再提出无理要求，不久后大家就能获得一个久违的假期。

所有人都动力十足，其中小张同志尤其努力。到了中午休息的时间，她跑来找戎逸，说等这一次忙完，除了休假，还想把年假一起用了。

为了获得一个更长的假期，许多人都会这么使用年假。戎逸表示问题不大后，随口问了一句"是不是要出去旅游呀"，立刻得到了一个"就等着你开口问"的兴奋眼神。

"我抽到了我们莫莫在C市的影迷见面会粉丝专属门票！"她把手机拿出来向戎逸展示获奖信息，"C市我正好没去过，打算顺道旅游。"

当下戎逸就羡慕了，他上次激情追星已经是将近十年前的事情了。这些年来，虽然他喜欢过不少艺人，但身边缺乏有着同样爱好的人，没气氛，就终归没有太投入。

如今看着眼前这位追星少女，戎逸胸中沉寂已久的热血微微复燃。

"我也想去……"他说。

"那你之前有转发抽奖吗？"小张问。

戎逸惭愧摇头。他连有抽奖活动这件事都不知道。

"有加入粉丝群？"

戎逸再次摇头。他真的不关注这些太久了。

"那你光想有什么用呀？"小张十分鄙视，"我早就说了，你对我们莫莫根本不是真爱！"

"你这票可以转手吗？我出钱！"戎逸说。

"千金不换！"小张豪气地摆手，"我会多拍照，回来给你看！"

本来，戎逸对这样的活动有兴趣，但没那么渴望，可突然身边有人去现场看，自己却只能眼馋，那感觉就不一样了。

他痛定思痛，第一时间跑去填写了粉丝群的入群申请。在交群费时，他有过一丝挣扎，毕竟他的经济状况有点紧张。但之前的危机渡得太过轻易，实在很难让人长教训，于是短暂犹豫后，戎逸还是点下了"确定"键。

人总要有点精神寄托嘛。

戎逸忙碌了一周，临近周末，他又要去甲方公司一趟。

戎逸在路上接到了周砾的电话，对方声音听起来有点慌张，问能不能临时帮忙，代为照顾一下自己的宠物，只要一个周末就行，因为他姥姥突然从老家过来了。老人家有点偏执古板，受不了这些东西，要是见着了他的爱宠，肯定会生气。

"咪咪特别乖的，你放那儿不用管，给水和食物就行，它自己会吃，很好养的。"周砾说，"虽然它长得有一点凶，但其实很温顺的！"

最后一句话听着有点耳熟。戎逸没怎么犹豫，很快便点头答应了。

周砾表示今天晚上他姥姥就会到，所以他已经请了假，想现在就把咪咪送过来。戎逸在确定宠物携带方便后，直接给了甲方公司的地址。他今天办完事不用回自己公司，和周砾碰头后直接把宠物带回家就好了。

挂了电话，他才意识到有点不对，于是给周砾发了条消息："你的咪咪，好像不是猫？"

紧接着，周砾发来了一张恐怖图片——画面里，一条黑漆漆、油亮亮的蛇缠在他雪白的小细胳膊上，显得格外粗壮狰狞。

"是不是很可爱？"周砾说。

戎逸后悔了，他觉得他和周砾对于"可爱"的理解好像不太一样。

在甲方公司交接工作告一段落后，戎逸见到了魂不守舍的刘源，于是，戎逸起了个话头。

"刘源，你今天怎么有点……"

刘源十分夸张地叹了口气，一脸苦恼："我的闪电不见了。"

"你的啥？"

"闪电。"刘源伸手朝自己桌上指了指，"我放桌上的，不知道哪个人把盖子打开了，我一回头就发现闪电不见了。你来之前，我还在找呢。"

戎逸看了一眼刘源办公桌上的空盒子，觉得有点儿眼熟——和刚才周砾第二次发他的照片里装着咪咪的盒子特别像。

没想到这两个人拥有着这样的共同点。戎逸正想着，收到了周砾发来的消息。

"原来这里就是我舅的公司，你咋不早说？我被他逮到了！"

戎逸心里"咯噔"一下，他还真把这一茬忘记了。

原来可怜的周砾刚到楼下，抱着他的咪咪想要联系戎逸时，一抬头正好撞上了他舅舅。

对方十分惊喜，连声道："你来得可真是巧了，戎逸现在正在我们公司呢，你赶紧上来坐坐吧。"

周砾的宠物比较不受长辈待见，好在咪咪本身不喜光，他在大盒子外面盖了一块布，别人看不到盒子里面。

如今他正坐在他舅舅的办公室聊天，估计等戎逸这儿忙完了，也会立刻受到召唤。

戎逸在消息里了解完情况，决定主动去解救周砾。他安慰了还在为闪电苦恼的刘源，做足心理准备，勇敢地向领导办公室走去。走到拐角，他突然远远看见办公室门口有一根黑色的绳。

戎逸脚步一顿，紧接着就看见那根粗绳微微动了一下，竟然是一条蛇。这难道就是刘源正在寻找的闪电？

刚才周砾为了安抚他，对他进行了大量的科普。周砾说，虽然这种蛇看起来怪瘆人的，其实性格特别温和内向，极少主动攻击人类，并且无毒，是一种很安全的宠物蛇。

但理智上知道安全没用，看见那油亮亮的鳞片和时不时吐出的蛇信，戎逸还是起了一身鸡皮疙瘩。他保持着高度紧张，小心翼翼地向着那条黑蛇挪了两步，接着远远拍了一张照片，给刘源发了过去。

"这是不是你的闪电？"

半分钟后，戎逸收到了刘源的回复。

"看住它，别让它走了，我这就来！"

戎逸站在五米开外看着那条蛇，觉得它若执意要走，自己根本不敢阻拦。眼下，他只能祈祷它确实内向，不爱随意走动了。

半分钟后，刘源风驰电掣一般赶了过来。

"闪电呢，还在不在？"他一边说，一边往地上看过去，接着一声惊呼，"我的天！"

"你赶紧把它抓起来吧。"戎逸紧张地说道。

万万没想到刘源比他更紧张："这是啥玩意儿？为什么公司里会有一条

蛇？它想对我的闪电做什么？"

"这不是你的闪电吗？"

"你开什么玩笑！"刘源一脸惨白，指着黑蛇前方的一个角落，"那才是我的闪电。"

戎逸顺着他指的方向看过去，发现地上竟然还有一只瑟瑟发抖的肥美小仓鼠。

刘源虽然也很慌，但眼见爱鼠有生命危险，还是十分勇敢。他从走道角落找来了一个拖把，小心翼翼地想戳那条蛇。

"你……你让开……"

那拖把被举在半空中，跟随着刘源的手一起疯狂抖动。

而戎逸此刻突然意识到一件重要的事。

"你等一下！"他一把拉住刘源，"别打这条蛇！"

话音刚落，一旁的办公室门打开了。

"你们吵吵嚷嚷干什么呢？"周砾的舅舅皱着眉头看向他们，他背后的周砾也一脸疑惑，正歪着脑袋向外看。

周砾很快就顺着戎逸的视线，发现了地上那条黑蛇。

"咪咪！"

就在他喊出这个名字的瞬间，那条据说十分温顺、乖巧内向的黑蛇猛地向前一窜。

黑蛇前方的小仓鼠瞬间从众人眼中消失，而黑蛇的脖子鼓出一个大包。

"我的闪电！"刘源崩溃了。

完整旁观了咪咪犯罪过程的周砾呆住了，他愣了好一会儿，才对着刘源小心翼翼地开口："那是你的仓鼠？"

刘源彻底沉浸在悲痛中，连有人同他说话都没注意到。盯着凶手看了一会儿后，猛地把拖把高举过头："我和你拼了！"

周砾赶紧冲上前去："别别别，有话好说，有话好说！"

戎逸见状，也出手阻拦："刘源你冷静点，人死不能复生，不对……"

一旁的周砾舅舅在此时高声惊呼："公司里怎么有条蛇？"

戎逸很难想象现在的刘源究竟是什么样的心情。

这个痛失爱鼠的可怜男子一脸呆滞地看着周砾把黑蛇从地上抓了起来，

装进盒子里。他全程没有吭声，身形落寞，内心萧瑟。

相比之下，周砾显得十分惶恐。他在做这些事的时候，时不时回头看一眼背后那个神情黯淡的男子，脸上写满了心虚。终于把自己心爱的咪咪装好后，他小心翼翼地走到刘源面前，清了清嗓子。

"对不起，"他不敢抬头，偶尔往上看一眼，又快速垂下视线，说话时一直在舔嘴唇，"我可以赔偿。"

这时，刘源才算有了表情。他微微皱起眉，苦着张脸，嘴张了老半天，最终只是摇了摇头。

"算了，"他说，"这怎么赔？买来也就十块钱。"

"我……我可以再去给你找一只。你给我张照片，我保证给你找只一模一样的！"

刘源露出一个特别尴尬的笑容："不用了。其实我本来也不打算养了，今天之所以把它带出来，就是拿去送给朋友的。"

周砾一时不知道怎么接话。

"你那个东西，那么危险，"刘源说着，指了指摆在一边的装蛇的盒子，"你看管的时候小心一点吧。"

周砾猛地点头。

刘源转头看了眼戎逸："我回办公室了。有事联系。"

戎逸傻愣愣地点头。

刘源肯定是真的伤心了。

戎逸离开前，偷偷去他所在的办公区看了一眼，发现这家伙正趴在桌上看着面前装仓鼠的空盒子发呆。

周砾站在戎逸的身后，苦着脸小声教育着身子鼓出一大块的咪咪："我没给你吃饱吗？你现在这样，我还怎么做人呀！"

咪咪看起来很满足的样子，盘在盒子里一动不动，根本不作理会。

"既然他都说算了，你就别太自责了吧。"戎逸只能安慰他，"毕竟这种事也没法挽回了。"

"我过意不去，"周砾说，"要是他让我赔偿也就算了，现在这样我多尴尬呀！"

"不然……"戎逸想了想，"你请他吃一顿饭？"

周砾愣了一下，接着用力摇头："我不想和他吃饭。"

戎逸又回头看了一眼沉浸在哀伤之中的刘源：惨，太惨了。

虽然对咪咪依旧有几分胆怯，但在周砾的再三保证下，戎逸还是把它带回了家。

周砾说，这蛇绝对不会主动攻击任何比老鼠更大的物体。它会去吃小仓鼠，可能是因为他平时在家里也是喂它吃小白鼠。总之，只要不受到伤害，它绝对不会主动攻击人类。

末了，周砾说："你不觉得它圆溜溜的小眼睛很可爱吗？"

戎逸看着它那时不时吐出的蛇信和身子上鼓出的那一大块"犯罪凭证"，实在是体会不了它的可爱。

周砾说，平时不用管它，把它放在背光的地方，每天记得加水就可以了。它刚饱餐了一顿，接下来几天不会吃东西。

戎逸把它放在自己的房间里后，实在忍不住在意，回了好几次头。他总觉得那双乌溜溜的小眼睛正在盯着他看，瘆得慌。

犹豫纠结之下，他捧着盒子跑去敲了陈柯尧的房门："我能不能把它放在客厅里？"

万万没想到，陈柯尧和咪咪对视过后，倒抽一口冷气，接着连连后退，最后竟一言不发地直接关上了房门。

"家里为什么会有这种生物？"他的声音很快隔着门传了过来，"我的天呀！"

戎逸茫然地看着紧闭的房门："你那么怕吗？"

"求你，别把它拿出来，赶紧把它送走好不好？"陈柯尧把房门打开了一条缝，只露出两只眼睛，"你说什么我都答应，你先把它拿走！"

戎逸愣了一会儿，捧着咪咪回到了房间，然后开始爆笑。他发现自己的心态很奇特，原本觉得这黑蛇怪瘆人的，有点害怕，可如今见过陈柯尧那惊慌失措的模样后，他又觉得这小东西看起来可爱极了。它那双圆溜溜的小眼睛，看久了确实有点萌。

他才刚把咪咪放下，背后就传来了敲门声。

戎逸打开门，外面站着一脸紧张的陈柯尧。这一次，他手上终于没拿凳子了。

"你先出来，"他很警惕，"我们聊一聊。你别把那个生物带出来。"

"我们好歹是室友，你也租我的房子，"两人到了客厅，陈柯尧的情绪难以平静，在戎逸面前走来走去，"你想养这种生物，怎么也该经过我的同意，对吧？"

"没有，我没有养，"戎逸猛地摆手，"我替周砾临时照顾两天，周一就还他了。"

陈柯尧闻言，深深地松了一口气。

"你就这么怕蛇？"戎逸忍不住复述了一遍周砾的话，"这种蛇是没有攻击性的，不会主动咬人……"

"这不重要，"陈柯尧摆手，"它是蛇，你明白吗？"

"我的天哪，我的鸡皮疙瘩都起来了。"

戎逸一瞬间有点错乱。此刻的陈柯尧有点像那些小朋友的家长，而咪咪就是无辜的陈柯尧本人了。

"只凭外貌判断一个人是不对的。"戎逸教育他。

"那不是人，"陈柯尧很激动，"那是一条蛇。我的家里居然有一条蛇！"

没办法沟通了。

戎逸疑惑："你是不是有什么心理阴影？"

陈柯尧闻言，十分明显地咽了口唾沫："我小时候被蛇咬过。"

听他说完，戎逸刚想感叹一句"难怪"，却见这个家伙突然猛地拉下了自己外套的拉链。

眼见他脱了外套、卫衣，又开始掀T恤，戎逸惊慌问道："你干什么？"

"你看，"陈柯尧背过身去，给他看自己背上的一道疤痕，"这就是蛇咬的。快二十年了，疤痕还是很明显。"

这身材……戎逸的视线在伤口以外的地方不断游移："那还挺惨的。"

"何止是很惨，"陈柯尧整理好了T恤，穿上了卫衣，"要不是医院离得近，我早就去世了。我看到这东西就怕，控制不住地害怕。"

戎逸还在想着方才看到的画面，只十分敷衍地点了点头："应该的，应该的。"

"只留两天的话……反正你千万别把它拿出来。"陈柯尧皱着眉头想了想，"能不能在那盒子上面罩一块布？"

"可以的，周砾给了我一块布，"戒逸信誓旦旦，"放心，我保证不让它出现在你面前！"

回到房间把装咪咪的盒子用布彻底蒙住后，这小东西就失去了存在感。

戒逸想叫陈柯尧过来检阅一下，奈何如今这个人连他的房间都不愿靠近。虽然方才他表示过同情，但难得有这样的机会，不用蛇吓唬他，嘲笑他几句总可以吧。

于是他特地跑去找陈柯尧聊天："没想到你这么大一个人，胆子居然挺小的。"

陈柯尧皱着眉："你有没有听过一句话，'一朝被蛇咬，十年怕井绳'。这都是古人总结的智慧经验。"

"这样呀，"戒逸忍着笑点了点头，说道，"但是你有没有想过，你腰上那个疤过了这么多年还在，你的体质是不是特别容易留疤？"

陈柯尧看着他，没吭声。

戒逸点了点陈柯尧脸上那条疤痕的位置："我觉得不太乐观哦。"

陈柯尧愣在原地。

"恐怕从此以后再也没有小朋友和你好了。"

"你诅咒我？"

"没事没事。"戒逸笑着拍他的肩膀，"你还可以……"

"什么？"

"你以后上课的时候戴一个面罩，假装自己是个超级英雄。"他说完，有些得意地冲着陈柯尧挑了下眉。

晚上吃过饭，戒逸回到房间，接到了来自周砾的电话。

"咪咪还好吗？应该没给你们添麻烦吧？"

"还行吧……陈柯尧有点不适应，所以你周一一定得把它拿走了。"

"放心，"周砾说，"我姥姥周日下午回去，我周日晚上就过来拿。你别忘记给它喝水。"

戒逸还真忘了，他一边打电话，一边拿起了水杯。他掀开罩着咪咪盒子的那块布，忽然愣住了。

"那个，我想了一下，不然你替我请他吃一顿饭吧，我给你们报……"

"周砾！"戒逸猛地打断了周砾的话，"咪咪不见了！"

"啥？"

"你这盒子是不是有点问题？！"戒逸大喊。

这是咪咪今天第二次越狱了。

戒逸仔细检查了一下盒子，发现盒盖上的搭扣是松的。搭扣看上去扣紧了，但其实咪咪从里面稍微顶一下，就能顺利钻出来。

戒逸傻愣愣地捧着空盒子，慌得手指一片冰凉。

此时距离他给这盒子蒙上布至少已经过去了两个多小时，咪咪究竟是什么时候钻出来的，现在还在不在他的房里，都是未知数。

他在慌乱中，快速扫视了一遍自己的房间，没有发现任何异常。

电话里传来周砾的声音："你别急，它刚吃饱，不会很活跃的。它大概是到了陌生的地方有些害怕，所以想找个有安全感的角落躲起来，一般会找比较隐蔽的小空间。"

"我也害怕！"戒逸对着电话那边压低声音哀号，"万一它吓坏了，突然窜出来咬我怎么办？"

"应该不会吧……"周砾的语气听起来十分纠结，"要不你就别管了，它刚来我家的时候也这样躲过一阵。你走路的时候小心一点，注意不要踩到它就好了。"

戒逸继续压低声音，生怕被家里的另一个人听见："不行，万一被陈柯尧看到了，他会崩溃的！"

试想一下，如果咪咪在他们不注意的时候，悄悄地一路爬进了陈柯尧的房间，甚至钻进了他的被窝……等陈柯尧上床睡觉，关了灯，脱了衣服，突然间摸到一个冰冰凉凉的东西……

这一人一蛇都看起来凶凶的，虽然本质都非常温和，但其实都特别有杀伤力。一旦同时惊慌失措，天知道会发生什么惨剧。

陈柯尧在惊恐到极致时，会爆发怎样的武力值实在不好说，万一咪咪命丧当场，不仅周砾那儿不好交代，闪电也枉死了。

所以，还是提前把这件事告诉陈柯尧，让他有点心理准备为好。

可转念一想，说不定咪咪并没有爬远，就在自己床底下躲着，根本威胁不到陈柯尧。说了以后，反而让他担惊受怕，夜不能寐，指不定神志错乱，连房子都一把火烧了。

纠结之际，客厅里响起一声惊天动地的惨叫。

一打开门，只见陈柯尧飞檐走壁。

戎逸目瞪口呆地看着陈柯尧飞身蹿上房顶，一手抓着窗帘杆子，一脚踩着屋顶角落，窝在角落里大呼小叫。

"你是不是看见……"

戎逸还没问完，就听见陈柯尧大喊："蛇！蛇！"

虽然戎逸也怕，但此情此景逼得他不得不勇敢。他拿着空盒子，小心翼翼地往外走："你在哪里看到的？"

"那里！"陈柯尧在房顶上大喊。

"哪里？"

陈柯尧腾不出手来，疯狂抬下巴："那里！那里！"

他说的好像是沙发的方向，戎逸一边靠近，一边出声安抚这只惊恐的蜘蛛侠："你别太紧张，放心，我马上就把它抓起来。"

"它为什么会在外面？"陈柯尧看起来快要支撑不住了，"你快点，我要掉下来了！"

戎逸虽然在心里腹诽：那你就下来！那么大一人，像什么样子？但嘴上姑且还是在哄着："你别急，我怕突然冲过去，它吓得往墙上蹿。"

可惜这句话起到了反效果，陈柯尧原本煞白的脸顿时变青了。

戎逸走到沙发边，深吸一口气后，缓缓地趴在了地上，朝着沙发底看了好一会儿，又打开手机手电筒来回照了一圈。

"什么都没有。"他抬头看向屋顶，"你确定看到它了吗？"

陈柯尧陷入了迟疑。

戎逸站起身来："你可别是自己吓自己。"

陈柯尧愣愣地眨巴了两下眼睛。

戎逸终于还是没忍住，翻了一个巨大的白眼，往地面用力一指："你给我下来！"

陈柯尧下了屋顶依旧不敢落地，人坐在沙发上，两条大长腿强行盘在身前，神情紧张。"我刚才就坐在这里，"他一脸心有余悸，"突然就有个凉凉的东西从沙发底下钻出来，碰到了我的脚脖子。"

戎逸想象了一下那个场景，觉得背后有点发寒："然后呢？"

"然后我一低头，就看到了一个黑乎乎的东西从下面探出来，"陈柯尧回忆了一下，脸都皱了，"我的天……"

"但我刚才看了，下面真的没有。"

陈柯尧一时间难以判断究竟是不是自己精神紧张，迟疑了片刻后，他说道："但你这个盒子不是空的吗？它现在在哪儿？"

戎逸尴尬地笑笑："反正肯定不在沙发底下。"

陈柯尧面如土色，纠结了几秒后，突然深呼吸，接着小心翼翼地下了地，向自己的房间快步走去。

"你要干吗？"戎逸跟了过去。

陈柯尧冲进房间，拎起一个背包，接着就开始往里装东西："我出去住两天。"

戎逸愣住。

"你什么时候把它抓住了，就给我打个电话。"陈柯尧把桌上的笔记本电脑合上，塞进包里，"哦，不，你还是等什么时候把它送走了，再和我说吧。"

"可是……"戎逸纠结，"我一个人留这，也怕。"

陈柯尧抬起头看了他一眼，伸手一指："那愣着干什么？快收拾行李，一起走吧！"

戎逸终于没忍住，笑出了声。怕是怕的，但也没到这个地步。陈柯尧太夸张了。

"你先别急，"戎逸伸手拉住陈柯尧的背包带子，"给我半个小时吧，我争取把它找出来。"

陈柯尧停下动作，看向戎逸的眼神满是犹豫。

戎逸强行忍着笑，伸手在他肩上拍了拍。

"乖乖的，"戎逸说着，朝客厅的沙发指了指，"去那里坐好。"

陈柯尧在沙发上抱着腿，脑袋像一朵向日葵一样朝着在屋子里跑来跑去的戎逸来回转动。

眼见戎逸爬上爬下，又一次从地上起来后累得捶起了腰，一直安静无比的他忍不住发声了："对不起……"

陈柯尧表情纠结："我是不是有点没用？"

"是，"戎逸坐在地上叹气，"白长那么大个子。"

戎逸回头看了一眼他的表情，又想笑了："算了，也怪我，应该先征询你的意见的。"

陈柯尧没吭声。

其实半个小时已经过去了，不知道是不是因为咪咪实在躲得太好，完全见不到踪影，反而让人失去了危机意识，陈柯尧的情绪稳定了许多，暂时没有离家出走的念头了。

等戎逸再次开始认真寻找，陈柯尧说道："我也不是一直那么没用，我大多数时候还是挺靠谱的。"

戎逸又回头看了他一眼。

"不是吗？"陈柯尧看着他。

戎逸对着他摊手，耸肩，歪头。

在两人相识之初，戎逸觉得陈柯尧是一个完美无缺的人，毕竟他看起来高大英俊，待人成熟稳重，温柔得体，充满正义感和勇气，而且身手不凡。但现在，这个缩在沙发上的男人幼稚、孩子气，口无遮拦乱说话，自理能力低下，神经比碗口还粗，还被一条宠物蛇吓到魂飞魄散。

在这样的前提下，他依旧坚持自己大多数时候很靠谱，可见心里没有数。吐槽的点过多，让戎逸忍不住想笑。

"你看，你出去买东西，我还能给你当司机。"陈柯尧冥思苦想，终于列举出自己的一条优点。

戎逸趴到地上继续找寻："买回来的菜还不是做给你吃的。"

"我会洗碗！"陈柯尧说。

戎逸头也不抬："我也会。"

当初说好了戎逸做饭，陈柯尧出钱，没商议过谁来洗碗。但迄今为止，两个人都很自觉，基本轮流，十分和谐。

"我还能帮你收快递。"陈柯尧又说。

自从戎逸搬过来，确定家里大多数时间有人，网购时就不留公司地址了。毕竟公司前台不提醒，而且快递还要自己扛回家，挺麻烦的。

"还说呢，"戎逸摇头，"上午快递小哥过来按门铃，你睡得像猪一样。"

陈柯尧皱眉："怎么被你这么一说，我好像真的一点优点都没有了。"

戎逸心想：其实你明明可以说"如果不是我那天来救你，你可能连命都没了"。

这个男人真的奇怪，面对一个手上拿着刀的歹徒，他敢毫不犹豫地上前，可一条毫无攻击力的宠物蛇却能把他吓得上天。

其实他的好不止这一点，如果不是他，戒逸现在连一个住处都没有。他给的伙食费比房租还多，但买来的菜却是两个人一起吃的。要不是这个缘故，戒逸哪里还能有闲钱花在追星上呢。

这个粗神经的人在某些方面格外细腻，比如周砾借住的第二天，因为好奇，戒逸问过陈柯尧为什么会在家里准备一次性洗漱用品。更奇怪的是，就他这个整理能力，还能在关键时刻那么快把东西找出来，简直不可思议。

陈柯尧说，那些是他前一天晚上去便利店的时候特地买的。他猜想戒逸既然把人带回来了，那第二天应该会用得上。

多奇怪的人。

"还有，每天吃完饭，桌子也是我擦的。"陈柯尧说。

这家伙居然还在细思自己的优点。戒逸哭笑不得，刚一抬头，却见陈柯尧的脑袋紧挨在膝盖上，盯着他看。

"我说不太好，"他看着戒逸，"但我觉得自己大多数时候还是靠谱的……真的。"

戒逸慌乱地移开了视线。

几秒后，陈柯尧在绝望的哀号声中原地起飞。

眼看着这家伙跳到沙发背上，就要把整个沙发踩翻，戒逸赶紧冲过去，试图把那条刚从沙发缝里探出头来的慌张的黑蛇给逮住。可他靠近黑蛇以后，又有点不敢直接伸手。

咪咪明显也被陈柯尧吓到了，仰着头，也不知是不是在备战。如果此时戒逸随意靠近，很有可能被攻击。

之前戒逸看过周砾抓它，周砾非常果断地伸手随意一拎，看似毫无难度。但戒逸终归不敢轻易尝试。

戒逸无奈之下，回过头看向沙发背上的那个舞蹈家："你能不能安静一会儿？"

陈柯尧立刻闭嘴，与此同时，他伸出手握住了戒逸的胳膊。他的手指是冰凉的，毫无温度，指尖甚至还在哆嗦，怪可怜的。

戎逸无奈，在他的手背上轻轻拍了拍："你等等，我想想办法。"

可惜陈柯尧愿意信任他、等他，咪咪却等不了。这小东西仰着头，盯着面前的两个人类看了一会儿，突然快速往前窜了出来，速度甚至比捕食闪电时更快。

戎逸自然一惊，紧接着猛地发出了一声惨叫——他的胳膊快被掐断了。

陈柯尧灵魂出窍，在咪咪展开行动的同时，整个人扑到了戎逸身上，手脚并用地往他身上攀，显然已经彻底底失去理智了。

戎逸要崩溃了，陈柯尧超过一米九的个子，一身腱子肉，这么沉，完全是他生命无法承受之重。他倒抽着气坚持了三秒钟，最终还是倒在了沙发上，连手上的盒子都飞了出去。

两个人在一片兵荒马乱中陷在沙发里，同时喊救命。

陈柯尧压着戎逸，崩溃嚎叫："蛇飞起来了！蛇飞起来了！"

戎逸气若游丝："你给我起来……"

"你快把它抓进盒子！"陈柯尧抓着戎逸的肩膀摇晃。

戎逸挣扎："你先起来……"好重，怎么这么重，还不如像之前那样飞上屋顶呢。

戎逸拿他没办法，为了赶紧去找蛇，只能先耐着性子哄他。

"冷静一点，蛇已经走了。"他一边说，一边伸手抱着陈柯尧的背，缓缓拍了几下，"不用怕，没事的，有我在呢。"这话像哄小孩一样，但意外地有用。

片刻后，陈柯尧真的在这样的安抚下恢复了些许平静。他低着头，埋在戎逸脸侧的沙发上深呼吸了两下，问道："蛇呢？"

戎逸在沙发上艰难地侧头往旁边看，突然觉得惊喜——方才咪咪在惊慌中一阵乱窜，居然逃进了那个飞出去的盒子，此刻正在里面盘成一团，一动不动。

"蛇回去了。"戎逸不知自己为何要压低声音，可能是怕惊动咪咪，"你快看！"他在说话的同时，伸手逼着陈柯尧把视线转了过去。

很快，陈柯尧十分夸张地舒了一口气。

戎逸推他："你快起来，我去把它装好。"

陈柯尧回过头来，紧接着，两人四目相对。他突然一愣，小声喃喃道：

"对不起。"

"你先起来呀。"戎逸侧过头，不看他。

陈柯尧没动。

"你再不走，蛇又爬出来了。"

这句话意外地管用，陈柯尧瞬间跳了起来。不仅如此，他还一路冲进了卫生间，"砰"的一声把门关上了。

很快，卫生间里就传来了阵阵水声。

戎逸在沙发上躺了一会儿，才缓缓地坐起身。

咪咪依旧待在盒子里，一动不动。

重新盖上盖子以后，戎逸又把装着咪咪的盒子用封箱带扎了一圈，除了气孔，其他地方全裹住了。

为了保证盒子封装的牢固性，又不至于让周砾拿回去以后拆起来不方便，他花了不少时间，等终于搞定，陈柯尧还没从厕所出来。

水声一直哗哗作响，没断过。

戎逸怀疑陈柯尧又吐了，他很犹豫，想去问，又觉得有点儿难堪。

戎逸抱着封印的盒子在客厅发了好一会儿呆，陈柯尧才走出来。

这个人脸上湿漉漉的，前额的刘海全粘在一起，像是刚用水拍过脸。他一见着戎逸，正要说什么，猛地一顿，还往后退了一步。

"封好了！"戎逸举起来给他看，"不会再出来了。"

陈柯尧一脸痛苦地别过头，一副根本不想检查的模样。

"快、快拿走，"他对着戎逸拼命打手势，"别让我再看见它了。"

第二天一早，周砾就打电话来关心他的宝贝咪咪。戎逸把昨天晚上那段经历当作笑话讲给他听，原本是想和他一起笑一笑，顺便嘲讽一下陈柯尧，谁知对方却陷入了难堪。

"他真的那么怕呀……"周砾尴尬至极，"那要不我现在就过去把咪咪接回来吧。"

"你姥姥不会生气吗？"

"没事，我再想想别的办法，"周砾说，"我现在就过去。"

戎逸也跟着不好意思了，他说这些并没有责怪周砾的意思，但这个看起来脾气温和的小个子骨子里有着奇怪的倔强，特别不愿意给人添麻烦。任凭戎逸再怎么说，周砾还是要过来把蛇领走。

从某个角度而言，也算是让戎逸松了一口气。要是早知道陈柯尧怕成这样，他一开始就会婉拒周砾的请求。

周砾到的时候，陈柯尧还没醒。

来都来了，总要进来坐一会儿聊聊天。戎逸吐槽完陈柯尧昨天的失态后，周砾若有所思，然后说："要不我哪天请你们俩一起吃一顿饭吧，就当是感谢你，还有给他赔罪了。"

戎逸有点懂周砾这种性格的人——欠着别人就会心里难受。所以这种时候，他只要答应就可以了。

等到陈柯尧差不多该醒的时间了，戎逸给他发了一条消息，问他的意见。毕竟咪咪还在，这个人怕是不敢靠近这个房间的。

陈柯尧很快发来了消息："我都行啊。什么时候？"

戎逸还没回复，隔着客厅，这个人的声音就传了过来："为了不让我显得形单影只，我能不能带个朋友？"

陈柯尧接着说："我想叫上刘源。他昨天半夜还在朋友圈赋诗，好像心情很差。咱们叫上他，就当让他出来散散心吧。他那份饭钱，我来付也行。"

周砾连忙摆手："不用不用！我请！"

和刘源确定过时间后，最终约在了第二天，也就是周日的下午。

等周砾带着他的咪咪一离开，戎逸突然觉得有些尴尬。他看着同样不太自然的陈柯尧，说话都开始磕巴："那……那我先回房间了。"

陈柯尧点头："哦。"

戎逸转身往房间走了两步，回过头问："你今天晚饭想吃什么？"

陈柯尧想了想："小排骨汤？"

"你就不能想点别的？"

陈柯尧有点苦恼的模样："糖醋小排骨？"

戎逸无奈，还是点了点头："好吧。"他说完又往房间走，走了两步再次回头，发现陈柯尧还站在原地看着他。

两人的视线一撞上，立刻很有默契地一起别过了头。

接着，他们同时开口。

"昨天……"

"那个……"

两人又同时闭嘴了。

陈柯尧的眼神在面前的地板上飘来飘去："你先说吧。"

戎逸犹豫了一会儿，然后悄悄把垂在身侧的双手紧握成了拳。

"你昨天为什么突然跑去厕所？"

陈柯尧愣了一下，表情变得不自然起来。

"我……我有点不舒服。可能是情绪起伏过大，被吓过头……肠胃有点难受，就……"

"吐了？"

"和你没关系！"陈柯尧强调。

戎逸盯着他的脸看了一会儿，叹了口气："行吧。"

他说完第三次转身走向自己的房间，与此同时，身后传来了陈柯尧的声音："生气了？"

"没，"戎逸背着他耸了耸肩，"我都习惯了。"

戎逸在回到房间后立刻关上了门，接着又转了两圈，最后掏出了手机。

他打开浏览记录，很快就找到了一周前注册过的那个论坛。如今他的账号总能发言了吧！

戎逸通过搜索找到了那个让他耿耿于怀的帖子，然后输入要回复的内容。

"亲，我觉得你这个情况，与其纠结，不如赶紧去咨询专业的医生哦。"

发那帖子的人大概率不是陈柯尧，但戎逸还是忍不住要代入，越想越憋屈，于是迁怒。

发完以后，过了一会儿，他刷新了一下，发现自己的账号被禁言一天，原因是"超时回复旧贴"。而被他回复的那个帖子，也进入了锁定状态。

这论坛的破规矩也太多了，没病都能给气出病来。难怪里面的人都有些不正常。

戎逸怒而关闭。

糖醋小排骨本来是戎逸的拿手菜，但他一整个下午躺在床上翻来覆去，想东想西，后来为了控制自己纷乱的思绪，他干脆看起了小说，等反应过来的时候，时间已经有点晚了。

肋排还在冰箱里速冻着，现在取出来恐怕来不及自然解冻了。戎逸火急火燎地跑去厨房，发现他买的那一大包肋排已经被泡在水槽里了。戎逸沉默了一会儿，回到客厅，冲着陈柯尧的房间喊："是你把排骨拿出来的？"

　　陈柯尧的房门立刻就被打开了，门后探出了一张得意扬扬的脸："不然呢，这家里还有别人吗？"

　　"五斤！"戎逸说，"你全拿出来，吃得下吗？"

　　他说完，在陈柯尧作出反应前，回到了厨房。

　　片刻后，等他把多余的肋排放回冰箱，身后的厨房门忽然被打开了。

　　陈柯尧探头探脑的。

　　戎逸看了他一眼，重新背过身继续忙活："有事？"

　　"没事，"陈柯尧走了进来，"我没事就不能到自己家的厨房走走吗？"

　　戎逸没搭话。

　　陈柯尧在他身后晃悠了一会儿，开口说道："我怎么觉得你现在特别嫌弃我。"

　　"会吗？"戎逸低着头，专心致志地处理面前的葱、姜、蒜。

　　"昨天的事真的是意外。"陈柯尧说，"我很少这个样子的。"

　　戎逸终于回头看向他："这些你不是说过一遍了吗？"

　　陈柯尧移开了视线："这比较重要，可以多复习几遍的。"

　　要强忍笑意是一件特别辛苦的事情，戎逸只能把头扭过去用后脑勺对着他："行了，我知道了，你退下吧。"

　　陈柯尧却没走。他在戎逸身后磨蹭了一会儿后，似乎十分不甘寂寞，说道："要帮忙吗？"

　　"不用，"戎逸摇头，"你又不会。"

　　"但我每天光吃，也挺不好意思的。"

　　"你付钱了。"

　　"哦，"陈柯尧点了点头，"也是。"

　　"别晃了，"戎逸抬脚轻轻在他小腿上踢了一下，"快出去。"

　　"你这是嫌我碍手碍脚？"

　　戎逸看向他："你才发现？"

　　陈柯尧无言以对，憋了一会儿，只能装作无所谓的模样耸了耸肩。正当他要转身往外走，戎逸搁在料理台边缘的手机响了起来。

戎逸在处理食物，手有点脏，不方便接听。

"你看，这不还是需要我帮忙？"陈柯尧替他把手机拿了起来，接着突然愣了一下。

戎逸瞅了一眼屏幕，顿时有点儿尴尬。他手机的壁纸是之前小张发给他的图片。每天打开手机就能看到偶像的照片，他心里美滋滋，无比满足，但如今突然被旁人发现，他又难免不好意思。

他在陈柯尧微微皱起眉头的时候，赶紧开口催促："是我同事打来的，你快帮我按一下接听。"

陈柯尧替他按了接听，帮他把手机举到耳朵边，然后站在他身边安静地听着他打完了整个工作电话。

本来也只是一件小事，三言两语就可以交代完毕。

等通话结束，陈柯尧却没有立刻把戎逸的手机放回原位，而是盯着他手机的壁纸看了几眼。

戎逸愈发尴尬，为了防止陈柯尧误会，他决定姑且还是解释一句："这个是……"

"莫昱飞。"陈柯尧终于放下了他的手机，"你是他的粉丝？"

既然陈柯尧认识，那就好说了。

戎逸冲他微笑："给你介绍一下，这是我的偶像。"

陈柯尧翻了个白眼，走了。

这个家伙，居然对光芒万丈的大明星不屑一顾，真是令人不爽。

戎逸一直到了餐桌上依旧有些耿耿于怀，他兴致勃勃地给陈柯尧介绍起来："你不觉得莫昱飞很帅吗？你有没有看过他之前演的一部片子，叫……"

"还行吧。"陈柯尧低头啃排骨，"这个好吃，我打九十五分。五分扣在厨师话太多。"

戎逸盯着陈柯尧没有说话。

"看着我干什么？"陈柯尧又夹了一块，"你再不吃，就要被我吃完了。"

"你这个人是不是心胸有点狭窄？"戎逸说，"看到比自己帅的就不爽。"

陈柯尧一愣："你觉得他比我帅吗？"

"这不是废话吗？"戎逸说。

"那是，"陈柯尧撇了撇嘴，"我既不浓妆艳抹，也不修图。"

"丑陋，"戎逸摇头叹息，"心灵太丑陋了。"

"拜托，不是所有反感都是因为嫉妒好吧？"陈柯尧看起来真的有点不高兴，"你以为人人眼光都像你一样？"

"我眼光怎么了？"

陈柯尧看了他一眼，低头扒饭不说话。

"你不喜欢就不喜欢呗，"戎逸也有点不高兴，"能别一言不合就搞人身攻击吗？"

陈柯尧此时想开口，奈何塞了一嘴的饭，只能努力咀嚼。

"你说我也就算了，知道他是我的偶像，你还当面攻击，你不觉得你很没素质吗？"戎逸继续说道。

陈柯尧终于把饭全咽了下去，赶紧喝了口汤："我这就叫攻击吗？"

"你没攻击？你吃着我做的饭，还莫名其妙摆脸色给我看。"

"行，算我不对。"陈柯尧移开视线，但很快接了一句，"反正你这辈子都见不到真人，只能隔着十万八千里'脑补'一下，他到底什么样根本无所谓。"

"干吗看我？"陈柯尧说，"你吃饭呀。"

"吃个鬼，"戎逸拍碗，"看着你我就没胃口。"

戎逸觉得自己是活活气饱的。这陈柯尧怎么能这么讨人厌呢？当初那个小偷居然只划了他的脸，没把他这张嘴也给一起划了。

原本戎逸不想搭理这个家伙，但到了第二天，他们还得一起出门吃饭。同一个出发点，同一个时间，同一个目的地，不一起行动未免显得太过奇怪。

周砾早上发来的餐厅地址更是让戎逸眼前一黑——昨天说好了他做东，他挑地方，万万没想到最后他选的是戎逸当初和陈柯尧第一次出去吃饭的那家店。要不是怕周砾难堪，戎逸心里一万个不想去。

一路上的气氛十分古怪，开车的陈柯尧不说话，坐在后座的戎逸也一言不发。

也不知是不是为了缓解尴尬，陈柯尧打开了车载收音机。一阵沙沙的声响过后，音箱里传来了女主播的声音。

104

"接下来给大家带来的，是莫昱飞的新歌。这位大家熟悉的艺人最近终于在影迷的期待中开始了跨界尝试……"

戎逸刚竖起耳朵，陈柯尧"啪"的一下把收音机关了，车里再次恢复了安静。

"有病。"戎逸小声骂道。

陈柯尧的手扶在方向盘上，手指一下一下快速敲击方向盘的边缘："这才叫人身攻击，知道了吗？"

"你干吗？"戎逸放大了音量，"对号入座？"

陈柯尧十分不屑地笑了一声："我小学毕业就不用这一招了。"

戎逸实在太生气了，从昨天下午开始，陈柯尧就一直阴阳怪气，简直是莫名其妙。除了生气，他也有点好奇。陈柯尧时常说些讨嫌话，但仔细想来，确实不像擅长嫉妒的人。他对莫昱飞的敌意让人摸不着头脑。

百思不得其解，戎逸最终还是没忍住开口问了一句："你是不是对我们莫……"

他还没说完，就被陈柯尧打断了："嘀，你们。"

戎逸觉得说陈柯尧有病真的不是人身攻击，而是在陈述事实。他在愤怒之下，干脆改了一种表达方式："你对这个世界上最完美的莫昱飞先生有什么意见吗？"

于是好好的提问变成了抬杠，陈柯尧根本没搭理他。

临近目的地，陈柯尧终于主动开口："我问你，除了脸，你觉得这个人还有什么优点？"

"长得帅还不够吗？"戎逸说。

"长得帅有什么用？"

戎逸坐在座位上，双手环着胸，气得直抖脚。

但陈柯尧这一次应该真的不是想故意和他吵架："行吧，我道歉。"

他语气诚恳，但用词欠扁："何必呢，为了这么个人闹得不开心。"

"什么叫'这么个人'？"戎逸夵毛，"你道歉还在攻击我的偶像？"

"我的天，你真的要为了他跟我抬杠吗？"陈柯尧说，"一把年纪了还追星你也好意思？"

戎逸不爽地瞪他："跟年纪有什么关系？你这还不叫人身攻击？"

陈柯尧一脸无语："行，不攻击，夸你心态年轻，行了吧？"

戒逸深呼吸，骂道："真是狗嘴里吐不出象牙！"

这餐厅没有包间，周砾订位时特地叮嘱，要了一个靠角落的沙发卡座。

进店后，为了确定位置，戒逸给周砾打了个电话。

周砾从沙发前站起来，远远对着戒逸挥手时还笑容满面，等戒逸和陈柯尧走近，他的表情却很快僵硬起来。

戒逸落座后，周砾立刻凑到他身边小声问道："你们两个怎么了？"

"没怎么呀。"戒逸装作若无其事地道，"刘源呢，不是说他已经到了吗？"

周砾显然不信，他蹙着眉头，视线在戒逸和陈柯尧之间转了一圈，但最终没再追问。

"他说他去厕所，然后就没回来了，"周砾伸手指了指远方的卫生间标识，"都好久了。"

陈柯尧闻言，立刻拿起手机给刘源打了一个电话。

不到半分钟，这家伙就出现了。他一副松了口气的模样，冲着刚到的两人打招呼："你们可算来了。"

刘源笑着入了座，一抬头看见坐在他正对面的周砾，立刻十分不自然地移开了视线，表情也变得微妙了。这让人不得不怀疑他刚才是为了刻意避开和周砾单独相处，才找借口离开。

戒逸和陈柯尧下意识对看了一眼，刚要进行一些眼神交流，猛地想起还在和对方吵架，于是同时扭过了头。

在座四个人，周砾和戒逸坐一边，刘源和陈柯尧坐一边。除了做东的周砾，剩下的三个人全是一副别别扭扭的样子，整个气氛十分诡异。

周砾简直不知所措，拿着菜单往桌子中间用力推，为了虚张声势，他连说话都比平时大声："大家别客气，看看爱吃什么，随便点。"

刘源看了他一眼，没吭声。

戒逸赶紧答道："我都可以的，你们点吧。"

陈柯尧紧随其后点了点头："我也都行。"

"还什么'都行'，明明一大堆不爱吃的，"戒逸当面拆台，"我辛辛苦苦烧的菜，如果不对你胃口，你就一筷子都不肯碰。"

陈柯尧尴尬道："我哪有……"

戎逸刚说完就后悔了，毕竟还有人在场，自己的举动未免有点过于孩子气。为了缓解桌上愈发凝滞的气氛，他主动拿过了菜单："你们都客气，那我点吧。"

他和刘源、周砾都单独吃过饭，对陈柯尧的口味更是深刻了解。他一边询问众人的意见，一边点单，之后，迎来了最尴尬难熬的阶段。

等上菜的阶段实在无所事事，总要有个人说点什么。

周砾很崩溃，清了清嗓子后，硬着头皮主动开口："前两天实在是不好意思，因为我的事给大家添了麻烦。这顿饭只是简单表示一下心意，如果你们以后有什么需要我的地方，都尽管开口，只要我帮得上忙，一定不推辞。"他说话的时候两只手在桌下搓着，显然紧张极了。

戎逸刚要出言附和，坐在周砾斜对面的陈柯尧抢先开口："哪有你说的那么夸张，小事而已，我都没怎么放在心上，你也别当回事。"

戎逸费尽九牛二虎之力，才把冲到嘴边的吐槽强行咽了下去。

听戎逸简述过他那天夜里惊人表现的周砾犹豫了一下，冲着陈柯尧笑了笑："那我就不和你客气了，以后你有用得上我的地方，也别和我客气。"

陈柯尧十分大气地一摆手："好说好说。"

"那个，"周砾把视线移到一直没吭声的刘源身上，"关于你的仓鼠，我真的不知道要怎么补偿……"

刘源还没开口，坐在他身边的陈柯尧十分疑惑地问道："仓鼠？你是说闪电？闪电怎么了？"

"闪电我没空照顾，送给别人养了，"刘源说话的同时，恰好服务员端着盘子走了过来，他立刻放大了音量，"不说这个了，开饭开饭。"

周砾抿着嘴唇，一副十分苦恼的模样，但也没再说什么。

戎逸虽然没开口，但脑内活动异常丰富。

刘源今天很奇怪，看他对周砾别扭的模样，戎逸一开始还担心他是因为爱鼠殒命，所以耿耿于怀。可他方才的言行，又不像是在记恨周砾。昨天陈柯尧打电话邀请他的时候，这家伙略微迟疑了一下就答应了。所以，这人今天到底是抱着什么心态来的？

戎逸百思不得其解，纠结之下还是决定不计前嫌，想跟现场唯一一个适合和他讨论这个话题的人偷偷沟通。

奈何今天他点的菜都太合陈柯尧的胃口了，这个人吃得津津有味，完全没留意到对面有个人正对自己猛使眼色。戎逸眼部活动已经超负荷了，依旧毫无成效，干脆他偷偷在桌子底下轻轻踢了对面一脚。

陈柯尧若无其事地从嘴里吐出一根骨头："这家店别的菜都不错，就是这糖醋小排差了一点。"

戎逸一时之间也不知道这个人到底是想夸他，还是在故意气他。见这家伙不理会自己，依旧沉迷进食，戎逸不爽，加重了一些力道，又踢了一脚。

却不想陈柯尧还是不为所动。

就在他疑惑之际，斜对面有一道目光射了过来。

戎逸茫然地转过头，发现正在看着他的刘源也同样茫然。

"你老踢我做什么？"刘源问道。

戎逸呆住。

周砾和陈柯尧闻言，也看向了他，顿时桌上一片安静。

戎逸将两只脚都缩进了凳子底下："我……我腿抽筋。"

这回答毫无说服力，众人当下虽然没有质疑，但看表情显然是各有想法。

戎逸低头扶额，接着发现手机振了一下。

一条微信，发信人就坐在他的对面："你想和刘源密谋什么？"

戎逸无语，想要解释自己刚才要踢的人本该是他，但又怕陈柯尧不相信，以为自己是欲盖弥彰。

他正想着怎么反驳，手机又振了一下，还是陈柯尧发来的："我友情提醒你，刘源和我关系好着呢，你可别想着挑拨离间。"

戎逸抬头用力瞪了他一眼，才开始输入回复："真的吗？你确定刘源也是这么想的吗？"

他发完立刻抬头，却见陈柯尧撇了下嘴，很快手速开始狂飙："废话，我们大学时代朝夕相处了四年，感情那是一般人能比的吗？

戎逸冷笑："你住得开心，别人看见你也开心吗？人家受得了你吗？"

他发完再抬头，发现陈柯尧表情有点儿茫然。

戎逸见状，心中难免疑惑。难不成刘源当初是在胡说八道？不应该啊，这个人虽然有点傻，还大嘴巴，但不像是会在朋友背后造谣的类型。

正想着，陈柯尧的消息又来了："你开什么玩笑呢？他当然也和我亲如兄弟。"

戎逸"啪"的一下放下手机，抬头看向刘源："哎，刘源，你隔壁这个人说，他想和你一起住。"

"喂！"陈柯尧惊慌失措，"你别乱引申啊！"

突然被叫到的刘源当下被呛到了，咳得上气不接下气。

周砾转头把桌上三人依次看了一圈，最后视线停留在刘源身上，小声问道："你没事吧……"

"我……我说的明明是……"陈柯尧想解释，又不知从何说起，破罐破摔干脆直接报复，手一抬搭在了还在猛咳的刘源的肩膀上，看向戎逸，"是啊，要不源儿你搬过来吧，反正我只要有人住着就行。"

周砾歪头好奇地看向他们。

刘源此刻也终于缓了过来，视线在两人之间转了转，说："我就是个路过的……"

戎逸不依不饶问他："你想和陈柯尧一起住吗？"

"我……"刘源缩着脖子，不敢得罪他，"我在家住得好好的……对吧？"

戎逸甩了陈柯尧一眼："某人自作多情咯！"

陈柯尧一把搂住刘源："有人羡慕我和你关系好，心态崩了。你别当一回事。"他一边说一边对着刘源猛使眼色，奈何刘源根本不看他。

周砾今天因为这尴尬的气氛，始终有些郁闷，但此刻莫名兴致高涨。作为一个围观者，他的表情甚至有那么点儿兴奋。

戎逸却开始觉得茫然了：奇怪，为什么会莫名其妙发展成这样，现在自己到底该不该继续和陈柯尧这家伙抬杠？

他耳朵尖，隐约听见陈柯尧正小声对着刘源说着"你配合一下又不会死""给我安静""这有什么关系"。而刘源垂死挣扎，一边反抗一边哀号："有关系，这有关系。"

戎逸决定还是算了，随他去吧。

陈柯尧幼稚起来简直可怕，吵赢了这种人只会显得自己也愚蠢，何必呢。

第五章

吵架

Mr. Rong

戒逸在中途去了一次洗手间，很快周砾也跟了过来。他在走道上拉住了戒逸，踮着脚悄悄问："你和你室友到底怎么了？"

"没什么，"戒逸低着头往前走，"我们一直这样。"

"真的没事？"周砾明显不信，"别是因为咪咪，所以才闹得不开心吧……"

"这个真没有！"戒逸赶紧否认。

陈柯尧被咪咪吓到想要离家出走，但是没有迁怒不打招呼就把宠物蛇带回家的戒逸。相比之下，他似乎更耿耿于怀自己当晚在惊恐中的失态表现，一副特别想要挽回形象的样子。

戒逸刻意扯开话题："你和刘源是怎么回事啊？"

"别提了，"周砾痛苦地摆手，"待会儿回去后，我们换个位子好不好，我真的要尴尬死了。"

"你就这么讨厌他？"

戒逸难免有点儿心疼刘源了，明明他也没做错什么，却一直在遭受狂风骤雨般的伤害。

"我讨厌他做什么呀，我们都不怎么认识。"周砾眉头紧蹙，"明显是他不想看到我。你不知道，刚才我们两个面对面坐着，只要视线一对上，他就立刻躲开。我就不该厚着脸皮请他，人家肯定恨死我了。"

戒逸一时无言以对，他也觉得刘源今天怪怪的。就是因为感到疑惑，他才会闹出刚才那一连串乌龙。但在他看来，刘源也不像是讨厌周砾的样子吧。

他们快回座位时，远远就看见陈柯尧和刘源正在说些什么。刘源依旧一副丧丧的样子，而陈柯尧比较激动，一边说话，一边还做手势，可惜见到戎逸靠近，他立刻安静了下来。

最终戎逸还是没能和周砾换座位，毕竟碗碟也要跟着换，动静很大，反而更尴尬。好在坐了一会儿后，众人都归心似箭，很快就决定散伙了。

临到餐厅门口，周砾欲言又止，最终还是在道别时一咬牙，主动叫住了刘源。

"那个，"他看起来很紧张，低着头从口袋里掏出了一个毛茸茸的小玩意，一下递到刘源面前，"这个给你。"

戎逸伸长脖子看了一眼，发现那是一个小仓鼠钥匙扣。

"本来想给你买只活的，但你又说你不养了……"周砾低着头，"我知道它代替不了闪电，但是……反正，你要是不喜欢就丢了吧。"

他一股脑儿说完，见刘源还傻站着不动，又把拿着钥匙扣的手缩了回来。

"算了，我把它丢了吧。"他说着转身想跑，被刘源一把拉住了。

"等一下，"刘源咽了口唾沫，"别走，不是说给我的吗？"

周砾回过身来，飞快地看了他一眼后，又低下头，接着重新把钥匙扣递了过去。

等刘源伸手接过了那只毛茸茸的小仓鼠，周砾立刻收回手放在身后，接着抬头冲他尴尬地笑了笑。

"谢谢你愿意收下。"他说完往后退了一步，飞快地对其余两人挥了挥手，"那我走了！"

他一溜烟跑了个没影后，刘源还傻愣愣地站在原地。

围观了全程的戎先生非常兴奋，正当他兀自陶醉，有人用胳膊肘轻轻撞了他两下。

"喂，"站在他边上的陈柯尧小声问道，"这样真的好吗？"

"怎么了？"戎逸回头看他。

"你怎么还挺高兴的？"陈柯尧一脸不解，"刚才那个，你不觉得有点……"

戎逸笑出了声，刚才那一幕多可爱啊。

陈柯尧看了一眼刘源，接着叹了口气："源儿，我们先走了，你自己路上小心。"

刘源如梦初醒，回过头来："哦，好。"

回程的路上，戎逸看到周砾新发了一条朋友圈："臭咪咪，害我老脸都丢尽了。"

戎逸默默给他点了个赞，正琢磨着要不要和他聊上几句，正在开车的陈柯尧突然开口："你和周砾关系很好啊？"

戎逸点了点头："嗯，是啊。"

"听说你们俩也没认识多久。"陈柯尧说。

"所以？"戎逸问。

"你当初跟我说，不太擅长交朋友，"陈柯尧说，"好像是在骗我。"

戎逸一时语塞。

"不否定，就是默认了？"

戎逸不知道要怎么解释，干脆抬杠："我人缘比你好，你嫉妒呀？"

陈柯尧笑道："我替你高兴啊。"

戎逸发现自己在面对陈柯尧的时候，好像总是无语。

车子就这么安静地行驶了一会儿，戎逸看着窗外发呆，渐渐开始困了。

正当他把脑袋斜靠到了背后的沙发座椅上，陈柯尧开口说道："你别听那家伙胡说，我和室友们的关系挺好的。"

"什么？"

陈柯尧说："他刚才反应那么激烈，是因为我还在念书时开玩笑，他们神经过敏。"

"你开的什么玩笑？"戎逸问。

陈柯尧没回答。

等戎逸迷迷糊糊眼都闭上了，才听到驾驶座传来的声音。

"唉，和你当室友真开心，真恨不得永远跟你住在一起。"

戎逸一下子瞪大眼睛坐直了身子。

接着又听到陈柯尧继续说道："之类的。"

"后来他们说不想跟我住，再说就揍我。我怕他们一起上也打不过我太丢人，就不说了。"

"你有病，"戒逸重新闭上眼睛，"我睡觉了你别烦我了。"

陈柯尧默默打开了后座暖气。

但戒逸又睡不着了。他闭着眼睛，反复换了几个姿势都觉得不太舒适，最后甚至隐隐烦躁起来。他想，喜欢乱说话的人都特别讨厌。

"戒逸？"陈柯尧唤了一声他的名字，声音很轻。

戒逸闭着眼睛，想干脆假装自己睡着了。接着，这家伙继续保持着那样的音量往下说道："和你当室友真开心，真恨不得永远……"

"给我闭嘴！"戒逸用力踹了一脚他的座椅，"再说我揍你！"

陈柯尧果然闭嘴了。

明明不久之前他们的关系已经缓和了，但不知为何，每次气氛稍微变好一些，又总会出现各种莫名其妙的事情，让两人之间闹得不愉快。

戒逸甚至开始疑惑陈柯尧这种人到底是怎么做到长这么大还没被人打死的，接着转念一想，可能大多数被他气疯的人和自己一样，打不过他。

从小习武，也算他有先见之明。

戒逸打算到家就立刻回房间，拒绝再和这个人交流，可才刚踏进大门，他隐隐察觉到一丝异样。

开门时大门是锁着的，家里也没开灯，但他一眼看过去，就是觉得不太对劲。戒逸今天出门时，为了透风，特地把自己房间的门打开了，可现在房门是紧闭着的。

他一时无法判断到底是不是自己神经过敏，于是下意识回头看了一眼和他同行的陈柯尧，发现对方也皱起了眉头。

陈柯尧同戒逸说话时，还刻意压低了声音，他指了指客厅的沙发："我的笔记本电脑呢？"

戒逸顺着他指的方向看过去，沙发上只有两个靠垫，但他们出门前，陈柯尧好像躺在那儿抱着笔记本电脑敲敲打打的。

两个人在一片黑暗中对视了一眼，接着一起望向了没有开灯的昏暗房间。

戒逸猫着腰，蹑手蹑脚地想要往里走，跨出去半步就被拉住了。

陈柯尧把他拉到自己身后，然后竖了一根手指贴在唇边。

"你别乱动，"他说着，指了指戒逸手里的手机，"在这儿等着，有情况就跑，然后报警。"

戎逸犹豫了一下，点了点头。但他看着陈柯尧屏着呼吸缓缓往里走，还是忍不住往前跟了两步。

　　而就在这气氛紧张凝重的时刻，戎逸的房间紧闭的房门后突然有灯光亮起。光线从门缝里透出来，映在漆黑的屋子里，把两人吓了一跳。

　　那屋里很快传来了脚步声，戎逸情急之下一把抓住了陈柯尧的胳膊。

　　正当他们下意识对视时，房门被打开了。

　　门后，站着一个身材纤弱的穿着睡衣的长发女子。她皱着眉，一边揉着眼睛，一边开口，声音绵软温柔，很是动听："尧尧，你回来了？"

　　陈柯尧长长地舒了口气，抬手打开了走廊上的灯。

　　他开口是一副哭笑不得的语气："岚姐你什么时候回来的？"

　　"我……"这个被称为"岚姐"的娇小女子话才说了一半，原本满是睡意的脸瞬间精神，"这位是？"

　　她的视线停留在了戎逸抓陈柯尧胳膊的手上。

　　"这就是我之前和你说的，戎逸。"陈柯尧说，"你看，我没骗你吧。"

　　戎逸张着嘴愣在那儿，还没来得及做出反应，岚姐倒是立刻走了过来。

　　"小戎对吧？你好。"她上下打量了一遍戎逸，"我是……"

　　陈柯尧转头看向戎逸："这是我妈。"

　　戎逸受到了双重惊吓。

　　眼前这位女士只看外表，无论是年纪还是体型，都很难想象她有个这么大的儿子。

　　在暗自感慨的同时，戎逸冲对方露出了一个礼貌的笑容："您好。"

　　"真是不好意思，我这副打扮……"披头散发、身着睡衣的岚姐看着戎逸，一脸羞涩，"我睡的客房，不会是小戎你住的吧？"

　　"没关系的，我……"戎逸下意识开口，说到一半突然卡壳。不，这有关系呀！她睡了自己的房间，自己何去何从？但说都说了，只能硬着头皮继续："我跟他凑合一下就好了。"

　　"这……那就谢谢了。"岚姐说。

　　从排列组合看，这确实是目前看来最好的解决方式。

　　"岚姐你穿成这样，就赶紧回房间吧。"陈柯尧边说，边拉着戎逸往自己房间走，"不早了，我们也回房了，有事明天再说。"

陈柯尧刚小心翼翼地关上门，戎逸就憋不住了，指着陈柯尧的鼻尖问："我今天先退一步，但你得明白，那个房间是我租的，我花钱了！"

"拜托！忍一忍，她最多住个两三天就走了，"陈柯尧双手合十，"我不收你钱，行不？"

见戎逸依旧瞪他不吭声，陈柯尧赶紧从旁边拖来了一张看起来就很舒服的沙发椅："来，您坐。"

戎逸犹豫了一下，乖乖坐了下去，接着整个身子立刻陷进了绵软的垫子里。这沙发椅比想象中更舒适，于是，他的心情也变好了一些。

"她不知道你有房客？"他调整了一下姿势，问道，"你爸没告诉她？"

陈柯尧笑了一下："他们又不联系。"

"嗬？"

陈柯尧看起来不太愿意提这些，继续说道："她以为我一个人住，总担心我照顾不好自己。这几天你帮个忙，跟我表现得关系好些，她知道有人能跟我相互照应，也就放心了。"

还真是可怜天下父母心，戎逸终究不是个硬心肠，虽有三分不满，还是点了头。

"她再婚后很少回国，这次估计也不会留很久，你就将就一下……"陈柯尧小心翼翼地说，"这个月都不算你房租，行吗？"

"我怎么将就呀？"戎逸在沙发椅里扑腾，因为椅子太舒服，他虽然激动，但没舍得起来，"你房间里就一张床！"

"完全没问题，"陈柯尧异想天开，"我们可以轮流睡。反正我的生物钟本来就……"

"我不可以！"戎逸还是忍不住直起了身，他有轻微洁癖，对整洁的要求和陈柯尧天差地别，心理上实在接受不了和人轮流睡同一床被子。

"我保证我的床铺都是干干净净的！"陈柯尧强调。

戎逸皱着眉盯着他看了好一会儿，最终长叹一口气。

不答应还能怎么办，跑去把岚姐叫起来让她离开自己的房间？

"行吧行吧，"戎逸说着，警惕地问了一句，"你每天都洗澡的吧？"

"废话！"陈柯尧严肃地强调。

陈柯尧的房间比戎逸住的那间要大上不少，戎逸在这儿住了一阵，之前没有进来参观过。如今他仔细看上一圈，发现东西还挺多的。

　　除了书桌、书柜、大床，角落里居然还有一台多功能跑步机，旁边似乎是个储物间。电脑桌上放着一台台式电脑、一台笔记本电脑。墙上挂着不少奇奇怪怪的东西，中间有一幅画挺眼熟的，前阵子陈柯尧特地向他展示过。书柜挺大的，塞得满满的，一眼望去都是密密麻麻的书，令人望而生畏。

　　戎逸窝在沙发椅上三百六十度转了一圈，最后视线停留在了浴室的门上。

　　隔着木质的门，他隐约能听见里面传来的哗哗水声。他后知后觉地想着，好像也没必要排队，明明外面还有另一个浴室。

　　就在此时，里面的水声停了，戎逸赶紧扭着身子把座椅转了个角度。

　　"我好了。"陈柯尧的声音伴随着开门声同时响起，"我刚想起来，你的换洗衣服应该都在自己房间吧？"

　　"废话。"

　　"我有新的，你可以穿我的，"陈柯尧说着走到衣柜边，"我们的体型差不了太多，应该是同一个码。"

　　陈柯尧从柜子里拿出了一整套换洗衣物，递了过来："你现在进去的话，里面还是暖的。"

　　戎逸看了他一眼，接着站起身来："我去外面洗。"

　　太奇怪了，明明从昨天下午开始，他们就一直在吵架，为什么吵到后来会是这种发展。

　　他站在花洒下安静地怀疑人生。不过，虽然陈柯尧全程幼稚至极，坚持与他拌嘴，但好像不高兴的只有自己一个。这个粗神经的家伙，陈柯尧似乎并没有把这些当回事。

　　于是这样一来，倒显得耿耿于怀的戎逸是那个斤斤计较的幼稚鬼。

　　但无论是否在意两人之前的各种争执，他都对共用床铺这件事心怀抵触。

　　戎逸在关闭花洒的同时，想着不然明天晚上出去住吧。陈柯尧说这一个月的房租都可以免掉，那在外面住两天的费用完全可以抵销，还有剩余，并不算亏。

　　回到陈柯尧的房间之前，戎逸特地绕了路。

　　他去拿了一卷黑色垃圾袋，一进门就丢在了正抱着笔记本电脑的陈柯尧身上。

"给我这个干吗？"陈柯尧有些茫然。

戎逸瞥了他一眼："不舒服就尽情吐。"

陈柯尧愣了一下，接着居然破天荒地脸红了。

戎逸第二天还要上班，不管愿不愿意，他都得上床睡觉了。

戎逸别别扭扭地躺在陈柯尧的床上，然后，他发现自己失算了一件事。陈柯尧的枕头高度和他的不一样，翻来覆去调整了半天姿势，总觉得不舒服。折腾了一会儿后，他干脆下了床从房间里走了出去。

等他抱着沙发靠垫回到房间时，陈柯尧一脸疑惑："一个枕头还不够你睡吗？"

"我嫌弃你。"戎逸说。

陈柯尧没吭声，眼巴巴看着戎逸把枕头丢在了一边的凳子上，然后枕着沙发靠垫再次闭上了眼。

又过了几分钟，毫无睡意的戎逸重新睁开了眼睛："你好吵。"

陈柯尧有些茫然地抬头："我没发出声音吧？"

"键盘。"

"哦……"陈柯尧想了想，把笔记本电脑的盖子合拢，挪到了一旁的台式机前，"那我不打字了，你继续睡吧。"

戎逸缩回被子里，闭上了眼。但他还是睡不着。

来来回回地翻了几次身，床边有了动静——陈柯尧好像站起了身，脚步声似乎是在往门口移动，然后他打开房门走了出去，片刻后又走了回来。

等他的座椅发出窸窸窣窣的声音后，戎逸听见了打开酸奶盖的声音。

"你吵死了。"戎逸闭着眼睛小声道。

"我发出的声音还是很大？"陈柯尧语带惊讶。

其实不大，戎逸只用听的，也能察觉到他的小心翼翼。那个酸奶盖子，他为了不发出噪声，至少撕了半分钟。

是戎逸自己静不下心，再细微的声音，都会在他的意识里被无限放大。

戎逸干脆坐起了身。昏暗的房间里，他转头朝陈柯尧的方向看过去，很快就吃了一惊。

"原来你近视呀？"

"是平光镜，"戴着眼镜的陈柯尧有点不好意思，"看电脑久了，我会觉得眼前晃，所以才戴。"

戎逸盯着他看了一会儿，转过了头。

从他躺下开始，陈柯尧就关掉了房间里的顶灯，如今光源只剩下他的电脑显示器和旁边桌上亮度被调到最低的小桌灯。这样朦朦胧胧看过去，脸上多了一副眼镜的陈柯尧显得有些陌生，感觉怪怪的。

"你不睡吗？"陈柯尧问。

"我……"戎逸飞快地瞥了一眼他手里的酸奶，"我见你吃东西，也有点饿了。"

陈柯尧闻言，站起了身："哦，你等一下。"

他替戎逸拿了一杯酸奶，除了酸奶，他还顺带拿来了戎逸的牙刷和杯子，放进了自己房间的卫生间，方便戎逸喝完以后就近刷牙。

这个人在奇怪的地方总是格外细腻。

戎逸坐在床上，捧着刚从冰箱里拿出来的酸奶，抿了一口，觉得有点凉，他决定放一会儿再喝。

"是不是在我房间里睡不着？"陈柯尧问道。

戎逸看了他一眼："你在工作吗？"

"没有，在看电影，"陈柯尧说着，似乎是按了一下暂停键，"睡不着的话，要一起看吗？"

戎逸摇头，他明天还得上班呢，喝完手里的酸奶就得继续努力入睡了。

两个人安静了一会儿，戎逸又问道："你平时晚上不睡觉，就是在看电影呀？"

"也不一定。"陈柯尧说，"这会儿打游戏的话怕吵到你。"

"其实你是富家子吧？家里有矿，所以根本不需要工作。"

"你小看我，"陈柯尧说，"你现在住的这套房子是我自己花钱买的。"

戎逸将信将疑。陈柯尧明明和他同龄，而他身无分文，差点流落街头，这差距未免太大了。不过提到年龄，戎逸又想起一件事。

"岚姐看起来好年轻呀。"他说，"我一开始还真以为她是你姐。她保养得可真好。"

陈柯尧笑了起来："她确实年纪不大。"

"你都年纪不小了。"

"真的，"陈柯尧说，"她生我的时候才二十岁。"

"嗬。"

戎逸十分惊讶。这年纪，明显是未婚生子。

"她和我爸就是因为我，才不得不结婚的。"陈柯尧说。

戎逸想起来了，陈柯尧之前似乎提过，他母亲再婚了。这明显不是什么愉快的话题，戎逸虽然好奇，但知道不该多问。

不过之前刻意避而不谈的陈柯尧不知为何，竟主动说了下去："我爸和我妈是大学校友，在不同的班级，也在不同的年级，我爸是我妈的学弟。在我妈怀上我之前，他们几乎不认识。"

"那为什么……"

"因为同学聚会，都喝多了。"陈柯尧说。

简单一句话，就把所有疑问解释清楚了。

甚至一直到现在，有很多偶像剧都热衷于这样的桥段——两个陌生人因为意外结合走到一起，经历种种波折，彼此从看不顺眼到相知相爱，最后迎来幸福的结局。

陈柯尧的父母单看外表，其实十分登对。一个高大英俊，一个温柔美丽，仿佛天作之合。最后的结局却并不愉快。所有错误的结合，最终总要有人付出惨痛的代价。

"抱歉，"戎逸有些尴尬，"我是不是……"

"无所谓。"陈柯尧笑道，"他们现在都挺好，我也挺好，没什么不能提的。"

"哦。"

戎逸点了点头，仰起头一口气把酸奶喝了个干净，接着被冻得一阵哆嗦。

陈柯尧倾过身来，把手伸到他面前。

戎逸茫然地看着他："做什么？"

"盒子给我呀，"陈柯尧说，"你要丢在我床上吗？"

戎逸不记得自己最后是几点睡着的。

他又一次躺下后，依旧辗转反侧了许久，后来意识模糊间，隐约听见陈柯尧小声唤他的名字。他不怎么清醒，便也没应声。

第二天被手机铃声吵醒时，戒逸头痛欲裂。

他神志不清地摸索了一阵，好不容易关掉闹铃，睁开眼又是一阵恍惚，这是哪里？

他茫茫然往四周看了一圈，发现趴在书桌前的陈柯尧时，吃了一惊。

说好的轮流睡，但陈柯尧最终没撑到天亮。他也睡得特别沉，连闹铃都没有对他造成任何影响。

戒逸在洗漱的过程中反复犹豫，到底要不要叫醒陈柯尧，让他躺床上去。

好在等他换洗完毕，走出卫生间时，这个刚才还趴着睡得死沉的家伙已经在被窝里了，而且看起来依旧睡得死沉。

戒逸哭笑不得，替他掖了一下被子，赶紧出门上班。

睡眠不足绝对是人类大敌。戒逸一向兢兢业业，却在周一的例行会议上当众"小鸡啄米"，甚至到了他该发言时，他浑然不觉。

事后小张添油加醋，还非说他当时睡得连嘴角都是口水印子。

戒逸晕乎乎的，也懒得与她辩解了，他觉得自己的状态有点儿不对劲。如果他真的只是缺觉，不该这么昏昏沉沉的。

一直熬到了中午，他对着外卖发了好久呆，依旧毫无食欲，这才后知后觉意识到自己可能是病了。

反正工作也不忙，他干脆给自己放了半天假，打算回去好好补一觉。

到了家门口，戒逸才想起来自己忘记买菜了。

前一天他明明计划好的，今天下班要去一次超市，买点新鲜蔬菜。陈柯尧这家伙特别挑食，愿意下嘴的蔬菜就那么几种，还都不太方便保存，所以需要经常补充。

但转念一想，他又觉得自己未免也太敬业了。班都不上了，还想着要给陈柯尧买菜做饭，图什么呀。偶尔叫一次外卖，吃不死这个大家伙的，大不了自己报销就是。

这么想着，他推开了大门，突然听见了一个陌生的声音："老师，你上次不是这么说的！"

戒逸愣了一下，低头看了一眼玄关，果然发现一双陌生的鞋子。

紧随其后响起的是陈柯尧的声音。

"有这么急吗？"他的语气听起来十分懒散，明显是没睡够，"我最近状态不好，我也不想的。"

"又过了大半年了，"那个陌生的声音听起来崩溃至极，"距离第三本已经整整一年半的时间了！"

"反正都过去一年半了……"陈柯尧嘟囔道。

他们说话间，戒逸已经走进了客厅。正在与陈柯尧对话的是一个看起来文质彬彬的年轻人，此刻见到戒逸进来，年轻人立刻露出了惊讶的表情。

"你今天怎么这么早就回来了？"陈柯尧十分好奇的模样，"不舒服？"

"我……"

戒逸还没来得及说完，就听那个年轻人大喊一声："难怪你说这段时间特别忙，我算是懂了！"

"什么啊？"戒逸茫然。

"老师，你还记不记得你上个月和我说过什么？"年轻人喊道，"你说美好生活的滋润让你思如泉涌！"

"我……"陈柯尧看起来十分尴尬，站起身来用力扯他的胳膊，"你别乱说话！"

"天知道你这一个多月到底都涌了些什么东西。"

戒逸晕乎乎地站在原地："你们在说什么？"

陈柯尧对着他猛使眼色："你有个快递，我帮你收了，放在了房间里。好大一包呢，你快去拆吧。"

戒逸闻言点了点头，刚要往自己房间走，背后又响起了陈柯尧的声音。

"错了，在我房间。"

哦，对，陈柯尧的母亲昨天过来了，自己的房间被强行征用了。

戒逸迷迷糊糊地走进陈柯尧的房间，关门前，听见客厅里依旧回荡着那个年轻人哀痛的呼喊。

"老师，你不可以这样。我们都和合作方谈好了，下个月通过他们的平台进行正式发布，你现在告诉我你只写了一个开头！这个开头你已经写了一年半了！"

戒逸好奇，贴在门边想要偷听，奈何陈柯尧说话的音量比平时还小，他实在听不清楚，还是等这人走了再逼问吧。

他这么想着，转头在房间扫视了一圈，接着大吃一惊。

桌上果然放着一个巨大的包裹，包得严严实实的，只看外表像是一把斧子。什么玩意？戎逸愣了好久，完全想不起自己最近有买过什么杀伤性武器。

他拿起了那个包得里三层外三层的大斧子，仔细看过以后，才发现下面的棍状物和上面的方形扁盒子是用胶带缠在一起的。戎逸费尽九牛二虎之力撕扯了半天，因为身体不适而思维迟钝的他才反应过来——自己其实可以找一把剪刀。

但他在这样想着的同时，手还在用力，且终于取得了阶段性胜利。那个缠在棍状物上的盒子瞬间飞了出去，砸在了陈柯尧的书架侧面，发出了"咚"的一声响。紧接着，书架上就有一本书应声而落。

戎逸赶紧跑过去，低头一看，又惊又喜。掉在地上的小说，他大学时代曾经看过。这个系列的小说红极一时，作者是一位初出茅庐的美女作家。莫昱飞曾主演过后续系列改编的电影，并凭此一炮而红。戎逸对这系列十分喜爱，可惜因为这套书过于畅销，他收集不全，一直留有遗憾。陈柯尧和他居然还有共同爱好，实属难得。

他把书捡起来，小心翼翼检查了一遍，确认没有受损后刚要放回书架，背后的房门打开了。

陈柯尧探进来半个身子："你没事吧？"

戎逸摇头。

接着他就因为突如其来的晃动而产生强烈的眩晕感，整个人往旁边趔趄了好几步。

"没事？那你这是在表演节目吗？"

戎逸皱眉："你好烦，你出去。"

"老师，事有轻重缓急。"那个年轻人紧跟在陈柯尧身边，"别光顾着关心人家了，你先给我一个时间……"

陈柯尧拎着他的后颈，把他拽了出去："出去再说。"

紧接着，房门关上了。

戎逸发了一会儿呆，转身想把一直抱在怀里的书放回书架上，房门又打开了。

陈柯尧走进来，递给他一支温度计。

戎逸含着温度计继续拆快递，原来那根棍子是个海报筒。他把里面的东

123

西抽出来展开，顿时一阵惊喜。

这是前阵子他加入的莫昱飞粉丝群寄来的礼物，海报上甚至还有莫昱飞本人的亲笔签名。他将另一个方盒子打开，里面是一本台历、几个冰箱贴，还有一个手机壳，无一例外都印着他偶像的绝美照片。

戒逸含着温度计，举着海报在房间里快乐地转圈圈，身后突然传来了开门声。

"怎么样，有没有……你干吗呢？"

戒逸回过头，接着不知为何突然心虚起来，小心翼翼把海报藏到了身后。门外已经没有那个年轻人的身影，大约是已经离开了。

陈柯尧皱着眉头走到他面前，低头看了一眼摆在桌上的那一堆周边，脸色立刻沉了下去："这都什么乱七八糟的东西。"

戒逸含着温度计支支吾吾，刚说了半句，陈柯尧就伸手把温度计从他嘴里抽了出来。

"也不怕咬破。"陈柯尧臭着脸确认了一下温度，很快松了一口气，"三十七度六，还算好。"

他说完随手把温度计往桌上一放，走到了客厅："你有没有见过退热冲剂？我记得我买过，但药箱里没有。"

药箱里的东西基本是戒逸上次替他收进去的，那里面要啥啥没有。为了防止陈柯尧下次连温度计都找不到，戒逸赶紧从桌上拿起温度计，送了过去。

"你去睡一会儿吧。"陈柯尧把温度计放进药箱后，瞥了一眼他手里的海报，"有这么宝贝吗，还抱着不撒手了？"

其实戒逸只是没找到机会放。

陈柯尧不喜欢莫昱飞，这些周边放在陈柯尧房间里显然不合适，而自己房间又被陈柯尧的母亲住了，虽然现在她不在家，但他擅自进去也不方便。

"我先和你说好，"陈柯尧指了指海报，"我家里的墙壁上不许出现这种东西。"

戒逸用鼻子轻轻哼了一声。亲笔签名的海报呢，他还不舍得随便贴呢。

"还有那些东西，也别摆出来。"陈柯尧说。

戒逸抬起头看天花板，不理他。

"先去睡觉，"陈柯尧指了指自己的房间，"我去给你买药。"

戒逸脱了外套，钻进陈柯尧的被窝。虽然他有些迷糊，但还是睡不着。

现在好像有点奇怪。陈柯尧是他的房东，但他们被迫挤在一个房间，而他不需要付房租。不仅不付钱，他还可以从陈柯尧那儿拿钱，作为两人共同的伙食支出。他现在病了，他这位倒贴钱的房东还主动替他买药去了。

按照经典剧本的套路，他们会在经历过患难后友情急速升温，摒弃过去所有偏见变得亲如兄弟。

但天不遂人愿，他们很快会因为身世、立场、误会、命运等因素被推向截然不同的方向，被迫敌对。在最终决战之前，他们站在悬崖两侧的山峰上，过往恩怨纠葛走马灯般在脑海中闪现，而他们早已没有回头之路……

房门突然被打开，陈柯尧大步走到床边："起来，吃药。"

戒逸猛然回神，他坐起身，接过陈柯尧替他冲好的药剂，皱着眉头一饮而尽。他刚要重新缩进被窝，陈柯尧又给他递了一杯温开水："这味道肯定不好，漱漱口吧。"

戒逸看了他一眼，接过水杯，一口气把水全喝了下去。

"行了，睡吧。"陈柯尧拿着两个空杯子往外走，"有事叫我，我就在客厅。"

戒逸没吭声，只是点了点头，侧身看着陈柯尧走出房间小心翼翼关房门的模样。

这家伙不适合那么精彩的剧情，他想，陈柯尧一定会站在山顶吐得飞流直下三千尺。

戒逸被自己的"脑补"逗乐了，之后又叹了口气，把昨夜丢在一边凳子上的枕头扯进被窝，又抱进了怀里。

一觉醒来，戒逸整个人舒爽了不少。他坐起身，伸了个懒腰，接着发现床头柜上多了一个保温壶和一个水杯。可能是要他多喝热水。

戒逸给自己倒了小半杯水，小口小口喝完后，下床上了个厕所，重新回到房间，突然发现一丝异状。

桌上之前放着莫昱飞周边的位置，盖着一大块布。这布戒逸见过，平时是盖在客厅那台自他入住从未被打开过的电视机上挡灰尘的。

戒逸皱着眉把布掀开，发现那些周边依旧完好地放在原处，没被动过。

陈柯尧会选择盖住这些周边，肯定不是出于好心，而是单纯地想要眼不见为净。被这样惊人的幼稚震惊了，戎逸忍不住笑了，打开房门向外走去。

客厅里没人，而他以往居住的房间依旧房门紧闭，倒是厨房里隐约传来了一些声响。

走近以后，他发现那是炒菜的声音。

"原来你也会做饭，"他一边往里走，一边语带揶揄说道，"做出来的东西能吃吗？"

"应该还好吧，"回答他的是一个温软的女声，"虽然不是很擅长，但入口还是可以的。"

"对不起！"戎逸顿时感到尴尬，赶紧向正举着锅铲对他微笑的岚姐道歉，"我还以为是……"

"他出门了，"岚姐看起来并不介意的样子，"应该马上就回来了。他就去楼下便利店，说是酸奶喝完了。"

戎逸站在她身后，看着她生疏的炒菜动作，有点纠结。

"要不还是我来吧。"他说。

"不用呀，这是我的拿手菜。"岚姐摆手，"尧尧说你生病了。病人就好好休息吧。"

如今在灯光明亮的环境下，还是能看出岚姐实际年龄的，但这并不妨碍戎逸依旧觉得她十分有魅力。

身材娇小却充满活力，而且自带一种温和气质，五官也相当精致。不难想象，她在年轻时该是一个多么受欢迎的女孩。在那个年纪就过早地成为母亲，并不是很好的体验吧？而且还是成为陈柯尧这种糟心小子的母亲。

正想着，如今已经长成了一个糟心大个子的陈柯尧回来了，手里还提着好大一袋酸奶。

"好点没，还难受吗？"陈柯尧提着酸奶往厨房走，边走，还边回头看戎逸。

"不难受，应该好了吧。"戎逸皱着眉看着他手里的袋子，"你买那么多做什么？"

"看到酸奶正好在搞活动，特价，就多买了点。 陈柯尧一脸得意。

闻言，戎逸心中立刻"咯噔"一下，他快步走上前去，从里面拿出一排酸奶开始翻找生产日期。果不其然，保质期只到明天。他把印着日期的那一面塞到陈柯尧眼前："你来得及喝完吗？"

陈柯尧大惊："咦？"

他立刻拆开包装，拿出一盒酸奶放进戎逸手里："快点，喝了它！"

就在戎逸无语的时候，陈柯尧又拆了一盒酸奶，一边往厨房走，一边嚷嚷："岚姐，那么辛苦，快来喝酸奶。"

宝贝儿子突然大献殷勤，岚姐十分受用，高高兴兴地收下了临期酸奶。

戎逸长叹了一口气，刚撕开盖子喝了一口，陈柯尧又从厨房里探出了脑袋："一盒够吗？要不要再来点？"

这家伙一共买了三组，每组八盒，想要在过期前全部喝完基本不可能。一点常识也没有，真不知道他以前独居时到底是怎么顺利活下来的。

虽然很想吐槽，但看着这家伙举着酸奶摇晃的手和充满期待的眼神，最终戎逸还是没好意思拒绝，而这造成的结果就是他晚饭基本吃不下。

岚姐的手艺称不上十分出色，但做出来的几个家常菜也有模有样。可是戎逸被陈柯尧灌了一肚子酸奶，硬着头皮吃了没几口就直打饱嗝，嗝出来都是酸奶味的。

"小戎没胃口呀？是不是身体还是不舒服？"岚姐一脸担忧，"不舒服才更应该多吃点，营养跟上了，病才会好得快。尧尧你傻愣着干什么？给人多夹点菜呀。"

陈柯尧犹豫了一下，在戎逸锐利的视线中小心翼翼地夹起一根豇豆，放在他碗里的米饭上："多……多吃点儿？"

岚姐着急："你这孩子，有你这么夹菜的吗？"她说完亲自上阵，夹起一块大排，压在戎逸碗里那根可怜巴巴的豇豆上。

"真是的，这么傻乎乎的。"岚姐怒其不争，"小戎你怎么忍得了和他一起合租的？"

戎逸低头看着那块闪着油光的大排，觉得肚子里的酸奶正在不停冒泡。怎么忍？硬忍的。好在他十分精通睁眼说瞎话这项技能，陈柯尧再傻，他也能硬着头皮吹捧一下。"他……人好。"戎逸憋出一个笑容，"老实，不矫情。"

"咯。"老实人陈柯尧发出了奇怪的声音。

"这倒是。"岚姐对自己儿子还是充满爱意的，"我们尧尧虽然长得凶，

127

但脾气是真的好。唉，就是一阵子不见，他居然把脸搞成这个样子，我今天刚看到的时候吓了一跳。"

"还好啦，"戒逸说，"比前阵子已经好一些了，再过几个月应该就看不出来了。"

岚姐皱着眉头，盯着陈柯尧那半边脸若有所思，把陈柯尧弄得浑身别扭。

"你吃饭呀，看我干什么？"

岚姐欲言又止，但最终只是叹了口气道："算啦，你们年轻人都有自己的想法。"

两位年轻人都默默地松了一口气。

岚姐又说道："我这次回来，是因为你弟弟要结婚了。"

戒逸愣了一下，陈柯尧居然还有一个弟弟？

看到戒逸惊讶的样子，岚姐对他解释道："是我再婚以后，我先生带来的孩子，比尧尧小两岁。"

戒逸点了点头，难怪，看陈柯尧的表情，他好像也是刚得知这个消息。这个便宜弟弟应该和他走得并不算近。

"我先生说希望你也能出席婚礼。"岚姐说，"婚礼就在这个周末。你应该有空吧？"

"行呀，"陈柯尧一口答应，"我陪你一起去呗。"

"那……"岚姐把视线转到了戒逸身上，"小戒你也一起来吧？"

戒逸硬着头皮答应了。

戒逸挺着肚皮瘫在陈柯尧房里的沙发椅上，痛苦不堪。大排、豇豆和酸奶在他的肚子里发酵成了奇怪的味道，他一打嗝就想呕吐。

陈柯尧坐在他边上讪笑："你要是不想去的话，就说工作忙，没关系的。"

戒逸瞥了他一眼。现在放什么马后炮？刚才自己都硬着头皮答应下来了。

见他不吭声，陈柯尧又说道："大恩大德，无以为报。"

戒逸摆出了一个嫌弃的表情，说道："既然无以为报，那你就答应我几件事吧。"

"你先说说看？"

"今天那个人，就是特别一惊一乍、大呼小叫的那个，是不是你的编辑？"

戎逸问。

陈柯尧一愣。

"我猜对了，是不是？"戎逸很激动。

那年轻人对着陈柯尧一口一个"老师"，看起来又不像是小朋友的家长。他们那没头没尾的对话中，还时不时出现一些特征明显的关键词，配合陈柯尧之前大言不惭地说"工作全靠智慧的大脑"这话，可见他极有可能是个作家，而且估计还挺成功的——要不然他怎么能不事生产到把编辑急成这个样子了，依旧吃香喝辣，不愁钱呢。

陈柯尧如今的表情，更让戎逸确定了自己的猜测。这家伙，居然看着还害羞起来了。

"所以，你真的是个作家？"戎逸瞪大眼睛看着他。

"嗯……"陈老师十分腼腆，"随便写点东西，'作家'还谈不上。"

陈柯尧这模样虽然欠扁，但此刻戎逸全然没有一丝一毫的嘲讽之意。毕竟长时间以来，陈柯尧在他心目中都是一个头脑简单、四肢发达的形象，突然知道这人还有这一重身份，他顿时有了刮目相看的感觉。

"我想看你写的东西！"戎逸很激动，"你叫什么名字？"

陈柯尧迟疑了一下才道："我叫……陈柯尧。"

这什么废话。

"你的笔名就是真名？"戎逸问。

"那倒不是……"

见他这么一副遮遮掩掩的模样，戎逸难免心生疑窦，说："那么难以启齿，你不会是写那种小说的吧……"

"怎么可能！"陈柯尧立刻否认，"都是可以正规出版的小说，好吧？"

"那为什么不愿意让我知道？"

"你又为什么非要知道呢？"陈柯尧眼神游移，"以前不知道，不也挺好的。"

戎逸觉得这人可疑至极，但人家不肯说，他也没办法。

"你应该还挺有名的吧？"戎逸又想了想，道，"我听见你的编辑说，你的第三本书是一年半以前……"

"你看你还生着病呢，就别过度用脑了。"陈柯尧搓手，"不如喝点酸奶，好好睡一觉。"

"不要和我说'酸奶'这个词，"戒逸皱眉，"我现在听到这个词就反胃。"

陈柯尧想了想："那……喝点热水。"

"算了，"戒逸一摆手，"我明天上网慢慢查。"

陈柯尧苦着脸，又说道："你不是说有几件事吗？再说说别的吧。"

戒逸闻言，态度变得温和了，说："那个……"

他飞快地指了指桌上被盖住的周边："等我回了自己房间，我想把那个台历摆起来。"

陈柯尧立刻沉下了脸，十分严肃地看着他，说："除非我死，不然你不要想了。这是我不可退让的底线。没有把你这些东西丢出去，已经是我最大的仁慈。"

戒逸别过头，轻轻地"啧"了一声。

"我都想不通，你就这么崇拜他？"陈柯尧皱着眉看他。

"我才想不通呢。"戒逸也皱眉，"你就这么讨厌他？"

陈柯尧一脸不爽地移开了视线，没吭声。

戒逸福至心灵："大作家，你不会是和他认识吧？"

"不认识！"陈柯尧突兀地提高了音量。

戒逸被吓了一跳，刚要开口，这家伙却像是觉得刚才的否认不够强烈，补充道："没交集，没瓜葛，这辈子都没和他扯上过关系。"

戒逸一脸狐疑，原本他只是随口一说，也没当真，但看陈柯尧如今这模样，他却真的怀疑了。

毕竟这个人，平常都极好说话，没什么脾气，迄今为止，还没别的人、事、物能让他反感到这个地步。

"我知道了，"戒逸咽了口唾沫，"是不是你们有啥过节？是不是你希望他来演男主角，但他看不上你的作品？"

陈柯尧深呼吸。

"我又猜对了！"戒逸激动。

"你才是大作家，"陈柯尧说，"再多编点儿就能出书了。"

晚上钻进被窝里，戒逸才后知后觉想起一件事。

明明昨天他想好了要出去住，怎么到了最后，又莫名其妙睡在了这张床上呢？可能是因为他生病了吧。虽然现在烧已经退了，但人还有点不舒服。如果他这时候说要单独出去住，陈柯尧肯定是不放心的，可能还会觉得内疚，甚至自责，变成一个可怜巴巴的忧伤大个子。所以自己老老实实回来住，可以说是日行一善了。

戒逸顺利说服自己后，又往被子里缩了缩。就在半个小时之前，他才量过体温，那点热度已经退了下去。可不知为何，如今还没到他平日入睡的点，人却开始晕乎了。

他在被子里小心翼翼地转身，看向和昨天一样戴着眼镜坐在电脑桌前的陈柯尧。

这个人面前放着三个酸奶杯，脸被电脑屏幕映得光影变化不断，十有八九又是在看电影。看来他编辑声泪俱下的控诉并没有对他产生任何积极的影响。

戒逸偷偷看了他一会儿后，重新背过身，还把被子往上拉了一截。

可能是因为被盖住了鼻子，他越发感到昏沉。但这被子上有一股好闻的味道，闻久了让人觉得十分安心舒适。

戒逸迷迷糊糊地想着，还是早点睡吧，明天可不能再请假了。

可他半夜就被陈柯尧吵醒了，意识清醒前，他正深陷梦魇。梦境混乱破碎，没有具体剧情，无法概括复述，只有不适感在不停叠加，使人烦躁不堪。在徒劳无功的反复挣扎中，陈柯尧的声音突兀地出现在他耳边，化作一股温柔的力量，把他一点一点从泥沼中拉了出来。

他睁开双眼的时候，一片昏暗中，有个人正在手忙脚乱地替他盖被子。

戒逸迷迷糊糊地看着那人，然后小声问道："怎么了？"一开口，才发现自己的声音干哑得不行。

陈柯尧替他盖好被踢飞了大半的被子后，伸手覆在了他的额头上。片刻后，陈柯尧一言不发地转身走出了房间，只留下被裹成蛹的戒逸半睡半醒，茫然无措。

好在陈柯尧很快就回来了，手上还拿着温度计。他示意戒逸把温度计含好，说道："你额头好烫，刚才是不是做噩梦了？"

戒逸张开嘴，乖乖把温度计压在了舌头下面，然后开口："好像是……"

131

"别说话。"陈柯尧打断了他。

戎逸委屈地想道：什么呀，你自己问我问题的。

三分钟后，陈柯尧从他嘴里抽走温度计，走到台灯旁对着看了一会儿，皱起了眉头："起来，把衣服穿上。"

陈柯尧抬手把房间的灯打开了："我送你去医院。"

戎逸茫然："又发烧了？"

"三十九度一。"陈柯尧见他不动，干脆走到床边帮他拿衣服，"赶紧的，再晚人都烧傻了。"

下了车后，戎逸整个人稀里糊涂，被陈柯尧牵着跑来跑去，好在大半夜看急诊的人并不多。

他们出门时太急，陈柯尧这个缺乏生活常识的家伙忘记帮他拿医保卡，于是不得不重新填表单。

陈柯尧特别着急，但戎逸本人很悠闲。他并不觉得难受，就是人有些飘，和上次喝醉了差不多。

预检下来，热度又高了一点，把陈柯尧吓得不轻。戎逸在一边轻声安抚他："你不要紧张，没事的，大不了就烧成傻瓜，哈哈哈。"

陈柯尧惊恐万分，扶着头重脚轻的戎逸一路竞走。

戎逸终于进了诊室后，医生也很淡定，问了一些简单信息，便开单让他们去化验。

戎逸吃了退烧药，坐在大厅里等化验报告的时候，发现不远处的陈柯尧正在对着垃圾桶干呕。

要不是还走路打飘，戎逸真想冲过去踢这家伙一脚。

等陈柯尧抹着嘴走回来，戎逸立刻瞪着他，可惜眼神实在有气无力，没有任何杀伤力，反而引起了对方的误解。

"怎么了？"陈柯尧一脸关切，"又不舒服？"

"你至于吗？"戎逸低下头看面前的地板，"只是扶我一下，就恶心到这个地步吗？"

"不是，那个……"陈柯尧看起来很尴尬，"我是受不了这里的消毒水味道。你别瞎想。"

都进来那么久了，也不是刚闻到，为什么现在才呕吐？一听就是借口。

但强行追根究底，无疑是自取其辱，于是戒逸干脆不再理会他了。

戒逸不想理陈柯尧，陈柯尧却非要不停烦他，问他渴不渴，要不要喝水，问吃了药有没有觉得好一些。好不容易安静了一会儿，又问他觉不觉得困，要不要先闭上眼睛休息一会儿。

戒逸心想：你快闭嘴吧……

诊断结果没什么大碍。医生给他开了点药，又叮嘱他一定要作息规律，保证睡眠时间。

"是我的错，诊断结果没什么大碍。医生给他开了点药，又叮嘱他一定要作息规律，保证睡眠时间。"他主动认罪，"我回去就另外给岚姐找地方住。你今天还是再请一天假，好好休息一下吧？"

戒逸抬头看了看泛着鱼肚白的朦胧天空，心中有些纠结。别人都还在忙活，他仗着自己是个小领导，连续两天都请假，影响不好。可真要去了公司，他这状态也做不了什么。

等上了陈柯尧的车，戒逸蜷着身子斜躺在后排座椅上，觉得自己浑身上下每一个地方都十分不舒坦。

"我回去了也没地方休息呀。"他小声抱怨道。

"岚姐差不多也该醒了。"陈柯尧说，"我让她收拾一下，把房间还给你。"

戒逸闭着眼睛躺了一会儿，说道："你要怎么和岚姐说？"

"就说你不舒服呗。"

"那她会怎么想我？"戒逸说，"我觉得这样不太好。"

陈柯尧突然笑了，只是笑过了以后并没有回话，于是车里一片安静。

戒逸忍不住问道："你笑什么？"

"你不觉得你刚才的话……"

"什么？"

陈柯尧摇头："没什么。"

话说一半特别讨厌。戒逸不依不饶，抬腿踢他的座椅："你说呀！"

"你别踢了，"陈柯尧着急，"上次你踹的那个印子，我是花钱找人洗干净的！"

戒逸赶紧收脚："我不踢了，你说。"

陈柯尧说："你很怕我的家人会不喜欢你。"

戎逸立刻食言了："我踢死你！"

最终陈柯尧到底是怎么和岚姐沟通的，戎逸一无所知。他到了家，立刻窝在客厅里的沙发上打了个盹，醒来时，天已经彻底亮了，而忙活了一整晚的陈柯尧去睡了，岚姐不知所终。旁边的茶几上放着一张字条，写着"房间还你了，如果醒来饿了，但又没食欲，冰箱里有酸奶，千万别客气"。

已经过了上班时间，戎逸犹豫过后，还是给领导打了电话告了假。

吃过了药，又喝了一杯酸奶，他终于回到了自己的房间，发现桌上放着一个非常廉价的土黄色塑料袋。

他打开袋子一看，里面是他昨天刚收到的偶像莫昱飞的周边。陈柯尧故意挑了一个特别丑的袋子装它，心态可谓十分扭曲。

戎逸赶紧把这些宝贝小心翼翼地拿了出来。

故意在别人面前贬低对方的偶像是一件很没素质的事情，但知道人家不喜欢，还非要把自己偶像挂在嘴上，其实也不是什么成熟的表现。这个道理戎逸懂，但不知道为什么，他就是特别想和陈柯尧抬杠。

既然陈柯尧是房东，说家里不准摆，那他不摆也行，可他给自己的手机换个手机壳总是合情合理的吧？

刚把手机壳拿起来，里面突然飘出一张长方形卡片。戎逸捡起来一看，惊呆了。居然是莫昱飞影迷见面会的粉丝专属赠票！

加入粉丝群时，特殊福利那一栏确实写着"有机会获得见面会专属福利"，但他猜想中奖率必然极低，故而未抱期待。

万万没想到自己居然成了幸运儿，戎逸喜不自禁。

可眼下这雀跃的心情却找不到人分享，小张正在辛勤工作，这时候自己这个请了假的人跑去炫耀，怕是会遭受鄙视。

他捧着票在房间里转了两圈，因为还没完全退烧，依旧晕乎乎的大脑开始提出抗议。

戎逸跳到床上，拿着票用力亲了一口，翻出手机，开始安排日程。

他回到自己的房间，吃了药，进行了充足的休息。当戎逸睡了一个漫长的回笼觉醒来时，除了身上肌肉还有些酸软，他的精神恢复得不错了。头不晕，眼不花，思维顺畅，并且喜气洋洋，他甚至觉得自己能够动手准备今天的晚饭。

走出房间，戎逸却听见厨房里隐约传来正在炒菜的声音。岚姐已经离开了，那剩下的肯定就是陈柯尧了。

这个人居然真的会做菜？戎逸十分好奇，一边往里走一边问道："你在做什么黑暗料理？"紧接着，他心里"咯噔"一下。

正举着锅铲的岚姐笑着回头："呀，这个茄子好像真的被我烧煳了。"

"对不起，我以为……"戎逸慌忙地想要解释。

"他出去了，"岚姐笑道，"说四点半之前会回来，应该快了吧？"

"那个……岚姐，"戎逸犹豫了一会儿，还是忍不住问了一下，"你今晚住哪里呀？"

"尧尧给我在附近找了一家酒店。"岚姐说，"你的身体还没好，吃外卖不健康，没营养怎么好得了，所以我想着趁下午没事，过来帮你们把晚饭做了。"

戎逸瞬间感动得不行："岚姐对不起，我占了你的房间，还让你那么辛苦，我……"

"客气什么呀，这些日子多亏有你和他互相照应，"岚姐回头冲他笑了笑，"你再去休息一会儿吧，等开饭了我来叫你。"

岚姐真是完美，温柔又美丽，还那么体贴照顾人，简直是"女神"。戎逸在感慨过后，又不免产生了疑惑。

不久之前，他接触过陈柯尧的父亲。忽略其外表上显而易见的优越，这位叔叔性格有些拖泥带水、婆婆妈妈，但脾气明显不坏，是个挺温和的人，并不难相处。

从外貌来说，他们完全称得上是郎才女貌，怎么看都是登对的。他们在年少时意外结合，当时身边人或许觉得他们是天作之合。一定会有不少人为他们的分开而感到惋惜吧？如此相配的两个人，究竟是为什么才走到这个地步呢？

总不能是那位帅叔叔其实是个花心大萝卜吧？不过他凭借那样的外表，想哄骗纯情的少女确实是易如反掌。若真是这样，那岚姐一定受了不少委屈。

戎逸躺在床上一通"脑补"。

半晌后，门外隐隐约约传来了一些声响，很快就有人敲响了他的房门。

"怎么样？"陈柯尧从外面探进来半个身子，"感觉好些了没有？"

戎逸对着陈柯尧眨了两下眼睛，接着抬起手，勾了勾手指："你过来。"

陈柯尧莫名其妙，犹豫了一下才走了进来，关门时还挺紧张，说话声音都不自觉压低了："怎么了？"

"你爸最近怎么不过来了呀？"戎逸像做贼一样小声问道。

陈柯尧原本还以为他要说什么大事，闻言哭笑不得："他当然来过了呀，只是他来的时候，你都在上班罢了。"

"那……"

"不过我和他说了岚姐在，他这阵子应该都不会来了。"

戎逸试探性地问道："为什么呀？"

"因为没有见面的必要吧。"陈柯尧说着摇了摇头，"不提这个了。你好点了没？"

他问话时，十分自然地把掌心贴在了戎逸的额头上："好像退烧了。"

戎逸小心翼翼地缩着脖子，莫名紧张："我刚才量过了，退了。"

"还真是病来得快，去得也快。"陈柯尧一副终于放下心来的模样，"晚饭还没好，你现在饿不饿？"

"我不要喝酸奶了！"戎逸猛摇头。

陈柯尧笑出了声："我给你买了点心，你出来吃。"他给戎逸买了一块草莓味的小蛋糕。

蛋糕味道不错，但吃东西的时候被人盯着看，戎逸难免不自在，便十分忐忑地问道："你干吗呀，没别的事要做了吗？"

陈柯尧坦然地点头："是呀。"

"你的编辑要哭了。"戎逸低头吃蛋糕，不看他。

"好吃吗？"陈柯尧问。

戎逸依旧不抬头："还行吧。"

"嗯……"陈柯尧若有所思，"我猜你应该是喜欢草莓味的。"

戎逸心道：这不是错觉，这个人绝对是在故意嘲讽自己。这时候他若是接话，只会给对方乘胜追击的机会，但完全不回应的话，他又觉得憋屈。

于是，戎逸用叉子戳了两下蛋糕上的大草莓，抬起头来，瞪了陈柯尧一眼。可对方不以为意，依旧挺开心的。

"你干吗，不爱吃鲜草莓吗？那就给我吃吧。"陈柯尧说。

戎逸迟疑了一下。

那一瞬间，他是想拒绝的，但看着对方那副坦然又快活的模样，不知为何，他便鬼使神差地将那个草莓递了过去。

草莓才刚进嘴里，陈柯尧立即皱起了眉头。不只是眉头，这家伙整张脸都皱了。"哇……怎么那么冰？"他吃得一脸痛苦，"而且好酸！我的牙齿都要软了。"

"是你自己要吃的。"戎逸低下头，把剩下的小半块蛋糕一股脑儿塞进嘴里，然后站起身跑回了房间，关上了门。

蛋糕上的大草莓大多不好吃，但蛋糕本身是甜的，戎逸非常喜欢，他确实偏爱草莓味。

陈柯尧总爱在晚饭前给他吃东西，这个习惯很不好。

餐桌上，岚姐特地赶来为他们辛辛苦苦烧的一桌菜，戎逸又没胃口吃了。但为了不让岚姐伤心，他硬着头皮也要往嘴里塞。

不知为何，只吃了一个草莓的陈柯尧看起来也不是很有胃口。

戎逸怀疑他莫不是又偷偷狂喝酸奶了，毕竟距离过期只剩几个小时，冰箱里似乎剩了一整板酸奶。他琢磨到一半，惊觉从昨天到现在，他们居然真的干掉了两大板酸奶。

陈柯尧怕不是整个人都变成酸奶味的了。

戎逸扒拉了好大一口饭，把整张嘴塞得鼓鼓囊囊的，一抬头，发现陈柯尧正在看他。

自知此刻吃相不太雅观的戎逸还没来得及不好意思，却见对方脸上一阵泛白。

"那个，"陈柯尧放下碗筷，"我有点事，你们慢慢吃。"他说着快步走回房间，留下一脸疑惑的戎逸和略显担忧的岚姐。

"他好像不太舒服，"岚姐皱着眉头说，"会不会是昨天半夜出门时穿少了，着凉了？"

"嗯？"戎逸嘴里都是饭，没法好好说话，只能用表情表示疑惑。

"从刚才开始，他就一直是一副要吐不吐的样子，我过去找他，就看到他站在洗手池前面发呆。"岚姐愁眉苦脸，"我问他是不是生病了，他又说没有。"

戎逸一时无措。他不敢确定这家伙疑似犯病是不是因为自己。毕竟刚才吃过草莓后，自己就回了房间，两人再无交集。这家伙应该是真的肠胃不舒服吧？酸奶喝太多了？

吃过饭，戎逸终归还是不太放心，特地跑去敲陈柯尧的房门。

陈柯尧正在他那台多功能跑步机上挥汗如雨，看起来精力十足，一点也不像是身体不适的样子。

戎逸看着他脸颊和脖颈上的汗水，还有因为汗水而紧贴在身上的 T 恤，开口时莫名心虚："你刚吃完饭就运动，会不会对消化不太好呀？"

"应该没事吧，我也没怎么吃东西……"陈柯尧眼神闪烁，"有事吗？"

"没什么事，就是想问问你为什么没吃什么东西。"

"酸奶喝太多了吧，"陈柯尧拿起一边的毛巾，在脸上擦了一把，"我晚点饿了会吃的。"

"哦。"戎逸点了点头，"那个……空着肚子运动其实也不太好的。"

他绞尽脑汁想着台词，却见对方突然笑了。

"你还担心我呢？"陈柯尧说，"我看你每天晚上吃饱了就往床上躺，一动不动，难怪抵抗力那么差，毫无预兆就生病了。"

戎逸心道：你有病吧？我过来关心关心你，你会不会说话！

第六章

密室逃脱

Mr. Rong

第二天上班时，彻底退烧的戎逸已经神清气爽，精神奕奕了。但为了减少同事不必要的抵触情绪，他还是强行装出了一副萎靡不振的模样。

简单了解了工作进度后，同事告诉他，甲方公司希望今天再派人过去一次。这活一直以来都是戎逸亲自上阵的，但他早上来时装得用力过度了，让同事有点儿放心不下。

一时之间，团队里也没人自告奋勇去和甲方周旋。纠结之际，甲方公司恰好打来了电话，简单沟通过后，对面表示"小刘说他过来一趟"。

戎逸感动且惭愧。他在办公室里一边等待一边准备材料时又想起了初识时对此人的欣赏。现在的他们，应该算是关系不错的朋友了吧？

这段日子鸡飞狗跳，却也不是全无收获。真正糟心的，也无非是一个陈柯尧罢了。

刘源过来后，除了交接工作，还主动关心了一下他的身体状况。

两个人坐在会议室里聊了一会儿天，戎逸的注意力始终无法离开刘源公文包上挂着的那个钥匙扣——一个毛茸茸的小仓鼠挂饰，看着还挺眼熟的。钥匙扣很可爱，但和刘源的气质并不相称。

等工作告一段落，趁着刘源还在整理资料，戎逸试探地开口："你包上挂的这个，是不是……"

他还没说完，刘源居然不好意思了："我随手挂的……"

"哦。"戎逸点头，但表情依旧兴致勃勃的。

"我真的……我就是……那个……"刘源抓耳挠腮，"我只是觉得它还挺可爱的，所以随手挂上了，真的是随手！"

戎逸忍不住笑了。

刘源不想继续这个话题，随便找了个话头："你和柯尧，最近怎么样？"

"啥？"戎逸一时愣在原地，"挺……挺好的呀！"

刘源说："看你们相处得不错，我也挺开心的。"

戎逸心想：哪有不错啊！

但他没说出口，只是傻笑了两声。

回家之前，戎逸还要去一趟超市——他的房东正在家嗷嗷待哺呢。

戎逸推着推车，一边往目标柜台移动，一边暗暗想着：要是这时候拐角突然冲出来一个人，"啪"的一下撞在他的推车上，怀里的东西撒了满地，然后自己热心地替对方捡起来，一抬头，发现对方是一个热情阳光又友好的优质青年。好青年对他一见如故，为了表达歉意和谢意，主动邀请自己共进晚餐……哦，不行，他不能去，因为还得回去给他的房东做饭。

陈柯尧这人好烦呀！自己开开心心地幻想一下，他都要跑出来串场，弄坏人的心情。

戎逸正在专心致志地唾弃他的房东，突然就有一辆购物车从拐角冲了出来，"哐当"一声和他的购物车撞在一起。

他心中一个激灵，赶紧抬头，接着暗暗一惊，却全然不喜。

那购物车后面站着一个小孩，正兴致勃勃地把购物车当成滑板车，兴奋地玩游戏。而他身后的不远处，一个身材略显肥硕的男子抖动着全身脂肪，正快速赶来。

那人和戎逸的视线一对上，立刻表情一僵。

人生何处不相逢，这不是那个李……李啸然？

气氛一阵尴尬，而车上那小孩对此一无所知，"啪"一下跳到地上，蹦蹦跳跳地往那男人身上扑："爸爸，你也来试试！"

戎逸惊了。他万万没想到，这个油腻男子居然连孩子都那么大了！

李啸然估计是心虚，低头小声训斥了几句孩子后，推着推车就想离开。

戎逸站在原地，下意识多看了几眼那孩子。小朋友看起来四五岁，是一个小男孩，五官倒是隐约有几分他爸年少时的影子，还挺俊秀的。

在两人擦身而过时，戎逸忍不住嘟囔道：有些人可真是狗仗人势……"

李啸然闻言，回头瞪了他一眼，然后说道："你说谁呢？你是什么玩意？有什么资格教训我？"

戎逸理直气壮："谁对号入座，我就说谁……"

"啸然？"不远处突然传来了一个陌生的声音，"怎么啦，遇到朋友了？"

戎逸往声音传来的方向看过去，只见走来的是一个十分瘦弱的年轻人。

这个人走到他们身边，十分自然地抱起了那个孩子，然后冲着戎逸露出了一个礼貌的微笑。看这情况，此人应该就是李啸然的伴侣了。

只看外表，她虽算不上令人眼前一亮的大美人，但要配李啸然如今这份尊荣，无疑是绰绰有余的。

戎逸不禁替她不值。他一时没忍住，说道："有些人有妻有子的，还是多积点德吧！"

那个抱着孩子的人一脸不解，转头看向李啸然。

李啸然顿时恼羞成怒，一脚踢在了面前的购物车上："你胡说什么呢？"

这两句话音量极大，被家人抱在怀里的小孩刚才还笑嘻嘻的，瞬间被吓蒙了，紧接着"哇"的一声哭了起来。

戎逸当下也有些不知所措。他并不是好战分子，面对李啸然如此气势汹汹的态度，难免心里有些发怵。

周围不少人把目光投了过来，有些人开始窃窃私语。

就在此刻，一个穿着西装，打着领带，胸口别着标识卡的男子快步从旁边走了过来："几位客人，请问是有什么事吗？"

他的视线快速朝在场几人的脸上扫了一遍："有什么是我可以帮上忙的吗？"刚才还有些慌张的戎逸看向来人，莫名有些不好意思起来。

"如果有什么事需要沟通的话，不如先换个地方？"那人对现场看起来情绪最激动的李啸然说道。

戎逸飞快地看了一眼他胸口的标识牌，姓名前面写着"经理"两个字。估计他是正好路过，怕客人会大打出手，所以才赶紧过来试图阻止吧。

李啸然显然不想把事情闹大，瞪了戎逸一眼后，便转过身去，连推车都不要了。他的伴侣迟疑了一下，便抱着孩子跟了过去，走了两步，还回头看了戎逸一眼，但最终什么也没说。

于是现场只留下戎逸和站在戎逸身边的超市经理。

"那个，谢谢你，"戎逸主动搭话，"我刚才真是吓了一跳。"

"应该的。"经理笑着摇了摇头，接着看向了被那一家子留下的购物车，叹了口气，"这老哥脾气可真大。你们是不小心撞在一起了？"

戎逸点头："是！"

他还想再聊两句，可惜对方却没这闲心。

"没事就好。您有需要可以随时找穿着制服的营业员，或者找我也行。那就不打扰先生您继续购物了。"他说完就推着那辆放着各类物品的购物车离开了，估摸着是要把车里的东西一一归位。

戎逸站在原地看了一会儿，在心里叹了一口气。

这人长得挺帅气，看着特别舒服，性格也不错，能交个朋友就好了。可惜，他找不到机会继续搭话，而且他还要赶回去给陈柯尧做饭吃。

回到家后，陈柯尧不在。

昨天吃饭时，岚姐有说过要去帮忙准备婚礼，所以今天不过来。也不知道陈柯尧这个大闲人是不是一起去帮忙了。不过既然他没有另外通知，应该还会回来吃晚饭吧。

戎逸在厨房里忙活了一会儿，听见了开门的声音，紧接着，就有人进了厨房。

"哇！好香！"还穿着外套的陈柯尧走到他身后，"今天吃什么？"

"带鱼。"戎逸伸手打掉了陈柯尧的爪子，"这个还没煎透，待会儿还要再烧的，吃了小心拉肚子。"

陈柯尧摸了摸自己被打的手背："我有点饿了。"

"先去洗手，"戎逸命令他，"在客厅等着。"

陈柯尧乖乖地走了出去。

"投喂"陈柯尧让戎逸产生了一种奇特的满足感。虽然这个人挑食，但摸清了他的喜好以后，他其实特别容易满足，自己随便做做，他都能吃得津津有味，而且从不吝啬赞美。

"还是你做的菜好吃。"陈柯尧捧着碗，看起来心情颇好，"岚姐一来，我的伙食水平真是一朝回到解放前。下次得找机会让她尝尝你的手艺。"

"岚姐昨天特地过来给我们做饭，就算菜不合胃口，你也不应该一点不碰呀。"戎逸教育他。

陈柯尧看了他一眼，夹了一口菜放进嘴里，没吭声。

戎逸想了想，问道："你这几天下午都去哪里了？"

陈柯尧把嘴里的食物咽了下去："不告诉你。"

戎逸眯起眼睛看他："不说拉倒。"

陈柯尧突然笑了，他抬起头看向戎逸，然后说道："我突然觉得……"

"什么？"

"算了，没什么。"陈柯尧摇了摇头，继续吃饭。

"干吗老说一半。"戎逸不爽地在桌子底下踢他，"觉得什么呀？"

"一到家就有做好的饭菜等我，还有人对着我管头管脚的，"陈柯尧说话的时候并不看他，"挺不错的……"

戎逸瞪着他说道："好好吃饭，哪儿那么多话！"

在超市里的时候，应该问那个经理要联系方式的。

戎逸回了房间，脑子里乱糟糟的。他躺在床上滚来滚去，干脆把脑袋塞进枕头下，整个人烦躁得不行。

他猛地想起来一件事——之前说要查一查陈柯尧究竟写过什么小说，结果因为突然生病，他全忘了。他当下掏出手机。

打开浏览器后，他不小心点进了历史记录，于是一眼看见了前阵子登录的那个论坛。顿了顿，他下意识点了进去。页面刷新后，账号仍然是登录状态，角落里有个小信封的图案正在跳动着。

他点击以后，看到了一条私信。

"抱歉，帖子被锁了，没办法直接回复你。谢谢你的提醒，害你被禁言，实在不好意思。其实我有去看医生，也希望能尽快有所改善吧。"

发信日期是戎逸回帖的第二天，算起来离现在有一阵子了。戎逸犹豫了片刻，给楼主回了一条消息。

"抱歉，我刚看到你的私信。其实我有个朋友和你有非常类似的困扰，所以我想替他了解一下。你的情况现在改善了吗？"

系统显示对方并不在线，戎逸决定以后每天看一看消息。

那之后，他跑去某问答网站发了一个求助，询问有哪位作家在一年半前出版过某系列作品的第三本，且后续杳无音信。

几个小时后，当戎逸再次刷新时，已经有了三个回复。其中一个人在莫名其妙地推荐自己的网络连载作品，另外两个人则作出了同样的回答——

"你说的应该是岚山幽梦的《寻龙》系列第三部吧？"

戎逸一惊，赶紧搜索了一下，接着陷入了沉思。岚山幽梦的《寻龙》，就是他前几天在陈柯尧房间里看到的那本书。戎逸不喜欢追连载，所以只看过完结的前两部，但对第三部也有所耳闻。

这个作者当年初出茅庐便迅速走红，《寻龙》的第一部火遍全国，戎逸身边的同龄人就算没看过书，也看过根据这本书改编的电视剧和电影。当时还出过几款同名游戏，风靡一时。于是作者很快写了第二部，内容中规中矩，虽然文风成熟，行文稳健了许多，但相比第一部内容的天马行空，以及令人眼前一亮、拍案叫绝的故事架构，却是略显平庸了。

而后来，不知为何，作者的更新速度越来越慢，第三部姗姗来迟，而且质量堪忧。前两本中人气极高的主角在第三部的剧情里，形象严重崩坏，从风流沦为下流，恶评如潮。

然后第四部，干脆没有了。

读者一片哀号，其中也不乏有人哭诉，说岚山幽梦是不是赚了太多钱，沉迷享受，根本无心创作？

在各类网站上搜集完这些信息后，戎逸陷入沉思之中。

这个岚山幽梦和陈柯尧难道真的是同一个人？但众所周知，岚山幽梦可是一位知名美女作家呀！虽然她从未公开出席过任何活动，也只给过剪影照片，但所有见过她的人都盛赞其容姿婀娜，其中还不乏知名作者。总不能都是胡说的吧？

而且，就陈柯尧这形象，实在很难想象他给自己起个笔名叫"幽梦"，怪可怕的。

戎逸决定等这一阵的工作告一段落，就去把《寻龙》第三部找来观摩一下，看看是否有端倪。

之后的几天，岚姐都没过来。很快到了周末。

房东的母亲的再婚对象的儿子的婚礼，听起来跟戎逸八竿子打不着，但他已经答应了要去，还是要认真对待。他选了好半天衣服，又去卫生间对着镜子认真抓了发型，自觉最终的造型十分完美。

围观了整个过程的陈柯尧啧啧称奇："我好久没看到你这副模样了。"

毕竟戎逸上班时虽然也讲究，但并不会打扮得如此认真。平日他在陈柯尧面前，就更是居家模样，两人熟悉了之后，他甚至偶尔还有点儿邋遢。

"不知道的还以为你要去抢亲呢。"陈柯尧上上下下地打量了他好几遍，"不过还真是给我长面子。"

戎逸没理陈柯尧，这个人一向喜欢乱说话，他已经习惯了。

戎逸暗暗告诉自己，陈柯尧这家伙只是没脑子罢了，说的话一句也不值得深思。

到了会场，他们老远就看到两位新人正在与前来参加婚宴的宾客合影留念。

新郎一见到陈柯尧，就立刻主动挥了挥手，接着往前走了几步："学长你来了！"

这称呼有点奇怪，戎逸侧头看了一眼身边的陈柯尧，却见他笑容满面。

"好久不见。"他对新人说道，"今天看起来很精神嘛。"

对方笑了笑，接着把视线落到了戎逸身上："那这位……"

"他叫戎逸。"陈柯尧说。

戎逸赶紧也冲对方笑了笑。

寒暄完毕，又与新人站在一起拍了一张合照，两人一同进了会场。

在这个会场里，陈柯尧的熟人似乎还不少，时不时就有人过来打招呼，其中大多也和他弟弟一样，管他叫"学长"。

就在戎逸想要表达疑惑时，陈柯尧主动向他解释了。

"我们以前是一个高中的，"他说，"差两个年级，但是参加过同一个社团。刚才来打招呼的都是社团里的朋友。"

戎逸有点惊讶："所以岚姐那个时候就……"

"不是，"陈柯尧摇头，"她和我爸是在我高中毕业后才分开的。"

戎逸听完，一时没吭声。这关系实在让人糊涂，但涉及别人的家事，他似乎也不方便追根究底。

见他一脸疑惑，陈柯尧不知为何笑了起来："你问呗。"

"你和你弟弟本来就认识吗？"如果先以兄弟的身份相识，就算在学校里接触到了，应该也不太会以"学长""学弟"相称，甚至把这称呼习惯延续到现在。

"是呀。岚姐和叔叔还是因为我们才认识的。"陈柯尧说，"我们那时候……关系还不错吧。"

戎逸一不留神，又想多了。这两人学生时代关系好到双方家长都认识了，可如今成了兄弟，一方结婚另一方却最后一刻才知道。

不仅如此，方才陈柯尧与新人对话时，态度明显生疏客套。相较之下，他与前来打招呼的其他友人反而更热络。

这哪儿像关系不错？

两人说话间，岚姐走了过来，戎逸赶紧起身打招呼。

寒暄了几句后，岚姐对陈柯尧说道："你和你弟弟这么久没见，怎么也不多聊几句？"

"他忙着呢，"陈柯尧笑道，"以后有机会的。"

岚姐似乎想说什么，但看了看戎逸，把话都咽了下去，很快便离开了。

戎逸的创作欲望瞬间达到了顶峰，他甚至产生了一个很离奇的想法：陈柯尧会莫名地呕吐，明显是心病，既然是心病，总该有个病因才对。

那么，病因有没有可能是曾经破裂的友情呢？

这么一想，他顿时觉得那位新人在招待他俩时的眼神意味深长。

重新入座，他凑到陈柯尧的耳边，小声问："你和你那个弟弟……哎哟！"

戎逸的后背突然被人撞了一下，他一时不受控制，说话音量过大，把陈柯尧震得捂着耳朵说不出话来。

两人皱着眉头，一同往他身后看过去，发现那儿站着一个小男孩，一脸拘谨。

陈柯尧在面对小孩子时，态度总是格外温柔。他微微向前俯身，柔声地说道："小弟弟，不可以在这里乱跑哦。"

虽然他笑容和蔼，但脸上那道依旧十分明显的疤痕起到了强烈的震慑作用。

小朋友在愣了两秒钟后，"哇"的一声哭了。

陈柯尧大受打击，手忙脚乱地想要哄他，而他身边的戎逸却皱起了眉头。

这小孩看着有点眼熟。戎逸正想着，不远处一个身形瘦弱的人快步走了过来，把孩子抱了起来。

等对方和戎逸的视线对上后，两个人都是一愣。

难怪这孩子看起来眼熟，原来是李啸然的儿子。这世界真是太小了。

戎逸下意识地站起身来，四下张望了一圈，却听见他面前的人说道："他不在。"

戎逸自觉失礼，刚要开口，对方竟冲他笑了笑："没想到那么巧。能不能借我五分钟时间？"

今天的另一位新人是眼前这个人的表亲。今天的场合，李啸然也理应出席，但此时他并没有出现。

两个人站在会场外的角落，气氛十分尴尬。对方勉强对着戎逸笑了笑，开口道："啸然说……"

"什么？"

"算了，"对方不知为何叹了一口气，"反正他八成是在胡说。"

戎逸想了想，道："他是不是跟你说，我是因为嫉妒他，所以才污蔑他？"

对方愣了一下："难道是真的？"

"抱歉，我说得比较直接，"戎逸犹豫了一下，偷偷咽了一口唾沫，"但……他有什么值得我嫉妒的地方呢？"

戎逸说完往宴会厅里陈柯尧所在的方向看了一眼。这么做的时候他特别紧张，甚至下意识拽住了自己的裤缝。

"这样呀……"对方在短暂的惊讶过后，点了点头道，"我就知道这个人嘴里没几句真话。"

"其实，上次是因为我有个朋友在李啸然公司实习，他总是找我朋友麻烦……"

"原来是这样……"对方笑容尴尬，"我还以为是他在外面和别的女人怎么了……"

戎逸一脸震惊："啊？他和别的女人？那你……"

"也不是一两次了，我都快习惯了。"

戎逸皱眉："为什么……"

"不然能怎么办呢。"对方垂下视线，"我找你出来，就是想恳求你……你就当不知道我和你说的，包括你朋友和他的纠纷，你别和其他人提起，好吗？"

戎逸犹豫了一下，点了点头。

对方见状舒了一口气，然后说道："你别看啸然现在这个样子，我们刚认

148

识的时候，其实他长得还挺帅的。"

这一点，戎逸再清楚不过了。但别说只是曾经，就算现在他依旧英俊非凡，也没资格让自己的伴侣受这份委屈。若非交情实在浅，戎逸真想骂面前的她几句，好让她清醒一点。

见他欲言又止，对面的人说道："我知道你在想什么，但是，瑶瑶现在还那么小……"

"他叫……瑶瑶？"

戎逸下意识微微转身，看向了会场里一大一小的两个人。

瑶瑶小朋友刚才被吓哭过，但现在已经以光速和那位长得凶凶的大朋友混熟了。两个人凑在一起，也不知在说些什么，嘻嘻哈哈的，特别开心的模样。

"我还是希望瑶瑶能有一个好一点的成长环境。"对方说。

戎逸不置可否。

"而且啸然这样对我，也是因为我有错在先吧。"对方十分勉强地弯了下嘴角，"因为孩子，他那么年轻就结婚了，本来就有怨气。"

"咦？"

"抱歉，和你说这些，"对方似乎是觉得失言，摇了摇头，"只是我身边没别的可倾诉对象了，所以才……"

"你们是为了孩子才结婚的？"

"是我为了能和他在一起，才生下这个孩子，我自作自受吧。"

戎逸猜想，可能正是因为对于李啸然的另一半而言，他算是一个陌生人，所以对方才能肆无忌惮地说出这些话。

故事的剧情并不稀奇——

当年李啸然身边有无数爱慕者，但他一直没有同任何人交往，一副对谈情说爱不感兴趣的模样。但他毕竟只是一个普通人，有着属于普通人的弱点。他如今的伴侣为了能和他在一起，用了一些不太光彩的手段。李啸然当时认了栽，但一直不甘心。事到如今，两个人都悔不当初，可为了孩子，却只能继续凑合着过。

作为旁观者，戎逸听完后不知该说些什么。好在对方只是想找个树洞倾诉一下，并没有要他出主意的打算。

"反正我还有瑶瑶。"对方笑道，"我现在只希望他能开心、快乐地长大就好了。"

戎逸忍了很久，还是忍不住说出了口："其实小孩子很敏感的，如果双亲感情不和，勉强在一起，他也不一定会高兴。"

对方看了看他，没说话。

"对不起，我多管闲事了。"戎逸伸手抓了抓头发。

戎逸回到桌边的时候，大尧尧正在挠小瑶瑶的痒痒，并且他看起来笑得比小瑶瑶更开心。见自己新认识的小朋友被家长领走，他还表现得十分依依不舍。

陈柯尧显然很想和瑶瑶多玩一会儿，但戎逸知道，瑶瑶的家长不会想和他们有更多交集了。倾诉过后，就立刻从自己的世界里彻底消失的树洞，才是一个好树洞。

"你们刚才去干什么了？"陈柯尧问他。

"随便聊聊，叙叙旧。"戎逸说完，想了想，鼓起勇气开口，"我能不能问你一个问题？"

"怎么突然这么严肃？"陈柯尧好奇地看着他，"说说看。"

"不方便回答的话，不说也可以。"戎逸小心翼翼，"因为可能有点儿不礼貌。"

陈柯尧见状，微微蹙起眉头，点了点头："你说。"

"你是不是在很小的时候就发现自己父母的感情不太好？"

陈柯尧愣了一下，苦笑道："是呀。你就想知道这个吗？"

"那……"

"你是不是觉得岚姐性格特别好，特别温柔？"陈柯尧问。

"当然。"戎逸点头，"难道不是吗？"

陈柯尧依旧一脸苦笑，他摇了摇头："一直到他们离婚以后，我才发现原来她那么好。我小时候以为她是一个神经质又歇斯底里的人。"

在婚宴即将开始前，戎逸断断续续地听陈柯尧讲了一个不怎么令人高兴的故事。

陈柯尧那位至今依旧十分迷人的父亲并不是戎逸臆测中的花心萝卜，相反，他的问题可能出在过于专情。

在年轻时那次意外发生前，他有过一个心爱的姑娘，他甚至鼓起勇气表过白，可惜遭到了对方的拒绝。那姑娘告诉他，你还小，等毕业以后再说这些也不迟。听起来只是推托之词，但他当年信了。因为那时的他还只是个大学生，而对方比他大上好几岁，早已离开了校园。

只是等他毕业时，陈柯尧已经会摇摇晃晃地走路了。而对方也嫁作他人妇。从此以后，两人再无交集。

时光流逝，陈柯尧的父亲逐渐成熟，他心里那个求而不得的人在岁月的侵蚀中，却全然不减半分美好。

她在他的记忆里愈发美丽，愈发纯洁可爱，愈发让人怦然心动。就像每一个年少时不曾达成的梦想那样，令人念念不忘、魂牵梦萦。然后当他睁开眼回望身边，只觉心中无尽失落。

岚姐当然理解不了。她也曾拥有万千宠爱，可如今为了这个男人做出的所有妥协却换不回半分爱意，于是她的世界里只剩下她那幼小的儿子。陈柯尧的出现让她坠入了深渊，却也带给她无限温情和慰藉。

"我小时候其实很怕她。"陈柯尧单手撑着脑袋，虽然面朝戎逸，却没看他，"因为我完全不知道她什么时候会突然对我发脾气。"

戎逸难以想象。岚姐如此温柔，连说话调子都是软软的，听着让人不由自主地也跟着平和起来。

"我小时候喜欢我爸，因为他虽然唠叨，但从来不打骂我，会带着我到处玩。"陈柯尧说，"而岚姐看到我和我爸很亲密，就会生气。我那时候每天放学都很紧张，因为她在接我回去的路上会絮絮叨叨个不停，说一些让当时的我特别难受的话。"

戎逸伸手拽住他的袖口："那你不要回忆了，我不听也没关系。"

陈柯尧终于看向他，然后笑了起来，他凝视戎逸的眼睛："无所谓了，都过去了。自从她和叔叔在一起，我都没见过她发脾气了。每次看到她，我都觉得她又变年轻了。"

戎逸也试着对他露出微笑。

会场的灯光突然暗了下来，紧接着，音乐响起，西装革履的司仪拿着话筒上了台。

陈柯尧拿起筷子："好了，快吃点东西吧，饿死我了！"

戎逸的微笑僵在脸上，一时无言以对。

他对婚礼这样的场合一直都充满着向往。

两位新人穿着礼服，站在舞台的中央，在司仪和全场宾客的见证下许下爱的誓言，交换戒指，然后甜蜜拥吻。无数彩色纸片在空中伴随着音乐声飞舞，一切完美得像是"浪漫"这个词的具象化。

"好羡慕哦。"戎逸仰着头，看着台上小声说道。

"这不会飘到我们桌上来吧？"陈柯尧特别紧张，生怕面前的一桌佳肴被污染。

戎逸在黑暗中瞪了他一眼："你能不能别只顾着吃？"

"哦。"陈柯尧很乖巧地放下筷子，接着伸手扯了扯戎逸的衣摆，"这个酱萝卜你有没有试过？好好吃！你能不能学一学，回去做给我吃？"

戎逸翻着白眼，拍开了他的手，然后皱着眉头拿起筷子，夹了一块酱萝卜放进嘴里。他还在认真琢磨这里面究竟放了哪些佐料，正看着舞台的陈柯尧说道："果然还是穿白色西装比较好看。"

戎逸立刻点头。

陈柯尧把视线从舞台转向了身边，然后笑道："这一身，你穿起来肯定更好看。"

正在咀嚼的戎逸愣了一下。

"毕竟白色很挑人的身材嘛，"陈柯尧说，"就适合你这样腰细，腿还长的人。"

戎逸低下头，嘟囔道："想那么多，吃你的吧。"

陈柯尧却没动筷子，他不知为何像是有些不适，皱着眉头，拿起杯子喝了两大口水。

戎逸担心道："你怎么了？"

这家伙居然瞬间往另一边侧过了身子："别……别靠过来，离我远一点。"

被莫名嫌弃，戎逸十分不爽，于是不再搭理他，回过头专心致志地看着台上。

一直到散席，两人都没再说过几句话。

陈柯尧因为要开车，所以滴酒未沾。戎逸喝了一些酒，自觉并没有醉，只是微醺。

两人上了车，很快戎逸就靠着座椅闭上眼睛，开始假寐。片刻后，他在半梦半醒间听到陈柯尧叫了一声他的名字。

"干吗呀?"戎逸闭着眼睛应道。

"没事,"陈柯尧说,"就看看你睡着没。"

戎逸咂了一下嘴巴:"睡着了。"

陈柯尧轻笑了几声,接着问道:"有没有觉得车一直在晃?"

"没有呀。"戎逸说。

陈柯尧又问:"那想不想去买一盒糖吃?"

"我没有喝醉!"戎逸睁开眼睛,"你这个人怎么这么烦。"

陈柯尧没说话,只是笑个不停。

戎逸没好气,坐直身子,刚要说些什么,突然听见陈柯尧轻轻"咦"了一声。

陈柯尧缓缓把车停了下来。

戎逸往前方看了一眼,发现有一个人正站在路边十分夸张地朝他们挥手。而就在不远处,停着一辆似乎抛锚了的汽车。

这儿的道路有些偏僻,路上的车辆、行人都十分少。看来这个人遇上了一些麻烦,所以想要向他们求助。

戎逸跟着陈柯尧一起下了车,他盯着那个求助的路人看了一眼,接着立刻"啊呀"了一声。他抢在陈柯尧前,晃晃悠悠地走到那人面前,然后一字一顿地说道:"虞文洛!"

对方一愣:"我们认识?"

他说完,上下打量着戎逸,接着像是想起什么,惊呼道:"我记起来了,我们见过!"

被他们晾在一边的陈柯尧忍不住插话道:"这么巧,这是你朋友?"

戎逸歪了歪头:"不算朋友。"

他们也就见过一次,没说过几句话,他会知道对方的名字也只是因为当时虞文洛胸口别着标识牌。

"前几天我们在超市见过,"虞文洛笑道,"这可真是巧了。"

陈柯尧看了看他,又看了看戎逸,主动问道:"遇上什么麻烦了吗?"

虞文洛的车果然是抛锚了,更悲惨的是,他的手机没电了,连求助电话都打不了。眼下这儿半天见不着一个人影,好不容易路过两辆车,司机也对他视而不见。如今终于有好心人愿意搭理他,而且居然有过一面之缘,虞文洛很是欣喜。

陈柯尧把自己的手机借给了他。

他很快打通了拖车师傅的电话，但对方过来需要一点时间。怕他和拖车师傅待会儿联络不上，陈柯尧和戎逸便留下陪着他一起等待。

"真是老天保佑，"虞文洛十分感动，"你们可帮大忙了，要不然我估计今晚得睡在车里了。"

戎逸看着他的脸，点头道："应该的。"

陈柯尧凑到他耳边："请问你帮上什么忙了？"

戎逸不理他。

片刻后，拖车来了。虞文洛和工作人员沟通的时候，戎逸把陈柯尧拖到了一边："你怎么突然这么好心？"

陈柯尧迟疑了一下："我不是一直热心肠？"

戎逸瞪了他一眼，接着快步走向正在看拖车师傅忙活的虞文洛，单刀直入道："你把微信联系方式给我吧。"

对方一愣，接着立刻掏出手机，说："你扫我呗。啊，不对，我现在没法开机……你先加我吧，我回去就通过。"

陈柯尧走过来，目瞪口呆地道："你这是……"

"你也加我一下吧。"虞文洛主动对他说道，"今天真的太谢谢你们了，改天有空请你们吃饭。"

最后陈柯尧干脆把虞文洛送回了家。

戎逸坐在后座，一路上听这两人相谈甚欢，聊的都是他全然不感兴趣的汽车之类的话题。好在没过多久，他就睡了过去。

他再次醒来，车已经停在自家楼下，而车里只剩下了他和陈柯尧两个人。

"醒了？"陈柯尧回身看他。

戎逸迷迷糊糊地伸了个懒腰，用手抹了一把脸："嗯。"

"睡醒了，那酒醒了没？"

"我又没喝醉。"戎逸皱眉。

"那你还记得自己刚才都干了什么，对吧？"陈柯尧问。

戎逸皱着眉头想了一会儿，接着从兜里掏出手机看了一眼，发现有一条通过好友验证的信息。

戎逸小声道："他加我了。"

他迟疑了一会儿，抬起头看向陈柯尧："他是不是也加你了？"

陈柯尧冲他笑："是呀。"

陈柯尧若是到了他爸那个年纪，说不定会更啰嗦。从下车开始，这个人就不停地跟在戎逸身后念叨。

"就见过一次面，说了两句话，居然能把别人的名字记得那么牢？以前怎么不知道你记性那么好？"

戎逸不理他："关你什么事。"

"你是不是看到人就想认识呀？"

这话也不算错，但陈柯尧用这样的语气说出来，听着就让人特别不舒服。戎逸恼羞成怒："你自己不也是吗？和他聊得那么开心，还交换联络方式。"

"是他主动跟我换的，"陈柯尧说，"不像你，直接冲过去……"

说话间，电梯门打开了，戎逸走进去，还不等陈柯尧迈步就立刻按关门键。

"喂，你干什么？"陈柯尧强行赶在电梯门关闭前挤了进来，"很危险的，好不好？"

戎逸转过头不理他。

"你是不是酒还没醒呀？"陈柯尧问。

"都说了我没醉。"

"行吧。"陈柯尧看着他，"所以你刚才去要微信号的时候，也特别清醒，对吧？"

"你到底想说什么？"

"没想说什么。"陈柯尧转过身对着电梯门，终于不吭声了。

电梯在两人的沉默中一路上升。终于，电梯门打开了，戎逸想要出去，却被站在门口的陈柯尧堵住了路。

"你发什么呆呀？"戎逸推他。

陈柯尧突然转过身："你不觉得自己有点奇怪吗？"

"我干什么了？"戎逸瞪他，"你不也热情地把人送回家。你有什么资格说我？"

戎逸话音刚落，电梯门自动关闭了。

陈柯尧转身按开门键："那不然把他一个人留在路边吗？送人回家题怎么

155

了？你自己算算我送过你多少次了？"

戎逸不吭声了。

电梯门再次打开，陈柯尧终于走了出去。

戎逸跟在他后面，看着他从兜里摸出钥匙，打开家门往里走。

戎逸忍不住嘟囔了一句："我也不是故意记他名字的呀。"

陈柯尧回头看了他一眼。

"如果真的想要联系方式的话，我上次就要了。"他继续说道。

陈柯尧的模样有点呆，迟疑了片刻后，他才傻愣愣地点了点头："哦。"

戎逸突然生气："还不是为了赶回来'投喂'你！"

"啥？"陈柯尧皱眉，"我又怎么了？"

戎逸不理陈柯尧，进门换了鞋，头也不回地进了自己的房间，把门关得砰砰作响。陈柯尧这个浑蛋，总有一万种方法惹他发脾气。

戎逸越想越生气，决定捣乱。

酒精带给人无限的行动力，戎逸当下掏出手机，打开了微信。可他看着空荡荡的对话框，他又一时不知说些什么才好，于是点开了对方的朋友圈，想要先观摩一下。

他才看到第一条，就笑喷了——

"半路抛锚，被好心大哥拯救了！感恩，'比心'！"

一想到刀疤大汉陈柯尧看到这条朋友圈时会露出什么样的表情，戎逸就忍不住要捶床。他爆笑完毕，立刻点了一个赞。担心陈柯尧会错过这条朋友圈，他想要截张图。而就在此时，朋友圈页面弹出了一条提示。

陈柯尧回复了那条朋友圈——

"我不是，我没有……只是举手之劳……"后面还配了个代表委屈的小黄脸。

原本脸上挂着笑的戎逸瞬间表情凝固了，他皱着眉，把这行字来来回回看了十几遍，觉得每个笔画都显得刻意又做作。

等了一会儿，戎逸见虞文洛不回复，焦虑了起来。

这两人莫不是已经聊上了？

戎逸憋着一股火往下翻了两条虞文洛的朋友圈，发现他昨天发了一条购票链接，问有没有人想一起去玩密室逃脱。

戎逸犹豫了半秒钟，又点了一个赞，点完赞还回复："哇，看起来好有趣的样子！"

几分钟后，虞文洛尚未回应，戎逸的房门被人敲响了。找他的也没别人了。

戎逸皱着眉打开门，外面站着的果然是陈柯尧。这家伙表情十分不友善，而且很难得地没有自备凳子就要往里走。

"你什么意思？"他一开口就没头没尾的，"大半夜不洗澡、不睡觉，一条一条给人朋友圈点赞，你想干吗？"

"关你什么事？"戎逸在气势上一点也不输，"你不翻的话，你怎么知道我给他点赞了？"

"我翻一下怎么了？"陈柯尧一脸不爽，"我至少没像你这样……"

他正说着，戎逸突然低下头看了一眼手机。是虞文洛发来了消息。

"我去过的朋友都说好玩，你感兴趣吗？我请你呀！"

戎逸把手机屏幕举到陈柯尧面前，冲着他晃："我不仅给他点赞，我还要和他一起出去玩。你有什么要说的？"

陈柯尧盯着他的手机屏幕看了一会儿，把视线挪到了他的脸上。

戎逸得意扬扬地点头。

陈柯尧当下十分夸张地翻了一个白眼，从口袋里掏出手机，当着他的面发了一条语音消息："你们要去玩密室逃脱呀？带我一个好不好？"

他说完放下手机，对着戎逸微笑。在戎逸想出反击招数之前，陈柯尧就收到了回复，也是一条语音："当然好呀，择日不如撞日，你们明天有空吗？有空的话，我现在就去买票！"

虞文洛对他们剑拔弩张的气氛一无所知，语气十分欢脱。

戎逸和陈柯尧各自拿着手机，站在原地大眼瞪小眼，接着，两个人的手机同时振动起来。虞文洛给他们拉了一个群。

"快，回答我！明天有没有空？"他在群里催促。

于是莫名其妙的"三人约"就愉快地确定了。

出发前，戎逸知道陈柯尧在客厅里，所以故意在自己的房间和卫生间来回穿梭，反复换了三套衣服。

"折腾什么呢，看起来也没什么差别。"陈柯尧皱着眉头，一副无语的表情。

戒逸瞪他一眼："瞎的。"

两个人都憋着一股气。到了时间一起出门，戒逸照例坐在了后排座位上。

陈柯尧坐在驾驶座，一边转动钥匙，一边小声地说道："还不是要我开车送你。"

戒逸当下孕毛，抬手就想开车门。他才刚搭上门把，突然听见"咔嚓"一声，门打不开了。

"你干吗上锁？"他质问司机。

"你老实一点行不行，"陈柯尧一边说着，一边踩下了油门，"怎么这么幼稚？"

被自己心中盖章"幼稚鬼"的人倒打一耙，戒逸憋屈万分："你停车，开门，我自己去。"

"别胡闹，你现在出去，自己打车肯定迟到，到时候还让我们等你，浪费的是大家的时间。"陈柯尧义正词严，"说你幼稚你还来劲了。"

戒逸胸闷，决定暂时不和这个人说话。

车里气氛沉闷，戒逸闲来无事，掏出手机想要搜索一下待会儿玩的密室逃脱的具体信息。打开浏览器后，他先习惯性点开了那个论坛，接着惊喜地发现前阵子发送的私信终于有了回复："效果是有一点吧，只是实在治标不治本，而且进展缓慢，挺愁人的。我还是第一次听说有人和我有类似的困扰，如果方便的话，可以给我你朋友的联系方式吗？我想和他本人沟通一下。"

戒逸偷偷看了一眼正在专注开车的陈柯尧。他现在一点也不想让这家伙知道自己偷偷在网络上关注相关信息。

犹豫了一会儿后，戒逸决定撒一个小谎。他忐忑地输入回复："实不相瞒，'我的朋友'就是我。因为不好意思，所以之前没有承认。难得见到有人同病相怜，所以很想了解一下你的详细治疗情况。方便说一下吗？"

发送消息以后，戒逸一时有些心虚，赶紧关闭了浏览器，连原本想要搜索的密室逃脱项目都忘了查。

那家密室逃脱馆距离他们家不远不近，开车半个小时左右即可到达。

把车停在附近的停车场后，两个人沉默着一前一后地往目的地走。戒逸走在前面，总觉得背后陈柯尧的视线一直停留在自己身上。他想要回头确认，又怕尴尬，于是整个人别扭得不行。

终于到了密室逃脱馆的门口，距离约定好的时间还有十分钟。虽然没有必要，但戎逸还是故意拿起手机，在陈柯尧面前给虞文洛发了一条消息："我已经到啦，在门口等你！"

半分钟后，虞文洛打了一个电话过来。

"实在不好意思，"对面的声音听起来十分焦急，"我一时着急，忘记和你们说了，我今天来不了了。"

"咦？"戎逸一愣。

"我女儿突然生病了，"虞文洛说，"我正在医院里。"

"你的……女儿？"戎逸复述了一遍。

"是呀，她上吐下泻还发烧，吓死我了。"虞文洛语带歉疚，"我已经买好票了，现在就把兑换码给你们发过去。你们两个人玩吧。"

挂了电话，戎逸依旧回不过神来。

站在他面前的陈柯尧见状，开口问道："什么女儿？"

"他说他女儿突然生病，来不了了。"戎逸看着他，喃喃说道。

陈柯尧在短暂的惊讶过后，居然"扑哧"一下笑出了声。

戎逸立刻瞪了他一眼。

"那现在……"陈柯尧刚开口询问，戎逸的手机振动了两下。

虞文洛把电子票的兑换码发了过来，后面还附带一句话："可以领三张，多的那张随意处置吧，玩开心点。"

戎逸犹豫了一下，把手机屏幕转个方向，让陈柯尧看。陈柯尧瞥了一眼，点了点头："来都来了，也不能浪费，你说是吧？"

于是"三人约"莫名其妙就变成了他和陈柯尧两个人一起玩密室逃脱。

他们取了票，在工作人员的引导下看过游客须知，进了入口。

整个空间只剩下他们两个人，入口的走道狭长且灯光昏暗。原本这是一个十分阴森的氛围，但戎逸此刻全然没进入状态，因为走在他身后的那个人废话实在太多了。

"这地方好像很适合情侣来玩儿啊。"陈柯尧说。

戎逸不理他。

"灯光昏暗，空间狭小。"陈柯尧又说，"两个人正好。"

戎逸不理他。

陈柯尧毫不气馁："你怕不怕？"

戎逸不理他。

"吓得说不出话了？"陈柯尧问。

"你好烦呀！"戎逸终于忍不住转过头瞪他。

陈柯尧立刻闭上了嘴，与此同时还扬起了唇角。

光线确实不好，但戎逸还是能看清他正眯着眼睛，看着自己笑。

哪儿还有心情害怕呢。

戎逸转过身，加快步伐往前冲："你老实一点，不要拖我后腿。"

走廊尽头是一扇门，戎逸毫不犹豫便转动了门把手。打开门后，他终于有了一丝紧张。

房间里没开灯，一片漆黑，仅有从走廊照进来的那点微弱光线，他几乎什么也看不清。

陈柯尧见状，从口袋里掏出手机，打开了手电筒模式往里照。紧接着，两人同时倒抽一口冷气。

房间正中央的组合沙发上，躺着一个人。那人面色苍白，一动不动，周围满是血迹。

尽管戎逸不算特别胆小的人，这一瞬间也被吓得不轻。他抬起手，指着那个人："这……这……"

"都说了，怕的话靠我近点儿。"

戎逸没回话，默默地向陈柯尧挪了半步。他正在犹豫要不要靠近沙发仔细看看，却见陈柯尧转动了手机，手电筒灯光往旁边的墙壁照了过去。很快，他们就找到了灯的开关。

打开灯以后，整个空间立刻变得明亮了。有了心理预期，戎逸再看向沙发时，也就没觉得有那么可怕了。

他和陈柯尧小心翼翼地往那人的方向走了两步，接着惊讶地发现这具"尸体"居然是工作人员假扮的，而且这个工作人员长得还有点帅。

戎逸立刻就不怕了，他偷偷咽了一口唾沫，在这工作人员的身边蹲了下来，端详了起来。

陈柯尧站在他背后拉他："你干吗呢？"

"找线索呀！"戎逸说。

160

陈柯尧试图把他拉起来："你盯着人家的脸能看出什么线索？"

"你看他面朝的方向，"戎逸信口胡诌，"嗯……那里是个书架。你快去看看上面有没有什么值得留意的东西。"

"那你呢？"

"我继续在他身上找找线索。"戎逸说。

刚说完他就被陈柯尧拽了起来："一起去。"

似乎是为了不给游客造成不必要的误导，这个房间内的陈设十分简洁，除了中间的组合式沙发，就只剩下书架、电视柜及摆放在上面的电视，再就是一个空荡荡的茶几和墙壁上的一幅油画。不过，每个地方看起来都特别可疑。

两个人一阵翻箱倒柜，乱七八糟的东西找到了不少，一时也不知有哪些能派上用场。

两人坐在沙发上苦思冥想了一阵，戎逸提议："我觉得关键物品可能还是在这个人的身上。"

"你要干吗？"陈柯尧皱着眉头问。

戎逸站起身来："让我来翻一下他身上的口袋。"

"你等等，"陈柯尧拦着他，"还是我来吧。"

"你想干吗？"戎逸皱着眉头。

"翻翻他身上是不是有什么关键道具呀。"陈柯尧说着，转身就往那人身边走去。

戎逸一把拉住他："那为什么我来不行，非要你来？"

"我怕你动作不规范，害我们两个一起被赶出去。"陈柯尧说。

戎逸脸一红："胡说什么！你是不是看他长得帅……"

"啥？"陈柯尧打断他，"原来你还觉得人家长得帅啊？"

两人一边说着，一边同时往那人躺的位置走去。那个原本很称职躺着一动不动的工作人员，十分明显地哆嗦了一下，而他那张涂着粉底的脸似乎也苍白了几分。

"你看，你把人给吓到了！"戎逸大喊。

"是你一直在盯着他看，好不好？"陈柯尧一脸不爽，"说要搜他身的人也是你。"

戎逸很生气，简直想要把这具尸体拉起来，让他评评理。

161

"这样，你看着我，我翻他口袋，"陈柯尧说，"你要是觉得我的动作有什么问题，你就立刻指出，行了吧？"

戎逸犹豫了一下，点了点头。

那人上身穿着一件衬衫和一件西装马甲，马甲上胸口的位置有一个口袋。

陈柯尧在戎逸的目光下开始搜索，动作极其小心翼翼，只伸出两根手指往里摸索。

"有什么发现吗？"

"有，"陈柯尧点头，"这个人是热的。"

戎逸觉得不是自己的错觉——这具尸体刚才又动了一下。

陈柯尧把手收了回来："空的，没东西。"

两个人互相看了一眼，接着同时转头看向那人的西裤口袋。

"要不这次你来吧。"陈柯尧做了一个"请"的手势。

戎逸咽了一口唾沫，也学着陈柯尧的样子，伸出两根手指，小心翼翼地往里探。

"有东西吗？"

"好像没有。"戎逸说，"还真挺暖和的，等我再找找……"

就在此刻，隐忍至今的工作人员终于按捺不住了，开口小声说道："我身上没东西。"

虽然一直知道这是个活人，但突然听到他说话，戎逸还是有点被吓到。

戎逸猛地缩回手，又往陈柯尧身边靠了靠。

那人闭着眼，语气痛苦："开锁密码在书架顶上。"

两人终于顺利进入下一个房间，但他们都非常尴尬。

"我觉得这里的设计需要改进一下，"陈柯尧小声说道，"既然那具尸体身上没东西，就不应该让他穿有口袋的衣服。"

戎逸点头表示赞同。

不过陈柯尧立刻说道："不过那样的话，你肯定会想要把他搬开看看。"

戎逸小声否认："我才不会。"

两个人边说话，边仔细搜寻墙壁上是否有端倪。根据上一个房间里找到的纸条提示，这个看似空荡荡的房间别有洞天。两个人在仔细观察过后，确实在墙上发现了缝隙，可惜推了半天还是纹丝不动，估计是方法有点问题。

"这里会不会是有什么机关？"戒逸想了想，"花瓶、台灯什么的，转一下就打开了。"

"可房间里也没这些东西呀。"陈柯尧环顾四周。

"举一反三懂不懂？"戒逸说着就在房间里搜索了起来，"你还作家呢。"

"这和作家有什么关系？"

"对了，"戒逸想起了什么，一边四处查看，一边装出一副若无其事的模样，"你的笔名到底是什么，你还没告诉过我呢。"

"你能不能专心点儿找？"陈柯尧说。

这个人明显是为了扯开话题，戒逸不为所动，继续说道："我有一个很喜欢的作者，不知道你认不认识。"

"谁呀？"

"叫……岚山幽梦。"戒逸在说话的同时，飞快地看了陈柯尧一眼。

对方的表情果然瞬间有了变化。

"认识？"戒逸问。

"不认识。"陈柯尧说。

太假了，他房间的书架上还放着《寻龙》呢，鬼才会信。这反应简直可疑至极。

戒逸正想着再说点什么试探一下，脚踩到一个东西。紧接着，之前纹丝不动的那面墙壁发出了"咔"的一声轻响。

他低头看了一眼，发现地板上有一个长方形的小凸起。

就在陈柯尧走向那面墙壁，试图再次推动时，戒逸蹲下身子，端详起了这块凸起的地板。待看清上面画着的图案后，他惊觉不妙，立刻跳了起来，拉住陈柯尧。

"你别往里看！"见陈柯尧已经把墙壁推开了，戒逸赶紧伸手捂住陈柯尧的眼睛。

陈柯尧被戒逸吓了一跳，下意识挣扎起来。

"你干吗呀？"他说着就想推开戒逸，但因为并没有怎么用力，所以失败了。

戒逸紧张无比，生怕陈柯尧看到那房间里的东西。那对陈柯尧而言，绝对比工作人员假扮的尸体可怕一万倍。

刚才他在那块地板上看到蛇形图案时，就有不好的预感，如今看着面前被推开的墙壁后那暗室架子上放着的瓶瓶罐罐，他更是头皮发麻。

他们进来之前，看过一个背景介绍——这栋屋子的男主人有一些不为人知的收藏爱好。可戎逸万万没想到男主人收藏的东西会是爬虫类标本。架子上最醒目的位置摆着一个玻璃缸，里面那条比咪咪还粗一倍的蛇明显是活的。

眼前的画面连他都发怵，陈柯尧见了怕是要当场在屋子里跑酷。这儿不比家里，万一踢坏了什么东西，可是要赔偿的。

"你别看，你快转过去，"戎逸用力扳陈柯尧的身体，想让他转过来，"里面都是……都是……坏坏的东西。"

戎逸怕引起陈柯尧的恐慌，不敢把"蛇"这个字说出来。

"啥？"陈柯尧和他毫无默契，闻言更好奇了，"有多坏？"

戎逸扫了一眼那些泡在液体里也不知是真是假的蛇，咽了一口唾沫："非常坏，还有点恶心。你不能看。"

可惜他这话起到了反效果，陈柯尧兴致勃勃："到底是什么？凭什么只有你能看，我也要看！"

他长期健身，力气必然比戎逸大得多，想要挣脱完全轻而易举。

擒人其实是很有技巧的，陈柯尧轻轻松松摆脱了钳制不算，还非常顺手地把戎逸反擒了起来。

戎逸完全没弄明白发生了什么，就已经原地转了两个圈。正晕乎着，那个将手搭到他胳膊上的人发出了一声惊天动地的惨叫。

陈柯尧这人可能是有内力。他从丹田发出的那一声狮子吼，半个小时后依旧使人耳膜疼痛，甚至头晕。

戎逸正考虑要不要去医院检查一下，手机响了。送他们门票的好心人虞文洛发来消息，问他们玩得开不开心，是不是很有意思。

戎逸一时不知如何回答，他坐在沙发上，抬头看着不远处坐在办公桌边的两个人，觉得现实彻底脱离了预想的范畴。最终他只能回复："非常刺激。"

虞文洛一副特别感兴趣的模样："真的吗？那我后天休息时再找两个朋友一起过来试试！"

戎逸叹气："有点悬，他们后天可能还在歇业。"

一个崩溃的陈柯尧，其战斗力比想象中更惊人，等戎逸终于回过神时，工作人员已经惊慌失措地冲了进来。

密室逃脱直接被陈柯尧玩成了密室爆破。如今，他们正就赔偿金额进行具体协商。

陈柯尧惊魂未定，当对方表示"我们可以提供现场损毁照片作为凭证"时，他脸色惨白，疯狂摇头。

除去玻璃缸里的那一条，房间里的大量栩栩如生的蛇类标本和泡在不明液体里的爬虫类尸体应该都是人工制作的道具，但那对陈柯尧而言，依旧震慑力十足。

对方提出了一个让戒逸感到有些不合理的金额，说是除了具体损毁的道具，还包含一部分歇业休整的损失。

"那你们的用户提示里也没写会有那么多蛇呀，"他忍不住插嘴，"我朋友被你们吓傻了，还没要你们赔偿呢。"

陈柯尧回头看他："吓什么？"

"你们看，耳朵也吓得不好使了。"戒逸说。

最终定下的那个数字，戒逸听着就肉疼。他觉得陈柯尧这人还是太好说话了，按照他工作的经验，这种时候多扯皮一阵，完全有余地再打个对折。

但陈柯尧并不是很在意，出来后还反过来安慰他："算了，也不是什么大钱，就当破财消灾吧。"

难怪之前免他一个月房租都不带任何犹豫的。

眼见戒逸看向自己的眼神变得纠结起来，陈柯尧叹了口气："但我不只破财呀，我的心灵也受创。我现在一闭上眼睛，就能看见那个画面……晚上回去可能还要做噩梦。"

"那怎么办？"戒逸问。

陈柯尧边往前走，边答道："我小时候做噩梦睡不着的时候，我爸都会来陪我。"

戒逸站在原地，看着他的背影，咬着嘴唇想要开口，却又鼓不起勇气。

很快，陈柯尧就回过了头："你站在那儿做什么？"

戒逸看着他，偷偷用指甲掐自己的手心："你……你要我陪你吗？"

陈柯尧显然是没想到他会这么说，睁大了眼睛没回话。

戒逸转过头不看他："可以吗？"

始终听不到回应的戒逸鼓起勇气回头，只见陈柯尧一脸惨白，一副生理不适的模样。

"受不了？"戒逸垂下视线，低着头向前走，"那以后就别老是和我开这种玩笑，无聊死了。"

陈柯尧苦着脸说道："时间还早，我们要不要吃完饭再回去？"

"为什么突然在外面吃？"戒逸瞪着他。

"走吧，"陈柯尧拉着他，"作为我破坏你游戏体验的赔罪，我请你吃饭。"

戒逸被他拖着往前走了几步，终于忍不住问道："你到底想干吗？"

陈柯尧冲着戒逸笑了笑，眉眼间带着几分讨好，说话的语气也比平时更柔和一些："我们能不能当那次停车场发生的事不存在？"

既成事实怎么可能说抹除就抹除呢，自欺欺人多没意思。

见戒逸皱起眉头，陈柯尧耸了耸肩，沉下脸，一言不发地继续拉着他往前走。

戒逸又一次停下了脚步："我不喜欢现在这样。"

陈柯尧不解地看着他。

"我不知道你是什么意思，可你现在让我觉得很难受。"戒逸低头看着对方的脚尖，"你明明很讨厌我……我们一有肢体接触就吐……"

陈柯尧一副无比纠结的模样："我……"

戒逸抬头看他："你不说，我就当你不讨厌我了。"

他们在人来人往的大街上面对面站着，一动不动。

就在戒逸想要收回前言，立刻逃跑的瞬间，陈柯尧却笑了起来。

戒逸突然觉得陈柯尧笑起来的模样，特别好看，唇角微微勾起的那个弧度，有一种独特的温柔。

偶像

Mr. Rong

Chapter 7

戒逸看着陈柯尧，没忍住碰了一下对方微笑的脸。

虽然戒逸很快退了回来，可对面的陈柯尧却面色惨白，他似乎极力想忍耐什么，很快，他不自然地低下头，还伸手捂住了嘴。

陈柯尧在似乎想要说什么，最后却没开口，只是摆了摆手，快步走到了路旁的垃圾桶边。

在陈柯尧不受控制地蹲在地上干呕的同时，戒逸站在原地安静地看着，觉得自己的掌心发凉。

陈柯尧还是和前几次一样，吐不出什么东西，试图忍耐却又控制不住生理性反胃，很快他的眼眶就变得红彤彤的，眼角都是因为不适而分泌的泪水，看起来可怜巴巴的。

戒逸想：这好像是我害的。他四下张望了一圈，找到了一家便利店，进去买了一瓶水。等他从便利店出来的时候，陈柯尧已经站起了身，表情有些无措，似乎是在找他。

戒逸走到他面前把水递过去的时候，陈柯尧明显愣了一下。

他接过水后，两个人同时开口："对不起。"

戒逸迟疑了一下，然后冲陈柯尧笑了笑："是我不对，你向我道歉干什么？你也不是第一次对着我呕吐。"

陈柯尧没料到戒逸会是这样的反应，他拿着水瓶，小心翼翼地问道："没生气？"

"没有呀。"戒逸耸了耸肩，"这种事，你自己也不能控制。"

"暂时是，"陈柯尧看着他，"戒逸，我……"

"我突然想起来还有事，"戒逸打断他的话，"我先走了。"

戒逸很晚才到家。

进门时，他特别小心，生怕自己发出一点声音，连走廊上的灯都没有开。等终于蹑手蹑脚地进了房间，关紧房门，他才长舒了一口气。

陈柯尧没有发现他，也可能发现了，觉得没有特地打招呼的必要，便无视了。无论是哪种都行，暂时别再让他和这个人打上照面就好。

戒逸在外面漫无目的地晃荡了几个小时，到家洗漱完毕，躺进被窝，他才发现自己的腿酸得不行。他明明很累，闭上眼睛却完全睡不着。这两天里发生的事，一件一件飘在他眼前。

戒逸把脑袋埋进被子里，耳边嗡嗡作响。他有点儿后悔，为什么明知道陈柯尧会吐，还要去挑战他？相安无事地相处，不好吗？他可以每天给那个人做饭，听那个人的夸赞，经常和那个人说话，偶尔吵吵闹闹，互相生气又很快和好。那些悲伤的童年经历，陈柯尧也愿意毫无保留地告诉他，那应该是一种信任的表现吧。是不是全被自己搞砸了？

戒逸从被子里钻出来，对着黑漆漆的房间发呆。这样下去不但睡不着觉，脑袋都会爆炸。翻了几次身后，他干脆拿起了手机。

他打开朋友圈随意翻了翻，他发现似乎这个世界上所有人都沉浸在幸福之中。看见有人发了装修到一半的新房照片，有人正在和恋人一同旅行，还有人发了自己和家人共度周末的大餐照片。刚认识不久的虞文洛在几个小时前发了一张照片，画面里，一个四五岁的小女孩正靠在他怀里安然入睡。他写道："谢谢大家的关心，我的小公主可算是没事了。"

陈柯尧在下面点了一个赞，戒逸不甘示弱也点了一个赞。

再往下翻，看到周砾不久前发了一条朋友圈感谢关心，不过内容却让人有点惊慌——被他姥姥偷偷丢出去的咪咪终于顺利找回来了。

在感慨这条蛇真是命运多舛之时，他惊讶地发现这条朋友圈下面，出现了一个熟悉但出乎意料的人。

理应和周砾私下并无交集，也没有交换联系方式的刘源点赞了，还留言了："今天那么辛苦，早点休息吧。"

更可怕的是周砾还回复了："你也是。"

这两个人居然有了私交。这原本该是一件令人欣慰的事情，但戎逸不由自主地想起了悲惨的自己。

周砾长相亲和、充满魅力，被无数人围绕，只要他愿意，便能轻易收获友谊。

戎逸一直都是羡慕他的，但此刻，戎逸甚至发现自己可能还是嫉妒他的。

好在这种令他感到自我厌恶的情绪并没有持续太久，因为再难受，明天也要上班。

次日，睡眠不足的戎逸一整天浑浑噩噩，临近下班时，才开始思考晚上和陈柯尧面对面坐在餐桌旁会不会太尴尬。

拯救来自周砾的一条消息。他看起来特别崩溃，发了一连串抓狂的表情，然后说："我受不了了，我要辞职！"

戎逸只迟疑了一秒钟，就回复了："怎么了？不开心的话，要不要出来聚一聚，吃顿饭？"

正好，他想问问周砾和刘源究竟是怎么扯上关系的。

他理直气壮地给陈柯尧点了一份外卖后，便和周砾在两人公司折中点的一家餐厅碰了头。

周砾一坐下就疯狂吐槽，抱怨的重点居然又是他那位上司。

万万没想到李啸然居然还在找麻烦，戎逸十分震惊。

自从上次和李啸然妻子谈过话后，这个人在他心目中已经从"男神"变成"人渣"，现在想想却变得有些可怜了。

明明当年李啸然也是一朵高岭之花，意气风发，却被一个自己根本不爱的人设计，被迫奉子成婚。经历这样的打击，维持着漫长的如同牢笼一般的婚姻。

"你怎么不帮我一起骂骂他？"周砾愤怒地拍桌。

戎逸一时间不知道要从哪个角度切入。他心目中的李啸然如今惨成这样，让人忍不住想要为这位曾经的万人迷点一根蜡烛。

"我回去就写辞职报告，"周砾说，"正好我想找机会旅游。你有没有什么感兴趣的地方？我们可以一起去。"

戎逸闻言，想起来一件事——不久前，他为了参加偶像的粉丝见面会，买了这周末的一张往返机票。最近发生太多事，他差点儿就忘记了。

都怪陈柯尧，可惜周砾对莫昱飞不感兴趣，时间也比较紧张，无法作陪。

周砾随口问道："那你有没有看过《寻龙》这部小说？"

戎逸莫名慌张。虽然他还没确定，但陈柯尧十有八九就是岚山幽梦本人了。此刻突然听到与这个人相关的话题，他难免反应过度。

"不是很了解。"戎逸眼神游移，"我只看了由它改编的电影，对原作不怎么感兴趣。"

"你没听过那个江湖传闻吗？"周砾一脸神神秘秘，"电影本来轮不到莫昱飞演主角——他那时候又不红，是作者欣赏他，所以钦点他出演。还有，第三部小说的主角干脆就是以他为原型写的。"

戎逸愣了一下，失笑摇头："怎么可能？"

陈柯尧对莫昱飞反感得要命，哪里像个粉丝，更别提以他为主角原型了。

"真的呀，你的偶像是他，难道没听说过吗？"周砾回想了一下，道，"我记得还有人做过一个小调查呢，差不多就是莫昱飞和一个女演员传绯闻的那阵子吧……"

"那都是假的，"戎逸十分严肃，"是有人要抹黑他。他早就已经澄清了！"

"他自己说的话没有什么用呀，而且照片和视频都是真的呀。"周砾扬起眉毛，"这澄清你也信呀？"

"都是那个女的故意设计的。"戎逸十分坚定，"那个视频我看过，他中间有个动作，有心理学专业的人分析说那是内心十分抗拒抵触的意思，其实……"

"行了，"周砾赶紧打断他，"这种说给你们粉丝听的话，自己听听就可以了。反正，就是那件事以后，《寻龙》的后续剧情就不正常了，再往后，就坑了。"

戎逸无言以对。

"我也只是听说，你觉得不靠谱就拉倒呗。"周砾比陈柯尧识趣许多，见戎逸神情纠结，立刻主动转移了话题，"反正这些人也不会和我们这样的普通人产生交集，到底怎样也根本无所谓。"

但实际上，戎逸此刻的心理活动比周砾想象中的复杂许多。

他一直是游离性、周期式追星，只在心情不好时才把注意力投注到偶像身上，而且也不沉迷，更不会主动关注八卦爆料。他属于眼睛一闭，就当所有负面新闻不存在的"自得其乐派"，所以对这类消息知之甚少。那段录像当时闹得特别大，他才有所耳闻，至于其他小道消息，他就完全没听说过了。

陈柯尧讨厌莫昱飞，难道真的是因为接受不了偶像出现绯闻，所以开始讨厌他？这么一想，整件事变得意外地合理。

毕竟这个人的审美和自己还挺接近的。他把莫昱飞当偶像，陈柯尧没理由能完全对莫昱飞免疫。

眼见戎逸不吭声，眉头还紧皱着，周砾有点慌张，担心自己刚才说错了话，绞尽脑汁地转移话题："哎，对了，你猜我昨天遇到谁了！"他十分浮夸做作地拍了一下桌子。

原本还在脑中搞创作的戎逸闻言，立刻被勾起了兴趣："刘源？"

"对。"周砾点头，"你怎么知道？他和你说了？"

"我看到他给你朋友圈留言了，"戎逸追问，"他帮着你一起找咪咪了？"

"也不算吧……"周砾歪着头想了想，笑了，"他还是挺讨厌咪咪的，我要是晚点到，我怀疑他可能就把咪咪烤了。"

原来昨天周砾的姥姥突然来了，在他家看到他的另类宠物后十分生气，于是不打招呼就连着箱子一起丢了出去。

周砾急得不行，但老人家固执、不讲理，无论如何也不松口告诉他究竟把咪咪丢在了哪里。无奈之下，他只能自己在家附近展开地毯式搜索。他从中午一直找到傍晚，全无收获，绝望之下急哭了。

他边走边哭了一阵，突然看见不远处一个花坛边上蹲着一个人，模样有点眼熟。

那人正皱着眉头，对着面前的一个箱子发呆。

"他和我说'你赶紧把它拿走吧，我看着闹心'。"周砾边说边笑，"我问他'那你看着我不闹心吗'，他又说'还好'。"

戎逸没接话，只是眨巴着眼睛看着他。

周砾一副并不在意的模样，继续说道："你知道吗？他真的把我赔给他的那个钥匙扣挂上了。和他很不搭呀，我忍笑忍得好辛苦。"

周砾此刻的笑容让他不由自主地也跟着高兴起来，可与此同时，再次涌起的羡慕又让他感到些许酸涩。

戎逸接话道："然后你们就交换联系方式了？"

"我想谢谢他，但他说暂时想不到想要什么东西，就先欠着。"

戎逸笑着问周砾："你现在是不是觉得这个人还挺有意思的？"

"嗯……"周砾想了想，"还行吧。"

戎逸突然觉得周砾这孩子有点傻傻的，或许自己应该分一点发达的想象力给他。

到家的时候，陈柯尧的房间依旧房门紧闭。戎逸特地去厨房的垃圾桶看了一眼，确认外卖的包装盒被丢在了里面。

陈柯尧老老实实吃了外卖，没有提出任何抗议。看这模样，明显也是不想和他有所交流。

戎逸原本想过，若是陈柯尧为此兴师问罪，问他为什么不回家做饭也不通知，他就借坡下驴认个错，然后从明天起，继续每天做饭，两人一起吃。过上几天，也许他们之间尴尬的关系就会有所缓和。

但那又有什么用呢？还不如像现在这样，及时止损。

生活不顺的时候，果然工作就会顺利，戎逸的项目终于完美收尾。开完最后一个会，甲方设宴邀请项目组成员共同参加。

因为晚上要独自回家，所以最近对自己的酒品十分质疑的戎逸全程只喝了果汁。中途他被劝了好几次酒，好在都被同席的刘源挡了。

戎逸和刘源吃过不止一次饭，但还是第一次见这人喝酒。最初戎逸见他半杯啤酒下肚面色就微红了，还以为这人的水平和自己差不多。没想到换了酒水后，刘源一杯接一杯地喝了很多杯，还依旧是面色微红，神情、语气同平日里几乎没什么差别。这让戎逸不由得对他产生了三分敬仰。

不过到了即将散席的时候，这个不知道喝了多少酒的家伙终于显出了三分醉态，说话开始大舌头，而且情绪亢奋。

他跑到戎逸边上，搭着戎逸的肩膀说要自拍。他拍完了，还加了奇奇怪怪的滤镜，打算发朋友圈。戎逸坐在旁边看他编辑了一个九宫格，里面全是他和戎逸小组成员的自拍照片。

"哦，对了，待会儿结束了，你先别走，等我一下，"刘源发送完毕，用特别严肃的语气对他说道，"我有事和你说。"

于是散席以后，戎逸特地留下来等他，陪他到酒店花园里抽烟。

戎逸率先开口，向刘源道谢："今天谢谢你，不然我肯定要被灌惨了。"

"客气什么呀，这点酒小意思。"刘源摆手，"柯尧交代的任务，我当然得圆满完成。"

戎逸皱起了眉："谁交代的？"

思维十分迟缓的刘源愣了一会儿，拍了一下自己的脑袋才说："他让我别和你说的，我忘了。那你记得别告诉他我告诉你了。"

戎逸想问点什么，被刘源打断了。

"那个，我找你出来是有特别重要的事情，一定得当面和你说。"刘源模样还醉着，但表情十分郑重。

"你说。"

"戎逸，我真的，特别把你当朋友。"刘源说。

戎逸笑了："我也把你当朋友啊。"

"但我做了一件很对不起你的事情。"刘源说。

"哦不对，还没做，打算要做。就是，我和周硕虽然是通过你认识的，但是我觉得他特别好……"

"我想和周砾交朋友，你会不会觉得我在利用你……"

"那个，"戎逸打断他，"周砾不喜欢太主动的朋友。"

"咦？"

"你面对他的时候，最好克制一下。"戎逸说，"给他一点时间，慢慢来。"

刘源摄入的酒精在经过一段时间的延迟后逐渐上头了。他稀里糊涂，也不知道把戎逸的话听进去了多少。

戎逸替他拦了车，见他和司机确认过地址以后才目送他离开。戎逸正打算再拦下一辆车，手机振了一下。

居然是这些天都安静地吃着外卖，没有任何异议的陈柯尧发来的消息："不早了，早点回来，路上小心。"

戎逸看着消息愣了一会儿。他几次输入文字，又删除，整个人不知所措。接着，聊天窗口上出现了对方正在输入的提示。

几秒后，新的消息跳了出来——

“要不，我过来接你？”

戎逸有考虑过接下来的计划。

虽然戎逸从住进来的第一天起，就说过要尽快搬出去，但其实他前段时间根本没有主动找房子。他一直告诉自己这是因为太忙，而且实在手头拮据。但现在他的经济宽裕了，也不愿意再让自己和陈柯尧一同陷入尴尬。所以他计划着等这一阶段的工作收尾，参加完见面会后，回来就立刻认真找房子，尽快搬出去。在这期间，如非必要，他都尽量避免和他的房东打上照面。

在此之前，一切都很顺利，他那天的举动比想象中更有震慑力，让陈柯尧一直绕着他走。几天过去，他们住在同一个屋檐下，居然连一次面也没见过。

戎逸原本以为他们不会再有交集，谁知陈柯尧忽然说要来接他。他此刻看着手机里的消息，也不知该不该高兴，更多的是茫然无措。

在他发呆的这段时间里，陈柯尧一口气发来了第三条消息：“你们吃饭的那个地方好像挺难打车的，你站在原地别动，我现在就过去。”

陈柯尧知道他今天晚上在哪里吃饭，十有八九是刘源泄露的。

戎逸看了一眼路边等着接客的出租车长龙，然后慢慢输入了回复：“哦。”

陈柯尧出现得比戎逸想象中快上许多。

戎逸看着那辆熟悉的车若无其事地绕过出租车队列，停在了路边。下一秒，他的手机就振动了起来。

按下接听键后，手机里传来同样熟悉的声音：“我到了，你在哪里呢？”

戎逸就在距离车子不远的地方，他穿着深色的外套，一动不动地站在小花坛边上的阴影里，看起来特别不明显。

“你到了吗，我怎么没看见你？”他蹲下身子，小声问。

陈柯尧果然从车里走了出来。他拿着手机四下张望：“我在车库标识前面一点的位置，我把手举起来了，你能看到我吗？”

“没看到呀，”戎逸说，“你把手挥一挥？”

陈柯尧真的大幅度挥起了手。

戎逸低着头，无声地笑了起来。

隔了几天没见，他还是那样，傻傻的，让人看着就忍不住想笑。

待会儿面对面了，自己可能就不能继续像这样肆无忌惮地逗他了。

“还没看见？”陈柯尧走了一圈，一脸无奈地伸手抓了抓头发，“是我搞错地方了？"

"我看见你了。"戎逸站起身来，向他的方向跑了过去。

见了面，气氛果然就变得尴尬起来。戎逸像以往那样坐在了车后座，因为全程没人说话，他不得不假装睡觉。

直到路过一个十字路口时，陈柯尧突然踩了一个急刹车。闭着眼睛的戎逸瞬间整个身子向前滑了一截，头撞在了前座椅背上。他揉着脑袋向前看去，一个年轻女人飞快地奔向路中间，抱起了一个跌坐在地上发着愣的孩子。她一边抱着孩子走回去，一边对着车做手势道歉，陈柯尧摇下车窗，对她摆了摆手。

戎逸听到他嘟囔了一句"吓死我了"。

戎逸没吭声。

接着，这个人回头看了他一眼，问道："你没事吧？"

"没事。"戎逸摇头。

车辆又一次沉默地向前行驶。

戎逸偷偷看了一眼后视镜，却不想居然在那块小小的玻璃中与陈柯尧对视了。

两人都立刻移开了视线。几秒后，陈柯尧打破沉默："你过两天是不是要出远门呀？"

"是的。"戎逸说完，才感到疑惑，"你怎么知道？"

陈柯尧迟疑了好一会儿才答道："我看到你把行李箱拿出来了。"

戎逸的行李箱是放在储物室里的，他前天下班以后特地翻了出来，为出行做准备。但整个过程中，陈柯尧的房门是紧闭的，难道隔着墙用听的就能知道他在做什么？

戎逸疑惑片刻后，猛然想起了一件很重要，但这段时间以来一直被他忽视的事——陈柯尧在客厅角落里装过一个摄像头。所以，他这些天里蹑手蹑脚的模样，陈柯尧很有可能已经看见了。

好丢人。

"你平时闲着没事就会看监控？"戎逸问。

"没有呀。"陈柯尧否认。

戎逸有点不满，却又理亏。陈柯尧早就告诉过他有监控，是他自己没放在心上。现在他只能寄希望于这个人平时确实没那么无聊了。

两人沉默了片刻，戎逸忍不住开口问道："看到我拿行李箱……你怎么不猜我是要搬走呢？"

陈柯尧反问他："你要搬走吗？"

戎逸没回答。

"已经找到地方了？"陈柯尧又问。

"还没。"戎逸说。

"哦。"陈柯尧点了点头。

戎逸猜想或许是因为自己主观上的期待过于强烈，才会从这个简单的音节里听出明显松了一口气的情绪。

他还在纠结，陈柯尧又开口了："其实……应该很难找到比我这儿条件更好的房子吧。"

是呀，交通方便，价格实惠，居住环境也好，还有人出伙食费，平时出门甚至可以有车接送，偶尔生病都有人照顾。这么好的房子和房东，上哪里找去。

"你不希望我搬走？"戎逸问他。

"因为想要找个满意的房客也不是那么容易。"陈柯尧说，"你卫生习惯好，做饭还好吃，还经常帮我打扫公共区域。而且你要是走了，我爸肯定迫不及待就想住过来了，他就是你的极端反面例子。"

戎逸沉默。

"你要是懒得每天做饭，那平时叫外卖也行的。"陈柯尧又说，"我们可以只在周末改善一下伙食。"

戎逸继续沉默。

"还是你嫌我烦？"陈柯尧说，"我很安静的，你看我这几天都没怎么吭声吧。"

戎逸微微皱起了眉头。又来了，这个人又开始说那些奇怪的话了。

"我这样说，会让你很困扰吗？"陈柯尧问。

戎逸有些犹豫，不知道该如何回答。

陈柯尧擅自对他的沉默进行了解读，立刻说道："你别多想，我只是想要一个省心的房客。"

"所以，"陈柯尧趁着红灯亮起，飞快地回头看了他一眼，"如果你……"

戎逸打断了他，而且音量比之前高了许多："你凭什么觉得我会多想？"

陈柯尧吓了一跳，没敢回话。

"你这个人的自我感觉是不是太良好了一点？"戎逸继续大声说道，"你是不是真的觉得我看到任何一个人就想和人家交朋友？"

"我没有呀……"陈柯尧小声辩解，"我知道你讨厌我。"

"你知道个鬼！"戎逸在背后踢他座椅。

从话题结束一直到车驶进小区，两人之间的气氛都沉闷得一塌糊涂。

戎逸懊悔万分，他完全不知道自己为什么那么生气，还口不择言。陈柯尧好像也没做错什么，这么晚了，他还特地接自己回家，天底下哪里再去找一个这样的房东。

自己简直像是在恼羞成怒。

他们沉默地下车，一前一后地走进楼道，然后安静地乘坐电梯，最后进了屋子。

戎逸一直在心里催促自己，就算不为发脾气的事情道歉，也要说一声"谢谢"。可惜一直到了房门口，他还是没开口。

"那个……"一直没再开口的陈柯尧在他关上房门前，说道，"其实我问你那些，是想告诉你，C市过两天会降温，你记得带厚一点的外套。"

戎逸一愣，傻乎乎地点了点头："哦。"

眼看陈柯尧转身就要回自己的房间，戎逸终于鼓起勇气说："谢谢你特地来接我。"

陈柯尧回头看了他一眼，笑了笑："客气什么。"

等关了房门，戎逸还是有点儿恍惚。他们之间那种剑拔弩张的气氛怎么突然没了？就像他们的关系变僵硬之前那样，莫名其妙开始吵闹，又不自觉和好。

可能是因为陈柯尧这个人从来都在状况外吧。虽然戎逸单方面对着他生气，却总是拿他没办法。

戎逸脱了外套，一头栽倒在床上，自我唾弃。他的计划实行起来好难，陈柯尧太不配合了。

正当他考虑要不要再检查一下整理了一半的行李，按照陈柯尧说的，带上更厚实的外套，他忽地疑惑了起来。

不对劲吧？看到他拿行李箱，不是猜他想搬家，而是猜他要出远门，这已经很奇怪了，那个人又是怎么知道他要去哪里的？甚至陈柯尧特地查了天气，可见并不是当场随意猜测了一个城市，而是早就确定的。

为什么？戎逸思来想去，唯一可能暴露的也只有那张见面会赠票了。

当初陈柯尧把那堆东西一股脑儿丢进丑丑的塑料袋里时，大约注意到了它，于是默认了戎逸会去参加。

不过，他最终并没有去找陈柯尧确认。

归根结底，虽然他每次都忍不住对陈柯尧发脾气，但骨子里始终没法讨厌那个人。正是因为不讨厌，才更不想去面对。

与其为这些生活琐事所苦，还不如愉快追星。

工作告一段落，终于迎来了休假的戎逸满怀期待地提着装着厚外套的行李箱踏上了旅途。

和他同一班机的还有他的同事小张，不过小张这一趟兼顾旅游，所以带了家人一起，之后几天除了见面会，其他时间都不会和戎逸共同行动。

两个人在机场碰头，聊了几句后就迫不及待地互相展示见面会票上的座位号。接着，他们的友情就出现了裂痕。

"凭什么你的票在前面？"小张一脸震惊，"你这座位是在 VIP 区！粉丝群赠票为什么能拿到这么好的位子？"

"咦？"戎逸也很惊讶，"我以为都是这样的呀，你看我这上面也写着'赠票'。"

"我对莫莫的爱，比你更深一万倍！凭什么我抽到的位子比你的差那么多？"小张意难平，"这样一算，我这都在边缘了！"

"其实都差不多的。"戎逸安慰她，"会场不是很大，在边缘也可以看清。我也没比你近多少。"

小张皱着眉看他："那我和你换。"

"不。"戎逸冷酷地拒绝了她。

小张决定和他绝交半天。

几个小时后，戎逸在 C 市机场同小张道别，独自向预订的酒店出发。

万万没想到，等他到了酒店，前台服务员在查询后却说没有他的预约订单。戒逸一头雾水，拿出自己的预订回执给对方看，结果对方看后也一脸崩溃。

这段时间是 C 市的旅游旺季，第三方网站造成的类似乌龙事件已经连续出现好几桩了。酒店收到网站订单时已经满客了，于是自动拒单，但网站却没有及时反馈给顾客。信息不对等，让不少原以为顺利订了房的游客最终无处可去。

原本心情愉快的戒逸顿时胸闷无比。在他之后进酒店的一家三口也遇上了同样的问题，当场就和前台服务员吵了起来。戒逸虽然颇有些同病相怜，但还是帮忙劝了几句。毕竟错也不在酒店服务员身上，她无端被骂，挺可怜的，他认为更应该找那破网站投诉。

不过无论错在谁，目前最需要解决的还是今晚的住宿问题。咨询了该酒店剩余房间的价位之后，戒逸欲哭无泪。他上网搜了一圈后，发现附近的酒店差不多也都是类似的情况。如今想要落脚，可能得去小巷子里找一个小旅馆了。

在机场刚知道自己见面会的票位子绝佳时，他还以为这一趟会是完美之旅，却不想立刻就遇上了这样的大麻烦。

戒逸坐在酒店大堂里，满心悲怆地发了一条朋友圈，哭诉自己的不幸遭遇，顺便强烈谴责垃圾网站，提醒朋友们以后出行务必小心。

片刻后，正当他打算拖着行李箱出去碰运气，忽然接到了一个电话。他看着屏幕上显示的来电人信息，犹豫了好久，才按下了接听键。

"你怎么这么不小心？"陈柯尧一开口，还是熟悉的讨嫌味，"就不能去酒店官方网站再确认一下吗？"

明明他是受害者，为什么还要被批评？心情差的时候，谁想听这些呀。戒逸有点来火："关你什么事。"

对面的人安静了一会儿，语气变得柔和了不少："那你现在找到地方住了吗？"

"正打算找，"戒逸没好气，"没事儿我就挂了。"

"等等，"电话那边隐约传来了敲键盘的声音，"我看了一下，你订的这家酒店还有不少房间呢，你重新订一间不就好了吗？"

戒逸觉得自己和陈柯尧心灵的距离正在急速拉远。

"我没钱。那破网站还没把订房间的费用退给我呢，"戎逸咬牙切齿，"而且我一个人订套房，我是有病吗？"

陈柯尧沉默了一会儿，道："你等一下，我有个办法。"

"什么办法？"

"等我半分钟，很快就好了。"陈柯尧说话的同时，背景间或有键盘声响起，"原来你是一个人去的，怎么不找朋友陪你呢？"

"一个人有什么不好，"戎逸小声嘟囔，"我自由自在。"

"也是，"陈柯尧似乎笑了一下，接着说道，"好啦，现在拿着你的身份证去服务台吧。"

"啥？"戎逸有点儿蒙。

陈柯尧自作主张地给他订了一个房间。作为房东，陈柯尧自然会有他的身份信息。而且陈柯尧付的是全款，没法儿退，戎逸若是不去住，就等于那钱白花了。

被当作贵宾带到那间豪华套房时，戎逸心中慌张无比。他关了房门，还没好好参观，就赶紧给陈柯尧打了一个电话。

"你干吗呀，有病吗？我找一家小旅馆住就可以了。"他不知所措，"你好歹和我商量一下，我是一个普通工薪阶层！"

"等你拿到了网站的退款，把钱打给我就行了，"陈柯尧说，"也没差多少吧，就当是……谢谢你前几天帮我叫的外卖，都挺好吃的。"

戎逸一瞬间竟不知从哪个点切入进行反驳。翻了好几倍的差价怎么可能没差多少？感谢外卖听着简直像是讽刺。

"现在房间订都订好了，你不住就浪费了，"陈柯尧说，"不然你就当我强买强卖，等回来以后，有空还是做饭给我吃吧。外卖好吃，但比你做的要差一点儿。

"行不行？"

"等……等我回来再说吧。"戎逸说。

好像有点儿不对劲，明明出发的时候想着彻底摆脱这个人，享受一段快乐的旅程，可才第一天，又和他扯上了关系，而且再次欠了人情。

戎逸在这装修奢华的房间里转了两圈，最后倒在大床上。

真是气人，这人到底什么毛病呢，他的钱也没多到没处花的地步吧。难道真的只是因为自己做饭手艺特别出众，抓住了他的胃？

戒逸想了半天，笑了。

要是陈柯尧没这毛病多好。那样的话，就算陈柯尧不开口挽留，他也愿意继续和陈柯尧合租。

戒逸纠结了半天，猛然想起自己之前在那个论坛上遇到的和陈柯尧有一样病症的人，不知道那楼主有没有回复。那楼主说过自己正在治疗中。如果有参考价值，他也许可以假装不经意地拿去给陈柯尧看看。

想到这儿，戒逸赶紧掏出手机打开那个论坛，紧接着就吓了一跳。

几天没登录，他的收件箱里居然多了二十几条私信消息。他点开一看，发信人都是同一个。

这位陈柯尧的病友不仅回复了，还是长篇大论的。这楼主似乎情绪十分激动，只是回复的内容全程跑题。

戒逸满心疑惑，耐着性子一点点看。

这个人在前几条里十分认真地劝说，要戒逸既然发现了这个问题，就尽早去找心理医生寻求帮助。因为治疗将是一个非常漫长的过程，需要许多时间和精力。楼主在之后列了一些自己找的资料，详细介绍了一些在这方面口碑不错的医生，甚至还提供了咨询价格表。

到此为止，这个人看起来也不过是一个普通的热心网友。

但第二天，这个人一口气发了好几条私信，语气也与之前有所不同。

这些消息传达的信息是，所谓的治疗其实都只是治标不治本，什么努力克制、慢慢习惯……一点用都没有，浪费时间、浪费人生。

又过了一天后，这个人的态度再次转变了。

楼主在这一天也发了好几条消息，说自己昨天情绪不太好，说的话有些偏激。有病还是应该治，虽然进展缓慢，但其实还是有用的。

那之后，楼主说很抱歉前几天发了那么多乱七八糟的消息过来，因为他之前没有遇到过病友，所以难免产生了亲近感，才忍不住发泄了一通。末了又说希望戒逸不要介意，如果戒逸上线后看到这些信息，希望能再次和自己联络。

这样反复无常，若非这人天生情绪不稳定，就是被现实中发生的事刺激到了。虽然其他信息似乎和陈柯尧不是很符合，但眼下这个时间点，未免太巧合了。

万一真的是陈柯尧，那不就意味着他正在为此困扰吗？

对自己劝说过一万遍"不可以再抱有期待"的戎逸赶紧编辑了一段回复："当然可以！很感谢你提供的信息，如果有什么现实中找不到人倾诉的心事，你可以和我说。我前几天比较忙，所以没有上网，但未来几天都会每天登录、查看信息。"

戎逸一度想留下微信联系方式，方便对方和自己沟通，但碍于自己撒了谎，而且不清楚对方究竟是不是陈柯尧，他最终还是作罢了。

发送完毕以后，戎逸捧着手机刷新了好一会儿，却没有半点动静。越是这样干等着，就越是觉得时间漫长，他决定收拾一下，先去附近转转。他来之前做过一个简单的攻略，搜罗了酒店附近评价还不错的几家小吃店，如今闲着也是闲着，飞机餐又没吃饱，他正好一家一家试过去。

戎逸是一个对食物很有探究精神的人，大多数人吃到好吃的食物，会想着下次再来吃，而他觉得好吃，就会跃跃欲试地想要自己挑战做出来。他大多数情况下复刻得并不完美，毕竟许多声名在外的店家都有自己不外传的秘制方子，不可能轻易被人偷学，但这并不妨碍戎逸乐此不疲。

尤其是在有了可以和他一起品尝实验结果的人以后。每次他的尝试有了成果，戎逸都会特地对陈柯尧说：这个我在哪里吃过，觉得味道不错所以学了一下，你觉得怎么样。

从来不会好好说话的陈柯尧只有在夸奖他的手艺时，才会嘴特别甜。陈柯尧最近一次对他的赞美到位又有力："你不要胡说，那个我吃过，哪有你做的这么好吃？"

不过，那也是两个礼拜前的事情了。

坐在小店里等上菜的戎逸心情低落了起来，为了分散注意，他从兜里掏出手机。解开锁屏就是那个论坛的界面，他刷新了一下，发现收件箱图标居然在跳动。

戎逸赶紧点进去，果然是那个人回复了："太好了，我本来还有点儿担心是不是前几天的失态把你吓到不敢搭腔了。有个问题我一直想问，不知道你方不方便回答——你是因为什么才会产生这种心理问题的？"

这可真是把戒逸问倒了。他甚至没办法从陈柯尧身上找参考答案，因为至今他都没弄清楚这个人究竟为什么对自己如此抗拒。

纠结了半天，他想起了在那个论坛上看到的另一个帖子。他以此为参考，又结合陈柯尧的实际情况，输入道："我嗅觉有问题，能闻到别人闻不到的味道。"

戒逸打了一串字，放心地按下发送键。等他吃完那一碗虾仁小馄饨，再刷新页面，发现对方已经回复了。

"老哥，那你这问题是心理造成的还是生理造成的呢？"

"就是不知道才苦恼啊！"戒逸回复。

"那你最好赶紧确定，才方便后续治疗。我的问题是心理上的，我最近也一直被这事困扰。医生和我说，这属于条件反射的一种，只能日常控制自己别多想。我试了，好难，基本做不到。医生之后又建议我干脆一直想，也许可以脱敏。我试了一下，根本受不了。"

听起来还挺惨的，不过不知道为什么，代入陈柯尧以后，整个画面都变得喜感了起来。

笑过后，戒逸点开回复窗口，咬着嘴唇认真地输入："所以说，虽然很痛苦，你还是想和你帖子里提到的那个人好好相处的，对吗？"

戒逸打字的时候并没有觉得特别紧张，但按下发送键之后，他刷新页面至少刷新了几十次。他慢慢地从小馄饨店一路走到了炸糕铺子，才收到对方的回复："是的。"

戒逸瞬间倒抽了一口气，捧着手机不敢动弹。他要先确认一下这个人到底是不是陈柯尧，可是要怎么确认才好？直接问是不是很唐突？

他紧张万分，这时面前突然伸过来一只手："你的炸糕，小心烫手。"

原本全神贯注的戒逸被吓得不轻，当场发出一声惊呼，把周围所有人吓了一跳。

戒逸接过炸糕落荒而逃，跑了几步，想起还没付钱，赶紧转身往回跑。他刚踏出半步，发现老板已经从隔离的护栏里跨了出来，正打算追击他这个吃白食的。

太尴尬了，戒逸估计这个场景足够他未来在夜深人静睡不着时，躺在床上反复回忆三十年。

倒是老板此刻看出来他之前只是一时大意，主动开口安慰了几句。只可惜老板虽然嘴上说着"这样粗心大意的年轻人，我每天都能遇到，早就见怪不怪了，小伙子你不用那么不好意思"，但那张憨笑憋得通红的脸出卖了老板内心真正的想法。

戒逸付了钱，捧着炸糕灰溜溜地离开了，一路上埋头苦吃，试图用美食缓解内心的悲痛。

等他终于把炸糕全部吃完，因为被黏黏的糯米糊得张不开嘴，于是去糖水铺里喝了一碗糖水。下一秒，因为羞耻而浑浑噩噩的大脑想起自己忘了一件重要的事。

他赶紧掏出手机，发现对方发来了一大串消息："他真的是个特别有意思的人，虽然大多数时候有点儿傻傻的。我刚开始发现自己在意，以为是因为尴尬——毕竟之前我们短暂地相处过一段时间，后面不欢而散了。后来我才发现那根本不一样。

"你在和别人相处的时候不会有类似的想法？觉得这个人傻乎乎的，又偏偏很乐意看他那副傻乎乎的样子，看到了就想笑，就觉得开心。

"他真的很有意思，虽然脾气不太好，总是喜怒无常，莫名其妙就生气，但骨子里是个很温柔很体贴的人。

"温柔，善良，但也有勇敢坚韧的一面。

"其实他偶尔闹别扭的样子也特别有趣。

"我最近真的烦得要死。我想和他和好，又觉得自己很过分。我现在这个样子，要怎么跟他相处呢？等我治好了病，天知道他已经跑哪儿去了。像他那么受欢迎的人，有什么必要搭理我呢。"

戒逸默默看完，心凉透了。这个人口中的那个人温柔、有趣，还很受欢迎，他怎样都无法厚着脸皮对号入座。更何况，他觉得自己一点儿也不暴躁，更别提喜怒无常了。当然了，傻乎乎这些信息也统统和他不符合。这个世界太残忍，也太真实了。除了父母以外，根本没有人会那样关注在意他。

虽感遗憾，但戒逸还是忍不住想要为对方打打气。

"你不试着努力一下，怎么知道对方不乐意跟你相处呢？既然可以治疗，也许他会愿意陪伴你直到康复呢？"

几分钟后，他刷新页面，收到了回复："他讨厌我。"

戎逸看着这四个字，非常难过。这简简单单的一句话，究竟是多少人烦恼的根源呢。

不知道这两人究竟发生过什么，戎逸不敢盲目劝对方勇敢，可他也不希望对方就此放弃："所以，你不想再争取了吗？"

戎逸发送完毕，开始往回走。等他回到了酒店，进电梯里刷卡按了楼层，再次刷新页面，发现有两条回复。

"我现在争取的话，就是在害他。我什么都做不了，我觉得自己就像一条咸鱼。"

"还不如咸鱼。"

隔着手机都能感受到对面那人低落的情绪，戎逸又想笑又心疼，正琢磨着怎么安慰对方，电梯到了。他低着头看着手机往外走，一不小心撞到了一个人。

"对不起！"戎逸赶紧道歉。

对方没回答，只是对他摆了摆手，便从他身边掠过去，走进了电梯里。依旧站在原地的戎逸瞬间愣住了，他睁大眼睛，回头看向电梯里那个戴着墨镜，穿着宽大外套，戴着耳机低着头的人。一直到电梯门完全合拢，他都没敢眨眼。

一直到电梯再次下降到底层，傻站在原地的戎逸才终于回过神来。接着他就疯了，飞奔回房间。

在屋里转了好几圈后，略微平复了心情的戎逸赶紧给小张发消息："你猜我刚才看到了谁！"

虽然那个人用衣领和墨镜遮住了大半张脸，但戎逸仅靠那高挺的鼻梁和一小部分侧脸，也能轻而易举地认出他是谁。

半分钟后，小张还没回复，情绪激动的戎逸已经按捺不住。

"是莫昱飞！啊啊啊！他和我住同一家酒店，同一层。天啊！"

万万没想到，不仅见面会是 VIP 席位，连住处现在也成了 VIP 级别。他居然可以和偶像在走廊擦肩而过！那下次说不定能要一个签名？他现在是不是应该赶紧去准备笔和签名板，以便随时备用？不知道莫昱飞什么时候回来，戎逸甚至有点儿想现在就去电梯口守株待兔。

他人都走到门口了，还是放弃了。虽然不是出自本意，但接近艺人，还围追堵截，听起来像变态。能像刚才那样打个照面已经是意外惊喜了，他还是不要再给偶像添麻烦比较好。

戎逸回到房间，瘫坐在沙发上回忆刚才电梯口的经历，整个人洋溢着幸福感。

他回忆了十八次，小张终于回信息了。她先是发来一连串问号，接着是一条语音。他点开以后，就听到了她的激情咆哮："你这家伙运气怎么那么好呀？有没有要签名，有没有合照？我好羡慕，真的！他真人帅不帅？是不是比照片更帅？他多高呀？你们有没有说话？他是不是特别温柔？大家都说他的皮肤特别好，是不是真的？"

戎逸边听边笑，顺势又回忆了一下。他和莫昱飞撞在一起的时候，肩膀高度差不多，可见对方身高和他很接近，所以官方宣传的188cm应该是靠谱的。至于皮肤好不好，惊鸿一瞥实在难以判断，更何况他如今回忆中的画面自动加了滤镜，人都是在发光的，当然零毛孔、零瑕疵。不过，有一点，戎逸很确信绝对没有经过记忆美化，就是莫昱飞露出的那小半张脸帅得天怒人怨，使人神魂颠倒。

戎逸激动地输入了回复："我觉得他可能是比较不上镜的那一类。"

发完以后，对话框被小张用表情包刷屏了。

戎逸美滋滋地在手机屏幕上滑了两下，猛地看到了被他遗忘在记忆角落里的浏览器窗口。他刷新论坛页面，发现对方在五分钟前发来一条消息："如果是你，你会怎么做？"

戎逸如今精神状态亢奋，整个人十分积极，简直无所畏惧。

他当下回复："当然是努力试一试呀。年轻人，千万不要给自己留后悔的余地！"

对方隔了好一会儿才回复："那你现在试了吗？"

原本满怀雄心壮志的戎逸顿时僵住。他没有，他已经开始想逃了。因为害怕失败，忍受不了自尊心反复受挫，更没有足够的自信。

他经历过太多失败，对"被拒绝"本身早就习以为常。

本该习惯了，没那么难过了。可陈柯尧却让他不敢再尝试。

戎逸发了一会儿呆，手机突然振动了一下。小张发来了一张咬手绢的表情包。

戒逸瞬间心里亮堂了起来。想那些乱七八糟的做什么，真是自寻烦恼、自讨没趣。追星才是最快乐的，追星是万能的。

到了晚上，戒逸编辑了一条朋友圈，配图都是今天吃过的各式小吃。

很快，这条朋友圈收到了不少点赞和评论，其中有一条，让戒逸看到的瞬间心态就开始崩溃："想吃这个小馄饨，你学一学吧。"

戒逸盯着这行字看了半天，下意识开始琢磨能不能自己做小馄饨皮，或者该去哪里买它。一直到在脑子里认真过了一遍全套工序，他都没有回复这条评论。

就知道吃，还会什么？还会吐。真是让人生气。

戒逸气哼哼地在网上搜索了几个做虾肉小馄饨的攻略，最后还是忍不住，切回了微信页面。

他重新发了一条朋友圈，仅一人可见。

"呜呜呜，莫昱飞居然就住在我隔壁，我们还偶遇了，真的太幸福了！"

五分钟以后，唯一可见的那个人打来了电话。

陈柯尧的语气听起来特别别扭："你在干吗呢？"

"没干吗呀，"戒逸说，"有点累了，打算早点睡觉。"

"哦，"对面一副松了口气的口吻，"也是，奔波了一天，早点儿休息。"

"你找我有什么事？"

陈柯尧沉默了片刻，才说道："你一个人在外地，人生地不熟的，我怕你晚上不待在房间里到处乱跑，遇到坏人。"

戒逸笑了："什么呀，我一直是一个人在外地呀。"

他大学毕业以后没回老家，又没成家，自然是一个人在外地。

"那不一样，"陈柯尧说，"你在这儿至少是有家的。"

戒逸一时间说不出话了。

陈柯尧继续说道："没别的事，早点睡吧。记得把门锁好。"

"嗯。"戒逸握着手机点头。

"有陌生人敲门的话，别随便让人进来。"陈柯尧又说。

戒逸忍不住笑了："谁会来敲我的门呀，你给我订的这个房间，没有门卡上不来这个楼层。"

电话那一头的陈柯尧嘟囔："谁知道呢。"

他似乎意有所指。

戎逸皱起眉头，一时没有回话。而陈柯尧也不吭声，两人彻底沉默，难免显得有几分尴尬。

已经说过早点睡，现在该是挂电话的时机了。

戎逸躺在床上拿着手机，想不出可以说些什么，又不想就此挂断。

陈柯尧在漫长的沉默后，终于开口说道："那个虾肉小馄饨——就是你朋友圈里发的，做起来难不难？"

"应该……还好吧。"戎逸说，"我觉得可以试试。"

"哦。"陈柯尧应了一声。

又没话说了。

戎逸想了一会儿，问道："你喜欢吃虾肉，对吧？"

"嗯，"陈柯尧说，"喜欢。"

"刚才卡了一下，我没听清，"戎逸说，"你说了什么？"

"我说，我喜欢吃虾。"

戎逸叹了口气："哦，知道啦。"

虽有些无奈，但挂了电话以后，戎逸心情还是不算坏。不错，原本他发那条朋友圈，只是知道陈柯尧讨厌莫昱飞，所以想故意气一气陈柯尧罢了。在接到柯尧打来的电话时，他还想着要怎么再接再厉地炫耀一波，让这家伙不爽。

但实际上，听到陈柯尧的声音，却又没了那些兴致，他不想聊无关的话题了。

他在床上滚了几圈，拿起手机，打开那个论坛，对那个搁置了几个小时的问题进行回复。

"我不知道该不该继续去努力尝试，但我好像也不想放弃。"

他没有足够的勇气和自信，也抛不下更多自尊，但偏偏只要有一点儿希望，他就无法干净利落地抽身而退。

"半吊子，不上不下，一事无成，自我折磨，你说这是不是废物？"

十分钟后，戎逸看着这条收到的回复，突然觉得对面这个说大实话的家伙还挺讨嫌的。

"你有什么资格说我？"他愤怒回复。

"不是，我在说我自己。"对面回答道。

于是戎逸瞬间消气了，还产生了强烈的同理心。他咬着嘴唇皱着眉，盯着手机看了好一会儿，心中突然有了一个念头。

学生时代，他是个短跑达人，曾被分不清项目区别的老师推荐参加过半程马拉松。以前没跑过长距离的戎逸当时紧张得要死，然后遇到了一个和他一样紧张的小姑娘。两个人在起跑时做了一个约定："只要你没有停下，那我保证也不停下。只要你还在坚持，那我也一起坚持。"

戎逸在开跑不久后就和小姑娘跑散了，但因为那个小约定，他硬是坚持跑完了全程。

在怯懦的时候，有一个同病相怜的伙伴互相支持，真的能带给人许多勇气和力量。

他认真编辑消息："那你敢不敢和我约定，一起再勇敢一次？"

按下发送键以后，页面自动跳转，提示刚才有一条新消息："你是不是不甘心？我也是。"

戎逸是周五出发的，而见面会在周日晚上，所以周六是计划中的自由活动时间。

他原本做过一个行程表，把周六安排得还挺紧凑的。虽然还有几天假，但他当时做行程时，急着回去找房子、搬家，所以并不打算在 C 市停留很久。但现在他的想法变了，觉得来都来了，总要观光一下当地的名胜古迹。

可惜，详细到标注了查询好的交通路线的行程表，因为戎逸睡过头而彻底报废了。昨晚他过于兴奋，直到凌晨才入睡，早上连闹铃都没听见。等他终于自然醒，酒店的早饭都停止供应了。

好不容易转醒的戎逸躺在被窝里，发了一会儿呆后，他在脑中把原计划精简了一遍，决定先去楼下便利店随便买点吃的当午饭，然后出发去距离酒店十分钟车程的景区，到了晚上再打车去小吃街。至于那些原本在计划中的其他地方，以后有机会再来吧。

戎逸洗漱完，出门前还胡思乱想：如果今天还能巧遇莫昱飞，那他的计划就会一切顺利。

出了门，看着空荡荡的走廊，戎逸又在心里补充：没遇到也不代表就会不顺利。

等电梯的时候，他想起自己的那位"战友"。

昨晚，他们互相鼓励了一番，然后纷纷发出豪言壮语。在喊过激情口号之后，对方说要认真想想具体怎么操作，才可以表现出足够的诚意来讨好重要的人。

经过一夜的思考，戎逸已经有了计划，于是想关心一下对方的进度。

他拿着手机正编辑着私信，面前的电梯门打开了。戎逸头也不抬地往里走，刚跨了半步，突然听见一个人的声音。

"抱歉，让一下好吗？"

戎逸慌忙抬头，接着再次僵住。

面前那个戴着大口罩的人对着他微微蹙起了眉头，又问了一遍："可以让一下吗？"

戎逸慌忙往旁边跨了一大步，把电梯门前的空间整个让了出来。他的动作实在过于夸张，做完以后，他感到十分尴尬，为了掩饰，赶紧开口："不好意思，您走！"

对方盯着他看了一会儿，摘下口罩，笑了："谢谢。"

他在说话的同时冲戎逸微微点头，接着便大步走出了电梯。

戎逸歪过身子看了几眼，发现对方最后停留在了自己所住房间的斜对面，然后掏出了门卡。

等他回过神来，电梯门都关了。

终于进了电梯，戎逸在里面兴奋地原地跳跃。他和莫昱飞离得好近，晚上他们睡的地方可能距离不到十米。这是什么样的运气？他不仅抽到了 VIP票，还和偶像住在对门，并且连续两天都偶遇了偶像。

虽然因为他情绪紧张，忘记了要签名、合照，但他们勉强也算有过对话。这一次，他还看到了全脸。

天哪，陈柯尧哪儿来的脸说自己更帅，看看他脸上那条疤！

啊，陈柯尧。想到这个名字，戎逸又变得安分起来。他在电梯里前后左右来回转，心道：出门前想的都应验了，那他的计划，也会一切顺利吧。

戎逸去的景区有三分之二的面积是湖。现在是旅游旺季，又是周末，湖边游人如织，拥挤吵闹。但广阔又平静的湖面，依旧能让人的内心变得宁静。

戎逸保持了近日来一贯的好运气，才觉得腿有些酸，不远处的矮凳就空了出来。

他坐在湖边吹风、发呆，突然很想和陈柯尧说说话。

打电话过去显得太突兀，发消息也没有话题。戎逸干脆拍了两张风景照片，又发了一条仅一人可见的朋友圈。

在等陈柯尧回复时，他先去那个论坛看了一圈。

几个小时前的留言已经有了回复。对方说自己连夜写了一封两千字的信，打算再修改两遍就抄写下来，送给对方。

对方说完以后，还问这样是不是很有诚意。

戎逸皱眉，这会不会有点儿老土？作为一个紧跟潮流的现代人，他一点都不看好。

但对方兴致高昂，他若是直接正面打击，怕是会伤对方的自尊。于是戎逸思虑再三，决定委婉地提出建议："会不会太复杂了呀？简单直接一点不好吗？"

片刻后，对方回复了："比如？"

戎逸坐在湖边琢磨了一番，然后给出了建议："简单，直接，粗暴！不废话！直接用行动表示！"

过了大约十分钟，戎逸才终于收到了回复："我会吐。"

简单的三个字，透着浓浓的悲伤。

戎逸刚想要如何安抚，重新出主意，猛然意识到，原来这个人所谓的"应激反应"和陈柯尧是一样的。

要是陈柯尧会吐的理由也和他一样就好了。

对面又发了一条消息："而且，万一他真的不接受，这样也不太好。"

不愧是选用书信传递心意的人，想得也太多了。但对方说的也有道理。相比之下，写信要比面谈温和得多，不用担心对方为此太过困扰。

"你说我用哪种信纸比较好？"对方又问。

这是小学生才提的问题，越看越让人觉得没戏。

戎逸小心翼翼地询问："你的字写得怎么样？"

"还行。"

"表达能力有自信吗？"

"应该还可以吧。"

"你真的决定要用这种形式吗？"

"不好吗？"

戒逸叹了一口气："倒也不是，比起形式，归根结底还是诚意最重要。祝你顺利！对了，不管选了什么信纸，都千万不要用彩色笔。"

戒逸很快收到了回复："嗯，谢谢你，多亏你让我鼓起勇气。如果真的求和好顺利，将来我一定要好好谢谢你。"

戒逸"扑哧"一声笑了："那我等着。"

第八章

见面会

Mr. Rong

当戎逸从景区离开的时候，他发出的那条朋友圈收获了一个赞。

可惜陈柯尧并没有留下评论。戎逸一时也想不出什么法子能起话头和他聊上几句。

等到了美食街，他一路逛一路吃，拍了一大堆美食图片。回程的路上，他编辑朋友圈时，很有心机地发了两条。第一条全是食物的图片，屏蔽了陈柯尧；第二条换了其中一张图，设置成仅陈柯尧可见。

换上的是他举着草莓糖葫芦的自拍照。

戎逸的自拍水平一塌糊涂，每次表情都十分僵硬，也不擅长修图，成图总是有点傻了吧唧的。所以他这次为了避短，画面里只留了正在咬草莓的下半截脸。这样的构图有点儿怪，他不好意思让别人看见。

其实他也不太好意思给陈柯尧看，但就算这样，他依旧鼓起勇气发了出去。因为最近不管他发了什么，陈柯尧都会有所反应，所以他想看看陈柯尧面对这样的照片，会说些什么。

发完朋友圈，过了半个多小时，戎逸都快到酒店了，陈柯尧依旧毫无回应。他忽然觉得自己的行为有点傻气，决定还是删除朋友圈，算了。

他操作到一半时，突然收到了消息提示。

陈柯尧发过来一句十分莫测的话："给你推荐一款自拍软件，用过的都说好。"

戎逸满头问号,陈柯尧这是抽的什么风?以前从来没见过这家伙热衷自拍。近来这人的朋友圈里出现过的自拍只有两张对着镜子展示健身成果的,构图、光影都不咋地,没有哪张是经过特殊处理的。

戎逸还没提出疑问,对方已经把软件的名字发了过来。

戎逸回了一个问号。

"用这个拍出来比较好看,快去把你朋友圈里的那张照片删了吧。"

戎逸回了一长串问号。

"你也太不擅长自拍了,不如下次发之前先给我看看,我帮你参谋参谋。"

戎逸皱着眉头,重新看了一眼那张照片。怪是怪了点儿,但并不难看吧?他的鼻子、下巴、嘴唇没有半点硬伤,连牙齿都又白又整齐。只有这点儿局部,也看不出来表情僵硬。画面中裹着糖衣的草莓都让人充满食欲。

这个陈柯尧,居然嫌丑?简直太气人了。

戎逸气呼呼地删除了朋友圈,摁灭了手机屏幕,不再搭理陈柯尧。

等戎逸下了出租车,走进酒店大堂,手机又开始振动了。他点开一看,还是那个讨厌鬼发来的:"你就拍了那一张照片吗?不如都发给我看看,我帮你挑选一下。"

戎逸对着手机直皱眉。为了挑选出一张最满意的照片,他拍了二十多张照片,其实心里还是有点儿想要陈柯尧夸自己两句的。但他不想发给陈柯尧看,因为这人说话太讨嫌了,不能惯着。而且,万一陈柯尧说都不好看,多气人。

戎逸一边犹豫,一边翻着相册,等他上了电梯,发现陈柯尧又发了一条消息过来。

"我想吃那个桂花汤圆。"

戎逸瞬间被气笑了,正当他想要找个翻白眼的表情包发过去,背后传来一道熟悉的,但现实中只在这两天听过几次的声音——

"你怎么这么爱玩手机呀?"

戎逸猛地回过头,顿时整个人僵住了。

就站在他身后的莫昱飞笑着摘下了墨镜:"好巧。"

戎逸倒抽一口冷气。他进电梯的时候,正低着头看手机,余光注意到电梯里还有别人,又发现自己要去的楼层提示灯亮着,也没多想,满脑子都是陈柯尧这个家伙怎么能这么欠扁。如今和偶像四目相对,戎逸整个人愣住了。

"你认识我？"莫昱飞问。

戎逸像机器人一样缓慢地点头。

说话间，电梯到了，电梯门伴随着提示音缓缓打开。

莫昱飞一边往外走，一边对戎逸说道："走路的时候，还是不要盯着手机比较好。"

"是！"戎逸喊道。

偶像的教诲必然铭记在心！但他情绪激动时的反应未免太尴尬了吧，像个傻瓜似的！

都怪莫昱飞太帅了，根本不需要滤镜。他的腿怎么那么长！他的睫毛怎么也那么长！他的头发都比一般人的更顺滑有光泽。

两个人肩并肩一起进了走廊，戎逸已经紧张到不行了。

"你是来这儿出差的吗？"莫昱飞用闲话家常的语气问道。

来这里参加你的见面会，戎逸觉得这答案实在说不出口，不得不挑了一个稍微委婉的表达方式："来参加一个活动。"

莫昱飞点了点头，没再接话。

终于到了自己房间，戎逸不小心稀里糊涂地走过了头。等他退回来拿出门卡，站在斜对面房间门口的莫昱飞又主动说道："咦，这么近。"

为了抓紧这最后的机会给偶像留下一个好印象，戎逸僵硬地转身，使出十成功力憋出一个微笑："是呀。"

莫昱飞也冲他笑："明天见。"

终于关上房门后，戎逸瞬间大笑不止。这也太幸运了！短短两天，他已经偶遇了莫昱飞三次，而且每次都比之前接触更深。那等到明天，说不定还可以更进一步，比如握个手什么的，光是想一下就令人期待万分。

莫昱飞真人不仅比镜头里好看一万倍，还温柔随和，没半点儿架子，简直不是人，是天使。

莫昱飞还说了"明天见"——他不知道自己会去参加他的见面会，那言下之意，就是在期待和自己的再次偶遇了。

戎逸拿起手机，找到小张的对话窗口，输入："我偶像真的好棒！我要当一辈子'小魔芋'，呜呜！"

小张大约在忙，没有立刻回复。戎逸在房间里转了两圈，依旧无法平复内心的激荡，于是克制不住地发了一条朋友圈："我好幸福啊！"

半分钟后，当戎逸转到第三圈时，手机响了。

他按下接听，立刻听到了讨厌鬼陈柯尧带着强烈不满的声音："你在干吗？不回我消息，却发了朋友圈。"

戎逸觉得陈柯尧应该从自己身上找找原因，但他此刻心情好，于是不和这家伙一般计较。他一开口，就止不住地笑，连声音都在抖："我干吗要回复你，我忙着呢。"

"这大晚上的，你饭都吃完了，一个人还能忙什么呀？"陈柯尧问。

虽然这人语气带着明显的不爽，但戎逸闻言还是立刻笑出了声："不告诉你。"

陈柯尧安静了一会儿后，问道："你的照片，不会是别人帮你拍的吧？"

"什么？"戎逸有点跟不上陈柯尧的思路。

"我和你说，那种出手特别快的人都不靠谱。你还是谨慎一点比较好。"

戎逸愈发茫然："啥？"

"你现在是一个人吗？"

"是呀。"戎逸皱眉，"你在瞎想什么呀？"

"已经到酒店房间了？"陈柯尧又问。

"是的，"戎逸说，"我刚回来。"

"那你刚才到底在傻笑什么？"

虽然戎逸对"傻笑"这个词有点儿意见，但被提醒了之前的美妙经历后，他还是克制不住地再次笑出了声："不告诉你，说了你又要烦人了。"

"难道是又遇到莫昱飞了？你和他怎么了？"

戎逸强行忍笑，可惜失败了："嘿嘿，嘿嘿嘿。"

紧接着，电话那头居然传来了一声低声咒骂。

还用手捂着嘴的戎逸顿时一僵。

陈柯尧很少会用这么赤裸的词汇骂人，他说话偶尔会带一些无伤大雅的语气助词，但大多数时候是温和有礼的。如果没有记错，这还是戎逸第一次听他用这样的语气说这么难听的话。所以，戎逸一时间并没有感到被冒犯，只觉得茫然，甚至是好奇："怎么了？"

"没什么。"隔着电话也能感受到陈柯尧的低气压，"你早点休息，门锁了吗？"

戎逸赶紧跑到门边一顿操作："锁了。"

"不早了，就别再往外跑了，洗洗睡吧。"陈柯尧又说。

戎逸迟疑了一下："你真的那么讨厌他吗？"

对面的人安静了几秒，陈柯尧直接无视了他的问题："也别让人进来，知不知道？"

戎逸很想回答"你管我呀"，但陈柯尧的语气让他有点儿慌，下意识不敢唱反调，他迟疑了一会儿，还是答应了："哦。"

戎逸还在心里替陈柯尧的无理取闹找了一个理由：毕竟这个房间是他花的钱，那他当然有权力不许任何人进来，这个要求并不过分。

两人都沉默了一会儿，陈柯尧再次说话时，语气变柔和了："那个，我不是在生你的气，你不要误会。"

原本戎逸并没有很介意，但听他这么一说，立刻就委屈了，对着电话嘟囔道："凶得要命。"

陈柯尧立马道歉："对不起。"

他说完顿了一下，再次开口时，语气十分无奈："但是，戎逸，我……"

"嗯？"被直呼全名的戎逸变得紧张起来，他屏着呼吸，全神贯注地等着陈柯尧接下来的话。

可半晌后，对方只是叹了一口气，然后说："戎逸，你真的是个傻瓜。"

戎逸一愣，接着深吸了一口气："呸！"

戎逸洗过了澡，躺在床上，忍不住胡思乱想。

陈柯尧对莫昱飞的态度实在很奇怪，很难让人联想之前周砾所听到的传闻。其实在更早以前，戎逸一度"脑洞大开"，怀疑这两人或许有一段不愉快的过去。

普通人难以接触大明星，但身为小说的作者，要认识主演并非不可能。陈柯尧性格温和，几乎没什么脾气，相处至今戎逸只见他对莫昱飞一个人表现出如此强烈的反感。以陈柯尧的性格，实在不像会去记恨一个远在天边毫无交集的艺人。戎逸在一片漆黑中用力抱着枕头，眼睛睁得老大。他被自己的假设吓到了，脑子都迷糊了。那陈柯尧刚才那么生气，是不愿意自己接近莫昱飞，还是不希望莫昱飞接触到自己呢？这两个假设听起来相似，却有截然相反的逻辑。

虽然陈柯尧是一个讨厌鬼，但也是很有意思的讨厌鬼。至于他的偶像，更是完美无缺的。他们之间若真有嫌隙，戎逸必然伤心。

可要是陈柯尧是认为他不配结识莫昱飞呢？

戎逸心头一凉。

在床上打了几个滚，他在心中做出了一个极为主观的判断：一定是陈柯尧和莫昱飞之间有什么误会。会是因为那个传闻吗？戎逸一瞬间想要把那篇自己深以为然的心理分析发给陈柯尧看，让他明白莫昱飞当时是身不由己。那样他们会不会冰释前嫌、和好如初？那自己的存在，岂不是变得很尴尬？戎逸猛地甩开了怀里的枕头，拿起手机，打开浏览器，开始搜索《寻龙》第三部。

他要先了解一下这部传说中以莫昱飞为主角原型的大作。深入了解一下，再做打算。

《寻龙》的世界观非常新颖。在那个世界里，有一个看似简单的设定，人类参考兽群特质被重新划分为三大类。天生属性的差异给每个人带来了不同的特质，在社会中也有不同的分工。这为整部作品奠定了与现实社会全然不同的价值体系。第一部问世以来，围绕这设定展开的各类探讨层出不穷，还引起了一阵新风潮，一时间仿作无数。

第二部虽然在故事上和第一部没有直接关联，但处于同一世界观，相较之下缺了一点儿新意。

如今戎逸打开第三部，

发现作者又玩了一点新花样——依旧是那个世界观，但男主角是一个从异世界穿越而来的普通人类。这所谓的异世界，指的便是现实世界。男主角的各种观念都很新奇，与这个世界的原住民发生了许多碰撞，故事因而变得精彩纷呈。

戎逸一章章往下看，越看越觉得那传言并非空穴来风。

男主角的形象，和莫昱飞太像了。无论是详细的外貌描写，还是人物性格特征，都对得上。

男主角的言行总是不自觉撩人，但举止从不逾矩。一路上，他收获了无数少女的芳心，也凭借出众才智折服了众多小弟，但他百花丛中过，片叶不沾身，心中真正记挂着的，始终是来到这个世界后第一眼见到的那位说书人。

故事非常有趣，情节环环相扣，精彩纷呈，外加时不时出现的各种配角对男主角芳心暗许，各个情节都写得水到渠成，毫不牵强，令人读着十分过瘾。

戎逸看了一页又一页，无数次告诉自己再看一章就立刻去睡，却又忍不住继续看下去。

不知不觉中，天快亮了。

眼看这样熬夜下去，见面会都参加不了，他赶紧逼着自己放下手机，头一倒，光速入梦。

戎逸在梦里见到了那个纵横异世界，引出涟漪不断，心中却只有一个人的男主角——果然长着莫昱飞的脸。

戎逸追着他到处跑，好不容易把他截住了，赶紧抓着他问个不停："你是不是认识陈柯尧？你们到底是什么关系？你们能不能不要有关系？"

对方说："醒醒，你要错过我的见面会了！"

下一秒，戎逸醒了。

睡眠不足真的会给人造成身心上的惨痛打击。

哪一个粉丝去见偶像时，不想把自己打扮得光鲜亮丽呢？虽然私下已经打过几次照面了，但见面会这样的场合，还是需要打扮一番的。

戎逸看着镜子里自己那张萎靡不振的脸，欲哭无泪。更惨的是，他没时间拯救自己的形象了，因为见面会的规定是必须提前入场。

路上，戎逸抓紧时间看了几章。

剧情太令人抓心挠肺了，眼看主角就要找到他牵挂的那位说书人，戎逸立马点击下一页。结果界面跳出了错误提示——第二本是已完结的，网站没有收录第三本的完整版。

戎逸当场"吐血"。

还没等戎逸找到第三部完整版的在线阅读链接，车子就到达见面会的会场了。

一下车，戎逸就被那门口广场上的各类粉丝礼物吓了一大跳。他以前没有参加过类似的活动，觉得很有趣，想仔细观摩一下，奈何入场时间就要截止了，他不得不作罢。

检票并登记好个人信息，领了现场礼包后，戎逸发现自己的票居然可以走VIP通道。入场后，找到自己的座位，他更讶异了。当初看现场平面图时，感受还没那么直观，如今从这个角度看向舞台，他才意识到这位置简直得天独厚。他往上看，想要寻找小张的位置，只觉一眼看去人海茫茫。

他坐在座位上，拍了一张照片发给小张，很快就遭到了对方的唾骂。小张气愤地发了一张自己视角的照片——前面乌泱泱一片，全是脑袋。

戎逸不痛不痒地安抚了几句后，得到了"拉黑你一天"的回复和一个红色的感叹号。

活动正式开始后，戎逸很快就被现场气氛影响了。虽然他和偶像有过私下的短暂接触，但那和从舞台下往上看的感觉完全不一样。相比当时的紧张拘谨，如今的戎逸要舒坦快乐许多。毕竟现实中，这样眼睛都不带眨地盯着一个人看，总归不太礼貌。

他的座位离舞台近，连莫昱飞的手指甲盖都看得清清楚楚。他每秒钟都在感叹偶像果然每个细节都完美无缺。美中不足的是，兴奋之余，他心底总有一个声音时不时问一句：陈柯尧是不是和他有过一段不愉快的过往？

煞风景，却控制不住。

活动流程安排得还挺丰富的，暖场过后，主持人对莫昱飞做了一个访问，末了，还随机抽选了几个观众进行现场提问。之后，莫昱飞演唱了他前阵子刚推出的新歌。再接着，就是大量互动环节。

戎逸有点胆小，每次抽现场观众时，他都缩起来，从不举手。他怕万一上了台，被莫昱飞发现所谓的"参加活动"就是参加这个活动，自己会尴尬。

活动临近结束，主持人说要抽选最后一位观众，获得走上舞台和莫昱飞本人单独互动的机会。这位幸运儿不仅可以得到额外的周边礼包，还可以在台上和偶像对话一分钟，并且向莫昱飞索取小奖励。

一时间，群情激昂，全场欢呼。至于挑选方式，主持人让莫昱飞自己决定。

戎逸悄悄把自己缩在座位上，看着舞台上微微歪着脑袋，像在认真思考的莫昱飞，心中涌起一种不祥的预感。接着，他就听见莫昱飞说道："那……不如我随便报一个座位号吧？"

主持人应允后，给他看了现场座位的排号方式。莫昱飞从舞台最左边走到最右边，往观众席扫视了一圈。

因为灯光的关系，他应该看不清台下的细节，但观众们还是十分踊跃，不少人不仅举起了手，还站起身子蹦跶了起来。

"我随便想一个吧。"莫昱飞重新走到舞台中央后，说道，"A-2-15是哪位？"

他每报一个字，戎逸就惊讶一下。等到莫昱飞念完最后一个字，追光灯从戎逸头顶上射下来的瞬间，戎逸整个人都愣了。

慌张中，戎逸忐忑地站起了身，有了一个惊奇的发现——现场其余人都在看着他，只有他依旧盯着莫昱飞，所以，可能只有他留意到，莫昱飞看到他的瞬间，比他更惊讶。接着，莫昱飞似乎微微皱起了眉。

戎逸不确定自己有没有看错。因为在那短暂的一瞬间后，站在舞台上居高临下望着他的莫昱飞露出了一个堪称完美的笑容。

戎逸回过神来，在所有人羡慕的眼神中离开座位，走向舞台。他拘谨得快要同手同脚了。

他踏上舞台的那一刻，主持人果然说出了让他头大的台词："哇，好难得，这是一位男性粉丝呢，我们小莫的魅力果然是没有界限的。"

戎逸尴尬地笑了笑，接着被一路引到了舞台中央，还被塞了一个话筒。

"你好呀，"莫昱飞笑意吟吟地看着他，"先做一下自我介绍吧？"

"大……大家好，"戎逸紧张地咽了一口唾沫，"我……我叫戎逸，我……我是莫昱飞的忠实粉丝。"他说完这一句，立刻看向了主持人，示意自己无话可说了。

"好吧，那我现在开始计时了。"主持人对着他晃了晃手里的计时器，"你还有一分钟的时间和小莫互动，要抓紧时间哦。开始！"

戎逸转向依旧笑容满面看着自己的莫昱飞，觉得自己头皮都麻了。

说什么呀，他根本什么都没准备呀。就在他不知所措的时候，背后再次传来了主持人的声音："已经过去五秒了哦！"

戎逸顿时一慌。"那个……我……"他紧张到咬舌头，开口全是不知所谓的字眼，"就是……嗯……"

台下笑声阵阵，更让戎逸慌张不已。

"不要紧张呀。"莫昱飞十分认真地看着他，"你特地来参加我的见面会，就没有什么话想要对我说吗？"

其实是有的，戎逸的心头瞬间冒出几个问题：请问你和陈柯尧认识吗？你们之间究竟发生过什么？为什么现在不联系了呢？

不过就算再慌乱，他也知道这些话不能在如今这样的场合说出口。于是最终，他只是硬着头皮说出了不痛不痒的台词："我是你的忠实粉丝！"

莫昱飞笑出了声："这个你刚才说过了。"

"加油！"

"嗯，"莫昱飞笑着点头，"我会。"

"我……我会一直支持你的！"

"谢谢。"

好了，戎逸彻底没词了，他转头看向主持人。

"这就完了？"主持人也笑，"还有时间呢，不要浪费呀。"

这一分钟也太漫长了！戎逸想了半天，摇摇头道："没有了。"

这叫什么福利，完全是一种折磨。他只想躲在角落里，安静地欣赏一下自己的偶像，为什么要遭受这样的对待。

他以为这下终于可以逃回座位了，却听见主持人说道："好了，接下来你可以向小莫索取你的特殊福利喔。"

"咦？"戎逸愣住。

台下尖叫声一片，透露着满满的羡慕和嫉妒。

见戎逸一副状况外的模样，主持人忍住笑，解释道："就是你有什么希望小莫为你达成的小心愿，现在可以说出来。"

伴随着主持人充满暗示性的话语，舞台下响起的全是"不"的呐喊声。

戎逸十分谨慎地在裤缝上擦了擦手："那就……"

他本来是想说"握个手吧"，可他没来得及说完，就见莫昱飞十分坦然地向着他走了一步。

莫昱飞抬起双臂，说道："还是想不出来，那就抱一下吧？"

戎逸僵住了。他还傻愣着，莫昱飞已经揽住了他的肩膀。

戎逸在台下的一片哀号声中惊慌失措，待在原地一动没动。好在这个拥抱十分短暂，莫昱飞在他后背轻轻拍了两下，就立刻松开了手臂。两人肩膀以下全程没有接触，站位更是离了半米远。

戎逸晕乎乎走下台时，主持人叮嘱他记得去找工作人员索要他的周边大礼包。和莫昱飞有这样的接触当然惊喜，可与此同时，他又隐隐感到尴尬。原本他还期待着能继续和莫昱飞在电梯或者走廊偶遇，现在却是不敢想了。

之前两人不过是擦肩而过，莫昱飞都能记住他的面容，刚才一定也认出来他了。这么一想，他就免不了觉得对方全程保持着的温柔笑容有几分揶揄的意味。

活动结束后，戎逸领了礼包就想赶紧走。刚到大门口，他被一个熟人逮住了。

"天呀！"小张拽着他的肩膀用力摇晃，"你怎么那么幸运？！"

她的个头相比戎逸太过娇小，这动作无法撼动戎逸分毫。

戎逸冲她傻笑："嘿嘿。"

"快让我抱一下！"小张跳起来，"我要和莫莫间接拥抱！"

于是戎逸学着方才莫昱飞的动作，弯下腰靠过去，搂了一下她的肩膀。

小张破碎的心灵得到了一些补偿，但和他肩并肩一同往外走时，她还是忍不住叹气。戎逸干脆把自己领到的那个大礼包送给了她，毕竟带回去也没地方放——他现在是真的不希望陈柯尧看见这些东西。

小张感动完后，忍不住念叨了几句："这是什么垃圾环节呀？如果上去的是一个女粉丝，还对莫莫动手动脚，台下的粉丝不得气死啊？谁千里迢迢赶过来是想看自己偶像和别的……"

她话才说到一半，戎逸的手机突然响了。他拿起来一看，是一个陌生的号码。犹豫了片刻后，他对着小张做了一个手势，按下了接听。

"喂？"

"嘿，"电话那一头经过电波转换的声音依旧让他感到十分熟悉，"猜猜我是谁？"

戎逸一愣，心中瞬间就有了猜测，却不敢相信。

"喂？"对面的人拖着长音唤了一声，"能听见吗？"

"能。"戎逸犹豫了一下，谨慎起见，还是问了一句，"你是哪位？"

"真的听不出来呀？"对方的语气带着笑意，"你刚才还说自己是我的忠实粉丝呢。"

真的是莫昱飞。他为什么会有自己的电话？瞬间，戎逸在惊讶中停下了脚步。小张十分疑惑，转过头用口型问道："谁呀？"

戎逸不敢告诉她，慌乱之下只是胡乱摆了摆手。

"怎么不理我？别挂电话。真的是我，我不是骗子。"莫昱飞话是这么说，但语气并不带半分焦急，"你现在打算回去了？"

"对，打算回去。"戎逸说话的同时，用力点了点头。

"回酒店？"莫昱飞又问。

"对，回酒店。"戎逸像呆滞了一般，复述了一次。

对面响起了带着笑意的声音："那我们岂不是顺路？"

"咦？"

"你现在按我说的走，到了之后，会有人来接你。"莫昱飞说，"我送你回去。"

戎逸陪着小张走到门口后，胡乱找了一个借口同她道别，接着怀着忐忑不安的心情，按照莫昱飞所说的路线，走到了会场的一道小门前。

门口站着两个保安，还有一个挂着"工作人员"牌子的女人。

这个三十岁左右，长相寡淡，妆容精致的女人，莫昱飞的粉丝大多认识。她是莫昱飞的助理，姓刘。因为每次和莫昱飞一起被人拍到时，她都是一脸冷漠，所以她被大家戏称为"冷漠姐"。

冷漠姐今天也很冷漠，远远见到戎逸后，对他点了点头，接着面无表情地示意他跟着自己走。

戎逸就这么一路跟进了后台，东张西望，惴惴不安，弄不清莫昱飞这葫芦里究竟是卖的什么药。他方才大致猜到了莫昱飞为什么会有他的电话号码——所有人在入场前都会进行资料登记，莫昱飞作为本次活动的主角，想要查看并没有什么难度。

但莫昱飞究竟有什么必要这么做呢？真的只是因为认出自己，觉得顺路吗？他是不是过分贴心了一点儿？没见过有这样宠粉的。

戎逸实在不安，下意识联想了一番，但又觉得未免太自作多情。即使他满心疑惑，但最后还是老老实实过来了，除了无法拒绝自己的偶像外，还有别的原因——方才他在舞台上想问却没有问出口的问题，他始终还是放不下。

他被带到休息室，忐忑万分地推开了门，发现里面是空的。

"他还有一个采访。你在这里等一会儿吧，别乱走。"冷漠姐十分冷漠地说完后就离开了。

戒逸一个人茫然地站在休息室中间，四下环顾，不知所措。来都来了，那就等吧。

休息室里的沙发十分高级，坐上去特别舒服，让人不由得放松下来，想要和这柔软的坐垫、靠背彻底融为一体。但戒逸心情紧张，再舒适的垫子都无法缓解他此刻的情绪。

就这么端端正正、严肃紧张地坐了半个多小时，戒逸开始怀疑自己是不是被彻底遗忘了。正当他犹豫要不要回拨方才那个电话号码时，休息室的门被人从外面推开了。

"嗨，"莫昱飞一进来就笑着同他打招呼，"抱歉，等了很久吧？"

戒逸条件反射地从沙发前起身，站得笔直："还……还好。"

"你一直那么紧绷不会累吗？"莫昱飞说着走到一边的化妆镜前坐了下来，"再稍微等我一下。我先卸妆，马上就好。"

戒逸慌乱地点头，看着莫昱飞十分随意地抄起了前额的刘海，将刘海夹在头顶，然后拿起一边的瓶子一阵倒腾，心中暗暗感叹：原来莫昱飞刚才不是素颜。不过当着粉丝的面卸妆，是不是太勇敢了？

"你叫戒逸，对吧？"莫昱飞一边擦脸，一边问道，"不好意思，我看了你的信息，你不会介意吧？"

戒逸连忙摇头："不介意！"

"那就好。"莫昱飞笑了笑，"那你能不能告诉我，这张票是谁送你的？"

戒逸一时间有些茫然，老老实实答道："是粉丝群的赠票。"

莫昱飞闻言，停下了动作。歪着头想了想，莫昱飞问道："是他让你不要告诉我吗？"

"谁？"戒逸问道。

"给你票的那个人。"莫昱飞说。

"这真的是从粉丝群那里拿到的赠票。"戒逸试图解释，"和周边一起寄过来的。"

莫昱飞低下头笑了笑，站起身来："你等我一下，我去洗脸。"他说着就走进了旁边的盥洗室。

依旧站在原地发愣的戒逸后知后觉，意识到不太对劲。同样是粉丝群赠票，就算位置稍有差异，也不至于区别那么大，一个在场地边缘，一个在VIP区。他拿到的那张票甚至可以提前入场。可他确实是从寄来的周边里找到这张票的呀。难道是别人放进去的？那些周边被打开后，除了他，就只被一个人碰过。

戒逸的心"咯噔"了一下。

就在此时，莫昱飞走了出来，他的刘海依旧被发卡夹在头顶上，脸上还是湿漉漉的，眼睛眯成一条缝儿。他径直走到化妆镜前，从桌上抽了几张纸巾往脸上擦。

"那个……"戒逸鼓起勇气问道，"所以，那张票其实是……"

莫昱飞闭着眼，皱着眉，想用手扫清粘在脸上的碎纸屑："是陈柯尧送你的？"

这个名字被他轻描淡写地念出来，却把戒逸震得瞬间说不出话。

"怎么了？"莫昱飞睁开眼，接着一脸好笑地问，"你怎么还紧张了呀？我有这么吓人吗？"

"我……"

"你这样弄得我都紧张了。"莫昱飞嘴上这么说，但看起来还是一派自得，"你饿不饿？"

莫昱飞麻利地换了一件低调朴素的外套，走到他面前冲他笑了笑："请你吃饭，走吧。"

饭点已经过了，一经提醒，戒逸确实觉得肚子空空的。他跟着莫昱飞一路走到后门，再次见到了熟悉的冷漠姐。

莫昱飞让他十分钟以后再去附近一个拐角会合，接着就戴上帽子、墨镜，和冷漠姐一起跑了出去。

当明星真是不容易。戒逸算好时间，步行到约定的拐角后，等了好一会儿，才有车缓缓停在他的跟前。可他上了车，却只看到司机和冷漠姐两个人。

戒逸十分忐忑地坐在车后座上，犹豫要不要问。可他还没开口，副驾驶座上的冷漠姐回身看向他："请把手机给我。"

戒逸不明所以，但被她的视线看得他心里有点发怵，下意识照做了。

冷漠姐接过手机，十分麻利地按了强制关机，接着便放进了自己随身的背包里。

"你在干吗？"戒逸惊了。原本他以为她是要借用，可这架势，倒像是教导主任在没收违规学生的私人用品。

"会还你的。"冷漠姐十分淡定，"今天的事，以后别在任何人面前提起，知道吗？"

戒逸眨巴了两下眼睛，满心茫然，但还是点了点头。

路有点堵，车停在路上一动不动。没有手机消磨时间，同车的两个人又十分沉默，戒逸无聊透顶。

无奈之下，他只能转头看向窗外，欣赏风景，但其实往外看去也只能看到车流罢了。最糟心的是，他们这边的车堵得完全动弹不得，马路另一边却十分通畅，看得人心中愈发焦急。

车里的空气有点儿闷，他打开车窗，看着对面时不时飞驰而去的汽车，突然轻声"咦"了一下。

接着，他快速回头，甚至想把头探出窗外。方才开过去的出租车在与他们擦身而过时，车里的灯亮了，后座上那个从戒逸眼前一闪而过的人，好眼熟。

等戒逸真的探头去看，那辆出租车在昏暗的夜色中只剩下一个模糊的影子，车里的情形更是全然看不清了。

"把窗关上，"冷漠姐发话，"别被人看见。"像在搞地下工作似的。

戒逸心有不满，但还是老老实实照做了。他靠在后座椅背上，叹了一口气。是看错了吧。那一瞬间被他误认的那个人，此刻应该在千里之外的家里，可能刚吃完外卖，正坐在电脑前悠闲地看电影。

陈柯尧没理由突然过来，更何况现在是 C 市旅游旺季，不提前订票的话，很难买到飞机票。

朝夕相处了那么久的人忽然从身旁消失，自己恐怕是太不习惯了，才会看谁都像他。

车在一条短短的直道上堵了大半个小时，拐弯后却一路顺畅，很快到达了目的地。

那餐厅看起来很高级，似乎是会员制的。冷漠姐和服务生简单交流了两句后，便十分干脆地离开了，留下依旧惦记着自己手机的戒逸暗自纠结。但来都来了，他还是一路跟着服务生到了包间里。

戒逸推开门时，坐在里面的莫昱飞正一副无聊的模样，撑着下巴发呆。一见到戒逸，他立刻站了起来，看起来很是欣喜。

"来啦，"他笑意盈盈，非常顺手地接过戒逸的外套，挂在一旁的架子上，"你们走的那条路是不是特别堵？我等得都快饿坏了，就先随便点了几个菜。你再看看有什么想吃的。"

戒逸精神高度紧张："我、我都行！"

"那我也不和你客气了。"莫昱飞替他拉开了椅子，"坐。"

戒逸小心翼翼地入座，背紧贴着椅子，双手十分端正地摆在大腿上。

莫昱飞见状，笑出了声："算了算了，我也不说要你放松了，越说你越紧张。"

他无奈地摇了摇头："不如聊点别的。"

可戒逸一想到那所谓的"别的"，顿时更紧张了。他在来的路上就想过，既然那张票真是陈柯尧塞进去的，那肯定是从莫昱飞这里拿到的——所以莫昱飞今天特意点那个座位号，想点的人不是他，而是陈柯尧。如今特地喊他一起吃饭，十有八九还是同样的原因。

怎么办？这可能是一场鸿门宴。

"他是不是整天说我坏话，才让你怕成这个样子？"莫昱飞说，"你别听他胡说。我这个人最大的优点就是随和，好相处。"

戒逸犹豫了一下，摇头："他没说你什么坏话。"虽然负面情感强烈，用词也不是很好听，但陈柯尧都不承认认识他，自然没有任何详细描述。

莫昱飞闻言垂下视线，迟疑了几秒，再次看向戒逸："你们认识多久了？"

戒逸犹豫了一会儿："就认识几个月……我租他的房子，他是我的房东。"

"没了？"莫昱飞问。

戒逸点了点头，与此同时，他又有几分犹豫。莫昱飞来意古怪，自己是不是虚张声势比较好？

"不可能。"莫昱飞说，"没这么简单吧？"

就在戒逸慌乱时，有人轻轻敲响了包厢的房门。下一秒，服务生进来上菜了。

莫昱飞是真的没什么架子，服务生一走，他就立刻拿起了筷子："饿死我了。"

他一边夹菜一边说："我也不和你客气了，赶紧的，多吃点。"

戎逸看着莫昱飞爽快开吃的模样，觉得偶像的性格真的很好，好得有点儿难以置信。

多神奇，他正在和他的偶像一起吃饭。

莫昱飞就和传闻中一模一样，没半点包袱，无比随和。而且，他卸了妆，皮肤依旧完美无瑕，食物塞满一嘴的模样也特别可爱。

如此梦幻的时刻，戎逸却只觉得慌张。

"求求你，别看我了，吃吧。"莫昱飞有点儿痛苦，"被你这么盯着，我真的紧张了。"

"对……对不起。"戎逸赶紧低下头，也拿起筷子，胡乱夹了些东西往嘴里塞。

莫昱飞看着他，轻声笑了起来："你租陈柯尧的房子，所以你们住在一起吗？"

戎逸迟疑了一下，咬着筷子老老实实地点了点头。

"那你们的关系肯定不一般。"莫昱飞说。

戎逸："我们……"

"他对你吐过吗？"

戎逸瞬间噎住了，接着被呛出一阵咳嗽，完全止不住。

莫昱飞赶紧给他倒了一杯水："他还是有病吗？"

戎逸喝了水，好不容易才顺了气："你在说什么？"

"他不是一直那样吗？"莫昱飞说，"忍受不了太亲近的关系，不能和人有肢体接触，会应激，想吐。"

戎逸愣在原地。

莫昱飞一愣，打量了他一番，表情十分玩味："他对着你吐过？"

戎逸心里突然不舒服了。他崇拜莫昱飞，但他不喜欢莫昱飞言谈中那种对陈柯尧特别了解的感觉。

"我说对了？"莫昱飞说完放下筷子，用手撑着下巴，看向戎逸，"那你们的关系一定很不错。"

戎逸心头一片混乱，他纠结再三，终于鼓起勇气主动问道："你和陈柯尧很熟悉吗？"

"他真的什么都没和你提过吗？"莫昱飞想了想，"你现在好奇这些，是因为关心他，还是因为关心我？"

这个问题始料未及，戎逸一时间不知如何作答。

莫昱飞依旧笑着看他："如果答案是后者，那我就告诉你。"

戎逸对莫昱飞的视线完全招架不住。之前在舞台上他就发现了，莫昱飞同人说话时，总爱直视对方的双眼，不闪不避，别人被看久了难免心慌。

戎逸不吭声，但莫昱飞并不在意。他一只手撑着下巴，另一只手放在桌上，用食指轻敲了几下桌面，认真思考了一会儿才说道："一定要说的话，是他单方面跟我恩断义绝吧。"

"啥？"戎逸觉得自己没听懂，"他？什么绝？"

"我好惨。"莫昱飞的表情看起来挺认真的，"我被单方面宣布绝交，被拉黑了所有联系方式，但这几年我坚持不懈，每次活动都给他寄入场券，却从来没被搭理过……好不容易今天听说留的座位有人来签到了，结果……"

戎逸目瞪口呆。

"结果来的是和他合租的室友，"莫昱飞摇头叹气，"太打击人了。"

"我，那个……"

莫昱飞还是一副不紧不慢的模样："我是不是特别悲惨？"

戎逸艰难地咽了一口唾沫："所以，你们以前真的认识？"

莫昱飞耸了耸肩，算是默认了。

虽然这完全符合戎逸之前的猜测，但偶像当面承认的冲击感依旧强烈。戎逸恍惚了好一会儿，突然觉得不太对劲。

按照莫昱飞的说法，是陈柯尧单方面不联系他。可陈柯尧如此苦大仇深、耿耿于怀，怎么看都像是受了委屈的那一个。

"你一声不吭，在想些什么呢？"莫昱飞饶有兴致地看着他，"表情那么丰富。"

"所以你一直寄入场券给他，是因为想和好……"戎逸小心翼翼地问道。

"是的。"莫昱飞不等他说完便承认了。

他的语气和神情实在过于坦荡，戎逸没反应过来，愣了好一会儿，他才问道："你这样直接告诉我，没关系吗？"

"你录音了？"莫昱飞问。

"没。"

"那就无所谓啊。"莫昱飞冲戎逸笑了笑，接着重新拿起了筷子，"光顾着说话，菜都要凉了。你才吃这么点，小心半夜肚子饿。"

戎逸哪里有心情吃饭，他问道："那你今天找我过来，是想干什么？"

"是想请你吃饭呀。"莫昱飞说着顿了一下，"一直有人说我做事特别唐突。是不是我吓到你了？"

戎逸今天饱受惊吓——他一直迷恋的偶像和陈柯尧是旧识，而且似乎还有过纠葛，那今天的这一场鸿门宴，无疑是要给他一个下马威。

他现在应该怎么办？是不是该虚张声势，假装自己和陈柯尧关系很好……

戎逸在桌子底下猛搓手，心道：可是这个人是莫昱飞，自己会不会太不自量力了？

他兀自纠结，就听见莫昱飞说道："不过……虽然他没来，我有点儿失落，但发现那个人是你，我还是很惊喜的。"

戎逸僵硬地看着他，试图分析这句话的言下之意。

"你看，我昨天说了'明天见'，今天就真的见到了，"莫昱飞又像方才那样直视着他的眼睛，对他笑道，"这算不算是缘分？"

戎逸默默咽了一口唾沫，心道：这肯定是故意示威。他不可以输，坚强一点，看回去。

他在心里默默打气，终于勇敢地和莫昱飞进行了一次长时间的对视。

然后莫昱飞的笑意变得更明显了，他的眉梢尽是温柔，目光深邃，微扬的唇角逸态横生。

以往戎逸只隔着屏幕见过他这模样，为之折服不已。应该没有人抵挡得了这样的视线吧？那么……陈柯尧呢？

陈柯尧对莫昱飞那么在意，无疑是还耿耿于怀不曾放下？他不来参加见面会，是不是因为怕见了面过去的决绝便会前功尽弃？

戎逸真想立刻回家，把收到的那些周边一把火烧干净，杜绝莫昱飞的脸出现在陈柯尧视线里的所有可能性。

戎逸心中一片波涛翻涌，但凝视着他的人还是老神在在。

"你嘴角是不是有什么东西？"莫昱飞说。

戎逸正忙着想东想西，反应有些迟钝，呆滞了片刻，他刚要抬手去擦，却见莫昱飞隔着桌伸出了手。

戎逸猜想可能是因为过于紧张，才错以为莫昱飞的手指停留在自己脸上的时间长得过分。

"啊，是酱汁。"莫昱飞说。

戎逸快要崩坏的大脑完全无法分析出对方方才那番举动的合理性。

莫昱飞看了他一眼，说道："不早了，我们回去吧？"

回程是莫昱飞开的车。车上只有他们两个人，这让依旧惦记着自己手机的戎逸完全放心不下。

上车时，他原本想去后座，但莫昱飞主动替他拉开副驾驶座的门，于是他只能硬着头皮坐了进去。

一路上，莫昱飞都在主动找话题，有一搭没一搭地同他闲聊。戎逸却心不在焉，他想追根究底，问一问莫昱飞，过去和陈柯尧之间究竟发生过什么，却怕自己并没有这样的立场与资格。

他崇拜莫昱飞挺久了，至少比认识陈柯尧久得多。但若要在这两者之间做选择，他不需要任何犹豫便能得出那唯一的一个答案。

莫昱飞的葫芦里究竟卖的是什么药呢？

他会不会只是想要利用自己，以实现对陈柯尧那份诡异的执念的报复？

莫昱飞把车开进酒店的停车场后，并没有急着打开车门。他从车里的储物箱中拿出一顶帽子，扣在戎逸的头上。

戎逸摸着脑袋，心想：这帽子莫昱飞不久前才刚戴过。

就算如今关系有些微妙，长久以来他作为粉丝的崇拜心态依旧难以立刻消失，偶像用过的东西在他心里也有着特殊价值，戎逸怪紧张的。

"你先下去吧，在电梯门口等我。"莫昱飞说，"我过会儿就到。"

"那这个……"

"送你。"莫昱飞说。

仔细想想，下车后两人就可以道别了，并没有出了电梯后特地会合的必要。但既然答应了，戎逸还是老老实实等在了电梯门口。

戎逸在那一小块地方来回转悠，几次摘下帽子，拿在手里看几眼，又戴回去，接着对着镜面的电梯门反复照镜子。

照到一半，电梯门突然打开了，戎逸赶紧脱帽立正。

从里面走出来的果然是莫昱飞。他一见着戎逸，便露出了笑容。

"对不起，久等了。"他说着从里面走了出来，"走吧。"

戎逸跟着走了两步，才意识到不对劲："你……那个……"

莫昱飞平静地告诉他："没事的，这段走廊没有监控，我不会那么不小心的。"

说话间，戎逸已经被莫昱飞带着走向了自己房间斜对面的房门口。戎逸回头看着自己的房门，想要说话，可身边响起了刷卡顺利的电子提示音。

房门打开后，戎逸立刻被莫昱飞一把拉了进去。他猛然回过神来，发现事情好像和自己想的完全不一样："你想干吗？"

莫昱飞微微皱了一下眉头，但唇角依旧是上扬着的："你猜？"

戎逸后知后觉，意识到他和莫昱飞之间，似乎有一个人拿错了剧本。

戎逸起了一背的鸡皮疙瘩。他看着近在咫尺的英俊面容，在心中对自己说，这个人是我崇拜了许久的偶像，不久以前，我还为能和他在走廊偶遇而兴奋不已。

那时的他感慨自己是全世界最兴奋的人。那么，此刻呢？

"怎么了？"莫昱飞微微挑起了一边的眉毛，"你来参加我的见面会，还故意住在我隔壁，应该不讨厌我吧？"

戎逸摇头："我不、不是故意的。"

"真的？"莫昱飞笑着靠近他。

与他平日给人的印象截然不同，此刻的莫昱飞显得如此张扬、强势。戎逸的手指在无意识间微微颤抖，他低着头，对莫昱飞说道："不早了，我……我得回去了。"

"再多待一会儿，没关系的吧？"莫昱飞说。

戎逸咬住了嘴唇，双手递还对方送的帽子："我得回去了。"

莫昱飞不解："为什么？"

"我答应陈柯尧了。"戎逸认真地小声答道。

莫昱飞若有所思，片刻后点了点头："果然是因为他啊……"

戎逸一愣，难道自己中计了？他在设计自己，就是为了逼自己亲口承认？莫昱飞原来这么奸诈？

意识到这一点，戎逸总算松了口气。然后他又想，干脆胡说八道一通，让对方知难而退。

"那岂不是正好？"莫昱飞又一次露出笑容，"你觉得他很不错对吧？我也是，我们很有共同语言，适合深入交流。"

戎逸完全跟不上他的思路，呆住了。

就在此刻，被安装在木质大门内侧的门铃发出了一声"叮咚"的脆响。

那声音清亮又通透，像是敲在戎逸的心尖上。

在莫昱飞停顿动作的瞬间，戎逸睁大了眼睛，接着抬起腿，用脚后跟连踢了数下门板，试图引起门外人的注意。

整扇门在抖，慌张的戎逸还嫌不够，大喊了一声："救命！"

他这一嗓子特别大声，他又离莫昱飞极近，瞬间就把人吓蒙了。

"咦？"莫昱飞茫然地看着他，"什么救命？"

戎逸还没来得及回答，背后的房门被人从外面狠狠踹了一脚，那力气比方才戎逸那几脚更大，戎逸紧靠着门的身体都被震得有点儿难受。紧接着，他就听到门外传来一个饱含愤怒又十分熟悉的声音。

"莫昱飞你个——"

那之后的词汇不太好听，粗俗至极，戎逸却在听到的瞬间喜出望外。

莫昱飞在短暂的惊讶过后也面露惊喜，立刻伸手打开了房门。

戎逸背对着外面，所以并没有第一时间看到门外的情形。他的身体随着大门的打开，无法自控地沿着门板向下滑落。

站在他跟前的莫昱飞想要扶他，但才伸出手，又立刻止住了动作。

莫昱飞微微挑起了一边的眉毛，有些无奈地看向戎逸的身后。

戎逸在一阵轻微的晕眩感中向后跌落，又被一双温暖的手稳稳扶住。

"你没事吧？"耳边响起的是那个戎逸熟悉的声音，语气却与方才截然不同。

戎逸稳住身形后，转过身，脱力地靠了过去。他没看清对方的模样，但他确信自己一定没有认错。多么神奇，才刚提起，这个人便从天而降。

"没事了，别怕。"陈柯尧前半句话是在戎逸耳边说的，语气温柔得就像是在哄他课堂上的那些小朋友，但后半截就立刻变得冷硬了，"他再敢惹你，我让他永远接不了戏。"

突然响起的暴力宣言提醒了戎逸，现场还有第三个人存在。

"这么久没见，一上来就喊打喊杀的，太绝情了吧？"身后传来了莫昱飞明显带着不满的声音。

戒逸抬起头，发现陈柯尧并没有看自己。他眉眼间写满了纠结，视线落在戒逸方才挨着的那扇门附近。

他在看莫昱飞，这个认知让戒逸有些不高兴。

"我一直想找你叙个旧，"莫昱飞的声音又响起了，"有些话，当初没找到机会说，我真的……"

陈柯尧当即打断他："我们没什么好说的。"

远处隐约传来电梯到达的声音。方才那一番动静引来了酒店的工作人员。

戒逸听见背后响起莫昱飞的声音："不好意思，我的门好像被踢出了一个坑。要赔偿吗？"

陈柯尧低下头，十分不自然地咳嗽了一声，接着一言不发地转过身子，从口袋里掏出一张房卡，刷开了戒逸所住房间的门。

戒逸糊里糊涂地被拉了进去，他还没想明白为什么陈柯尧能打开自己房间的门，整个空间失去了所有的光亮。

陈柯尧把门关上了，屋里没开灯。

戒逸愣愣地抬头，试图在昏暗的光线中分辨陈柯尧的轮廓。

"抱歉，"陈柯尧似乎是终于忍到了极限，一边说一边往后退，"我……那个……"

他还没说完，就转身快步走进了旁边的卫生间，接着关上了门。

很快，里面传来了哗哗水声。

戒逸站在原地发了一会儿愣，往后退了几步，跌坐在沙发上。

他在沙发上蜷缩起来，用颤抖着的双手拍了拍自己的脸颊。他的大脑经历了一连串的过度刺激，紧绷许久，此刻放松下来，变得混乱、疲惫、困倦。

整个世界逐渐变得模糊又遥远，他睁不开眼。

戒逸醒来的时候，天已经亮了。

他茫然地发了好一会儿愣，昨晚的记忆在他脑中逐渐复苏，入睡前的每一个细节都清清楚楚。

他又把陈柯尧弄吐了。

更尴尬的是，他记得自己明明睡在了沙发上，此刻却好好躺在床上。不仅如此，他还脱了外套，盖了被子。

环顾四周后，他很快在床边找到了叠好的衣物。

不难想象，昨天在他躺在沙发上陷入秒睡后，陈柯尧为他做了些什么。

戎逸心情复杂地坐在床上发了会儿呆，房门外响起门铃声。

有人从隔壁房间快步跑了出来，紧接着就响起了开门的声响。正想下床，隔着一道门的客厅里有了动静。

那之后，门外响起了陈柯尧的声音："你来做什么？"

似乎是有人说了些什么，但隔着门，又离得远，戎逸听不分明。

戎逸很快就意识到是怎么一回事。他在短暂的犹豫过后，拽起被子披在身上，悄悄挪到了房门口，把耳朵贴在了门上。

外面的声音立刻变得清晰了起来。

"昨天已经说过了，我没什么想和你说的。"陈柯尧的语气听起来十分不友善，"门坏了，那是你自己活该。要我赔偿，你先去告我吧。"

而与陈柯尧对话的人却完全答非所问："哇！我昨天还以为自己看错了呢。你的脸怎么回事？"

果然是莫昱飞。趴在门上偷听的戎逸瞬间皱起了眉头。

陈柯尧没回话，可能是正在无语。

"不过还挺帅的。"莫昱飞继续说道，"哎，你转过去我看看。"

"你有病呀？"陈柯尧的话语中带着明显的不耐烦，"关你什么事？没别的事我关门了。"

"别别别！"莫昱飞似乎是想强行往房间里挤，"我有事，你先让我进去。"

他这一声喊得特别大声，好像把陈柯尧吓了一跳。

"你轻点，戎逸还在睡觉。"陈柯尧的声音压得比平日里更低，"你别把他吵醒了。"

"哦……"莫昱飞停顿了一下，"那你要去我房间里说吗？"

戎逸顿时紧张了。

好在门外安静片刻后，陈柯尧做出了让步："你有话快说。"

听声音，他应该是把莫昱飞放了进来，还关上了入户门。

戎逸隐隐感到不爽。

"昨天那个人，叫戎逸是吧？"莫昱飞问道，"他说是你的房客？"

"是。"陈柯尧十分干脆利落地回复了。

戒逸眨了眨眼："你那个毛病，难道已经好了？"

"还有别的事吗？"陈柯尧再次下逐客令，"没事儿快滚。"

"等一下等一下，"莫昱飞问，"真的好了？"

"你昨天不是已经看见了吗？"陈柯尧的语气里竟有几分得意，"还需要多问？"

莫昱飞所说的毛病，是指呕吐吗？裹着被子的戒逸想起昨晚这个人一进门就立刻冲进厕所吐得天昏地暗，心中不禁一片悲愤。

"那我们真的没办法和好了吗？"莫昱飞问。

他说这句话的时候，语气听起来竟十分忧伤。

"你能不能别再恶心我了？"陈柯尧说，"我不懂你这样做有什么乐趣。"

"不是乐趣，"莫昱飞说，"我想跟你和好，像过去那样相处，这不是很理所当然的事情吗？"

陈柯尧不说话了。

"其实我也不介意戒逸……"莫昱飞又说。

陈柯尧毫不留情地打断了他："你给我滚。"

第九章

小馄饨

Mr. Rong

那之后，门外的两人安静了好一会儿。正当戎逸快要沉不住气时，莫昱飞开口了。只是这一次，他的语气与之前的截然不同。

　　"哥，"这一声他喊得极为绵软，听起来十分委屈，"你怎么就对我一个人那么凶呢？"

　　"我不是你哥。"陈柯尧依旧态度不佳，"别乱攀亲戚，出去。"

　　"我要告诉叔叔，说你欺负我，"莫昱飞说，"昨天还骂我。"

　　"你没完了，是不是？"

　　"我真的不能理解，"莫昱飞说，"明明是我迁就你，一直在退让，为什么你觉得是我对不起你？"

　　"要是再敢提一遍你那套歪理邪说，我揍到你上明天的头条。"

　　外面的两人又沉默了，但方才那几句话的信息量，让戎逸的脑子转不过弯了。这两个人的关系似乎比他想象中复杂许多。

　　半晌后，莫昱飞又唤了一声："哥……"

　　"没别的事就走吧。"陈柯尧说。

　　"我还有最后一个问题，"莫昱飞说，"为什么要把我给你的票给戎逸？"

　　"我送他什么了？"陈柯尧说，"我把垃圾丢进垃圾堆里，被一个捡破烂的拿走了。"

　　门后"捡破烂"的戎逸皱着眉头，裹紧了他的小被子。

　　"行吧。"莫昱飞说，"那下次我再寄票给你，你要是自己不来，记

221

得也……"

陈柯尧打断莫昱飞："他说他不想看到你了。"

"不至于吧，"莫昱飞说话时居然在笑，"我们相处得挺好啊。"

他话音刚落，外面就传来了脚步声和开门声。大概是陈柯尧已经懒得反驳，于是干脆用行动赶客。

莫昱飞深深叹了口气，接着说道："这个给你。"

陈柯尧语气十分不善："难怪我昨天打他电话一直关机，你……"

"你要是改变想法了，这里面的通话记录有我现在的手机号，"莫昱飞说，"随时欢迎你和我联系。"

他才刚说完，大门就被砸得发出"砰"的一声巨响。

戎逸被吓了一跳，下意识往后退了半步，却不小心被被子绊倒，摔在了地上。

这一下摔得并不疼，但动静不小，立刻引起了陈柯尧的注意。

"戎逸？"他轻轻敲了敲房门，"我是不是吵到你了？"

戎逸手忙脚乱地扯被子，冲着门外喊道："那个……你能不能帮我把客厅里的行李箱拿过来？"

陈柯尧把箱子提进来的时候，戎逸已经躺到了床上，连脸都蒙起来了。

"你还好吧？"陈柯尧见状有些担心，"身体不舒服？"

戎逸在被子里摇头："我没事，你……你先出去。"

他的身体没有任何问题，只是他一想起昨晚的事，就不想让陈柯尧看见自己。

陈柯尧犹豫过后，终于转身向外走去。听见他走开的声音，戎逸立刻拉下一小截被子，露出两只眼睛偷看。

陈柯尧突然回头看了一眼，于是，两人的视线碰了个正着。

两人同时僵硬了几秒，不过陈柯尧什么都没说，立刻转身走了出去。

等戎逸磨磨蹭蹭地在箱子里找到干净的衣物换上，鼓起勇气离开房间后，发现陈柯尧又把自己关在卫生间里了，而客厅中央的茶几上，放着昨天被莫昱飞助理收走的手机。

戎逸拿起手机，犹豫了一会儿后，鼓起勇气跑到卫生间门口，轻轻地敲了敲门。

门立刻被打开了，门里的陈柯尧脸上湿漉漉的。

"你要用洗手间吗？"他说着低下头往外走，"那……"

"不是。"戎逸的视线牢牢定在他的脸上。

其实没事，只是忽然意识到从昨晚到现在，他们俩连话都没好好说过几句。毕竟好些天没见过面了……

"那个，你饿了吧？"陈柯尧一副很紧张的样子，他走到客厅角落的桌边，"我帮你带了一点吃的，你看看合不合胃口。"

戎逸站在原地，看着他的背影，突然开口："哥？"

陈柯尧瞬间转身："啥？"

"莫昱飞为什么这么叫你？"戎逸问。

陈柯尧愣了几秒，接着便是一副脱力的模样。他拿着饭盒走到沙发边，一屁股坐了下去："你都听见了？"

"你之前还骗我，说你们没关系。"

陈柯尧一副很苦恼的模样，他伸手抓了抓头发："因为我真的希望自己和他没有任何关系。"

戎逸走到他身边，也坐了下来："为什么？"

"因为……"话说到一半，陈柯尧突然止住，接着露出十分不爽的表情，"说了你又要不高兴，嫌我骂你偶像。"

戎逸有些好笑地看着他："我不生气。"

就算陈柯尧不说，戎逸也意识到莫昱飞这个人有问题了。他昨天一整天被莫昱飞牵着鼻子走，是因为长久以来累积的深厚滤镜，如今他细想，莫昱飞的一举一动甚至有点儿可怕。

冷漠姐问他收手机的操作，未免过于熟练了。

"我'脱粉'了，"戎逸说，"你随便说。"

陈柯尧将信将疑地看着他。

"是不是他背叛过你，所以你才无法原谅他？"戎逸问。

"是我的问题，"陈柯尧突然叹了一口气，"我受不了他身上的味道，闻到了就会觉得很烦躁。他这种性格的人，本来就不可能忍受我。"

"你不是受不了他的味道吧？"戎逸忍不住嘟囔，"你面对我也会吐。"

陈柯尧的表情顿时僵硬了。

"我知道，你不是故意的，只是没有办法，"戒逸叹了口气，"会有这种反应不是出于反感或者厌恶，对吗？"

陈柯尧抬头看向他，点了点头但没说话。

"所以，你对所有人都会这样？"戒逸问，"靠近就会难受？"

"也不一定，"陈柯尧摇头，"我……我也说不上来……"

戒逸想了想："你有没有试着多接触一点不同的人呢？也许……"

"我们不就是这么认识的吗？"陈柯尧一脸好笑，"而且……现在想想，这种行为没什么意思，这又不是选择题，能接受谁就是谁。"

戒逸默默地看着他。

"明明不能接受，但想着'面对这个人不会有应激反应'就强迫自己……很奇怪吧？"陈柯尧说。

戒逸想了想，说："好像也是。"

"同样的，也不可能因为有应激反应，就远离本来想要……"陈柯尧笑着说到一半，忽然没声了。

"想要什么？"戒逸问。

陈柯尧没有立即回答。

"什么？"戒逸靠过去，"想要什么？"

陈柯尧微微向后仰了仰，张了张嘴却什么也没说出来。

"我对你而言好像……好像很特别。"戒逸说。这是在他心中盘桓了许久的问题。

"你再不说话，我……"他皱了一下眉头，"我就靠近你……让你再吐一地。"说完他自己也觉得这威胁莫名其妙，立刻就后悔了。

陈柯尧听见以后，原本张了的嘴却反而闭上了。

两个人面面相觑了好一会儿，戒逸有点急："你什么意思啊？！"

陈柯尧迟疑了片刻，对着他比画了几个奇怪的手势。

戒逸不知所谓，恼羞成怒了："你这人是不是有毛病啊！"

他说完以后，比画了半天的陈柯尧终于放下了手。

"不是。"他看着戒逸。

他突然跳下沙发，冲到一旁的柜子前，从里面拿出一瓶矿泉水，拧开盖子，一仰头就灌了大半瓶。

还坐在沙发上的戒逸张着嘴，目瞪口呆。

陈柯尧会生理不适，倒也不算出乎他的预料，但那个柜子上的水好贵的。他住进来的第一天就注意到那矿泉水了，他拿出来看了价格标签，立刻毕恭毕敬地放了回去。可真是代价高昂啊。

陈柯尧对戒逸这番心理活动毫无所觉，他放下水后，站在原地深呼吸了两口，重新坐回戒逸身边时，他的脸色看起来依旧不太好。

"你这人到底怎么回事……"戒逸皱着眉看他。

"我……"陈柯尧把水瓶捏得咔咔响，"我确实有病，我……"

戒逸说："我可以不介意。"

陈柯尧一惊，戒逸自己也一惊。

其实他原本想的是先问清陈柯尧到底为什么会有这样的怪毛病，可现在，他横冲直撞到连自己都觉得不可思议。

陈柯尧在戒逸的目光下，一仰头喝掉了剩下的那半瓶矿泉水。等那个空瓶被放在两人面前的茶几上时，中间一截已经被捏扁了。

"我知道我现在这个样子会让你觉得很难接受，"陈柯尧微微蹙着眉头，看着形状奇怪的瓶子，"所以你上次拒绝原谅我，也很正常。但戒逸，我……"

他说着抬头看了戒逸一眼，接着惊慌失措地往后退："等等——"

戒逸完全想不起陈柯尧所谓的上次拒绝原谅他是什么时候，但那都不是重点了，重点是陈柯尧此刻特又以不可思议的速度头也不回地冲进了卫生间，连门都没来得及关。

戒逸独自坐在沙发上，看着卫生间的方向发愣。

伴随着哗哗水声，戒逸默默拉过一个沙发靠垫，笑出了声。

虽然呕吐不知道是什么引起的，但他现在可以确定，这个在卫生间里吐得天昏地暗的人肯定不是因为讨厌他才吐的。

戒逸坐在沙发上傻乐了半天，联想起方才陈柯尧那可怜却又有些好笑的模样，忍不住捶起了怀里的靠垫。就这么过了会儿，卫生间里的水声终于停下了，他赶紧调整呼吸，控制表情，站起身来。然后他发现站在卫生间门口，眼眶有些发红的陈柯尧表情十分惊恐。

"戒逸，你听我说，"陈柯尧一脸严肃地走到沙发边，"我知道我这样的行为很让人反感，但这是有原因的。"

戎逸乖巧点头，问："哦，什么原因呢？"

陈柯尧迟疑了一下，刚要开口，戎逸又坐回了沙发上。

戎逸伸手拍了拍自己身边的位置："你过来呀，你离我那么远干什么？"

陈柯尧皱着眉，神情紧张地看着他，没动。

"你又怎么了？"戎逸疑惑，"你不要告诉我，你又要吐吧？"

陈柯尧小心翼翼地往他的方向挪了一步，拿起方才戎逸抱过的那个靠垫，塞回他的怀里。

"不是……你要是生气，就继续打这个吧。"陈柯尧说，"我身上很硬的，你这种没受过训练的人一拳打过来，你自己的手比我疼多了，不划算的。"

戎逸低头看向靠垫，不明所以。接着，他迅速意识到，可能是怎么一回事——陈柯尧一走出来，就看到他疯狂殴打怀里的靠垫，于是产生了误解。

戎逸不禁有些尴尬，但又很想笑。

"我在治疗了，真的。"陈柯尧没敢往他身边坐，站在原地解释，"虽然现在效果不明显，但其实我已经比以前好多了。"

"咦？"戎逸惊讶，"你已经看过医生了吗？什么时候的事？"看来，他之前从热心网友那里拿到的资料用不上了。

"你住进来大概半个月的时候，我就开始治疗了，有一阵了。"见戎逸不像是生气的样子，陈柯尧终于挪着步子走了过来，坐到他的身边，"如果没有发生这些事，我原本是想等自己的情况更好一些，再跟你提的。"

"嗯嗯。"戎逸点头，"去看病是因为我，对吧？"

陈柯尧看着他略显得意的模样，笑起来，也跟着点了点头。

"对。"他说，"你可能不信……医生说，我会有那些反应，并不是因为讨厌那个人，而是下意识地应激反应……。"

戎逸脑中浮现出了当初看过的那个帖子。他仔细回忆了一下，接着试探性地问道："因为童年阴影？"

陈柯尧点了点头说："你是不是已经猜到了？"

戎逸一下子并没有明白陈柯尧所指为何，但他隐约猜到了另一件事：那个发帖人和陈柯尧一样，都有应激反应，也都有一个合租室友，还闹了矛盾。这已经巧合得过分了，如今他们连呕吐的理由都离奇相似。当初他觉得那个

226

网友不一定是陈柯尧，无非是因为一来性别不符，二来有微妙的时间差。但如果岚山幽梦就是陈柯尧，他能当美女作家，那么在论坛上把性别设置为女性也一点都不奇怪。而发帖时间是在两人同住一周后，结合陈柯尧方才所说的看病时间，好像也解释得通。

所以，他住过来以后，陈柯尧才先去论坛上发泄了一通。接着就去看了医生。这多么合理。

戎逸决定旁敲侧击，问个究竟："你在网上到底叫什么名字？"

陈柯尧迟疑了一下道："你的陈老师。"

戎逸皱眉。

"好吧好吧，"陈柯尧叹气，"岚山幽梦是我的笔名。但这名字不是我起的——我当初懒得注册，直接用了岚姐的账号。本来只是随便写着玩的，没想到突然红了，再想改名字就不方便了，所以才一直用到现在。"

虽然戎逸早就认定了陈柯尧就是岚山幽梦，但如今听他亲口承认，还是感到有些不可思议。

身边的人原来就是他早已熟知甚至慕名已久的大作家，这和突然见到明星偶像的感觉完全不一样。这个原本有些冒傻气的家伙，如今在他的眼里正散发着智慧的光芒。

但戎逸想打听的根本不是这个。他深呼吸，接着继续问道："那你平时上网肯定是不会用这个笔名的，对吧？除了'你的陈老师'，你还用过别的ID吗？"

陈柯尧迟疑了片刻，说："怎么想到问这个？"

"随便问问。"戎逸说。

戎逸当初对着那个名叫"一棵藤上七个瓜"的网友撒了一堆谎，万一对方真是陈柯尧，那就此曝光未免过于尴尬了。

他决定换条路线，等晚点儿给他那位热心网友发条私信，问是不是已经和室友和好了。

若再对上，那么该网友无疑就是面前这一位了。

"之前不告诉你，其实是因为尴尬，"陈柯尧全然不知道他这一通心理活动，一边说话，一边伸手抓头发，"刘源他们当初知道我这个笔名后，都放肆大笑，认识的几个写手朋友还唯恐天下不乱地给我瞎编了一个美女人设，弄得我后来都不好意思见人了……我怕告诉你，你会笑我。"

"不会的，"戎逸摇头，"我觉得你好厉害！"

陈柯尧一脸难以置信。

"真的呀，"戎逸说，"大学时，我翻来覆去地看过好多遍《寻龙》第一部。"

"哦。"陈柯尧默默地扭过了头。

他越是害羞，戎逸越是说得起劲："后来出了电影，我看了二十多次吧，简直……"话说到一半，他猛然意识到不对劲，接着立刻闭嘴了。

原本还十分欢快的氛围顿时变得尴尬了起来。

"你不会是因为《寻龙》，才和莫昱飞……"戎逸问。

陈柯尧深深地叹了一口气："老实说，你不觉得那个角色其实并不适合他吗？"

一定要说的话，莫昱飞与角色在气质上的区别确实很大，但因为他有颜值，戎逸当初还是极为满意的。眼下戎逸不太好意思承认这点，便清了清嗓子，问道："那你为什么还推荐他？"

"那时候我们关系好，所以就想着帮他一把。"陈柯尧说。

"然后你还特地写了一个适合他的角色。"戎逸说。

陈柯尧看着他，欲言又止。

"可是他为什么会叫你'哥'？"戎逸问，"是不是和你爸有关系？"

陈柯尧点头："你还记得我和你说过吧，我爸曾经有过一个单恋的对象。莫昱飞就是那个人的孩子。"

"他们在一起了？"戎逸惊讶。

"没有。"陈柯尧摇头，"那个人很年轻的时候就因为意外去世了，我爸辗转听说这件事后，一直放心不下莫昱飞，所以经常去看望他。他读的高中离我家很近，我爸总邀请他来我家吃饭，一来二去，他就和我熟悉了。这可能是压垮岚姐的最后一根稻草吧。"

戎逸低下头想了想："那你们认识好多年了，难怪他一副特别了解你的样子。"

"我那时候傻呗，关系好就什么都和他说。"

戎逸抬头："不像我，对你几乎一无所知。"

陈柯尧愣了一下，继续说道："但我现在学聪明了，你想知道什么，我都告诉你。"

陈柯尧能立刻说出这么顺耳的话，好像真的变聪明了。

"那后来，你们为什么成现在这样了？"

"是我的问题，"陈柯尧垂下视线，"我跟他待在一块儿的时候会控制不了自己，莫名变得烦躁……"

"也是应激反应？"

"现在想来……是的吧。但我那时候不明白，总和他争吵。"

戎逸犹豫了片刻，问道："后来因为他介意你的应激反应才……"

陈柯尧苦笑着摇头："他根本不介意我的那些反应……所以他还一直觉得自己付出了很多，他愿意包容我而我没事找事苛责他……他根本不明白我的痛苦……所以我后来主动和他断了联系……"

其实经过昨天的相处，戎逸就察觉到莫昱飞逻辑很古怪。在戎逸单纯作为他粉丝的时候，就一直知道这个人的思想很天马行空。粉丝们也为此神魂颠倒，觉得偶像时不时出现的"神逻辑"是一个巨大萌点。可实际接触后，戎逸才发现这多么令人无语。

骨子里的老实人陈柯尧确实不适合和这种人相处。那么，陈柯尧适合和什么样的人相处呢？

"你在高兴些什么呀？"陈柯尧皱着眉问道。

他正因为回忆往昔而心情沉重，可理应陪他同仇敌忾，顺便安慰他的戎逸却在低头偷笑，实在过分。

戎逸不好意思说。他如今对莫昱飞的印象太复杂了，追星是追不下去了，但也不想落井下石。

虽然这个人给陈柯尧带来了痛苦的回忆，但从某个角度而言，戎逸真的应该谢谢莫昱飞。若非莫昱飞一番脱离常识的行为，他和陈柯尧也无法冰释前嫌。

"那……你会这样抵触……和他是没关系的，对吧？"

"不是抵触呀，"陈柯尧赶紧否认，"我说了，我会吐不是因为你，你不可以误会。"

戎逸其实只是随口说了这么一句，陈柯尧却认真到让他有些哭笑不得。

于是他只能改口："那你这个毛病，到底是怎么回事？"

"其实挺简单的。我爸妈的事，你是知道的。"陈柯尧说，"小时候能接触到的那些绘本故事里，爸爸妈妈应该是相爱的，对孩子应该是无私的，一家人待在一块儿是和谐有爱的。"

戎逸默默听着。

"但我家却不是，"陈柯尧说，"那些象征着美好的，理应亲密、稳定的关系，对我来说却是一场煎熬。"

"都过去了。"戎逸说。

"我知道，"陈柯尧对他笑了笑，"我的理智知道，一切都过去了，现在的他们都过得很好，也知道了真正的家人应该是什么样的。可是……"

"可是你的内心还是不安？"戎逸问。

"可以这么说，"陈柯尧说，"我明明渴望美好温暖的感情，但因为童年时代的阴影，却又会本能地感到抵触。体现在身体上，就是出现各种应激反应。"

"原来如此……"

陈柯尧看了看他："除此以外……"

戎逸看着他，示意他继续往下说。

陈柯尧继续说道："我那时候在学校，在有些事情上……可能真的想得太少了，不太懂得避嫌。"

"不小心就把人给招惹了？"

"算是吧，"陈柯尧说，"当时有一个同学，和我聊得特别好。其实我单纯把对方当作要好的朋友，完全没多想，只不过是走得太近了。"

"多近？"

陈柯尧赶紧说："就好朋友之间的那种相处方式，经常一起玩之类的。"

"多经常？"

陈柯尧犹豫了一下："就是每天上学、放学一起走吧……"

"那个同学误会了？"

"嗯，"陈柯尧点头，"后来那个同学就误会了。"

这个故事后来的发展，与戎逸所猜测的没有太大出入——那个同学理所当然地表白了，而陈柯尧理所当然地拒绝了。

在听过陈柯尧拒绝的理由后，心有不甘的同学说"你没试过，怎么知道自己真的没办法和我在一起呢"。

陈柯尧道："所以那个同学想向我证明，我并不像自己说的那样……"

戎逸挑眉道："然后那个同学失败了？"

"不，"陈柯尧说，"成功了。"

"我当时真的很不知所措，我以为凭借自己的意志力，可以避免一些可怕的事情发生，可原来都是假的。我的身体确实会对着不喜欢的人起反应，哪怕我对那个人没有半点想法。那种感觉，就像是精神和肉体完全割裂了。"

"然后你们就……"

"没有，"陈柯尧摇头，"差一点儿吧。我当时太绝望了，满脑子都是小时候岚姐在我面前说的那些话。她那么多年的愤恨、痛苦，她被毁掉的人生，都要重现了。那明明是我在很小的时候就下定决心不要踏上的道路。但没有用，我几乎控制不了那种冲动。我接受不了自己，我觉得自己特别恶心。"

"不是的，"戎逸赶紧安慰道，"你说反了呀。正是因为你的心特别干净，所以才会有强烈的罪恶感。而且最后你还是控制住了，对吧？"他说完，发出了尴尬的笑声。

"我狂吐不止，"陈柯尧小声说道，"把那个同学给吓傻了。"

"其实那个同学之前就吓坏了，估计是没想到我的反应会那么大。"陈柯尧浅浅地叹了口气，"那时候大家年纪都小，那个同学应该也很快就后悔了吧。"

"从此以后，你和别人接触就会吐？"

陈柯尧抬起头，小心翼翼地看着戎逸："那个……我说了你别生气。"

戎逸皱眉："又怎么了？"

"医生说，其实照理说，这样的应激反应在脱离那种环境以后，不容易反复出现。我现在之所以这样，有可能是因为我一直在给自己心理暗示。"

"什么意思？"

"就是应激反应会让我觉得很有安全感。"陈柯尧说，"所以，我的潜意识一直反复暗示自己，让自己在不得已的情况下能有一个安全阀门。"

"我从来没有想过有一天这种毛病会给我带来这么大的困扰。"陈柯尧看着他。

戎逸说不出话。

"但现在已经好很多了，"陈柯尧继续说道，"你看，昨天晚上我就忍住了……"

戎逸叹了口气："那你摆脱心理暗示，有什么我帮得上忙的地方吗？"

陈柯尧听完，笑了："其实我的医生之前提过，如果咨询的时候我能把引起我这种反应的人一起带去，是最好的。"

戎逸立刻点头："好呀。下次去看医生是什么时候？"

陈柯尧还是笑，但全然没有回答的意思，只是一直看着他。

戎逸有些茫然："怎么了？"

"没有，"陈柯尧直视着他的眼睛，"我就是太高兴了。人生真是大起大落，前天晚上买不到机票的时候，我都快急得把自己头发拔光了，好不容易见有人退了一张，我就赶紧买下来了。落地时间是见面会之后，我火急火燎地下了飞机，发现你不但没回酒店，连手机也关了，我当时觉得天要塌了。"

戎逸一言不发，默默听陈柯尧说。

"你怎么不问我为什么有你房间的门卡？"陈柯尧突然问道。

"房间都是你订的，你要动手脚还不容易。"

提到房间，戎逸突然想到了莫昱飞："对了，你既然知道莫昱飞的性格，为什么还要把他给你的票送我？"

"你不是偷听到了吗？"陈柯尧语气不善，"你自己捡破烂。"

戎逸皱着眉头盯着他。

陈柯尧默默移开了视线："还能有什么原因，就是因为愚蠢。"

戎逸皱着眉："你是在说我，还是在说你自己？"

陈柯尧欲言又止，表情微妙，别扭了一会儿后，他小声说了一句："说到底，会把他当偶像，你也没聪明到哪里去吧。"

陈柯尧在戎逸犀利的眼神中态度逐渐软化，最终他撇了撇嘴，一摊手："说我自己。我不蠢的话，能干出这么傻的事吗？"

"难道是为了补偿我？"戎逸问。

陈柯尧把票放进那堆周边里，应该是在戎逸高烧的第二天，而当时戎逸会生病，是因为被迫住在他的房间，所以，这大约是一种别扭的道歉方式。

"差不多吧……"陈柯尧的表情依旧带着几分懊恼，"那时候也没多想，就觉得……这东西也许能让你开心一下。"

"结果你是开心了，"陈柯尧说，"我差点儿就被气死了。"

"我也没有很开心。"戎逸说。毕竟他崇拜了那么久的偶像突然形象崩塌，他免不了心情复杂。

"完了，除了那个家伙，没人开心。"陈柯尧郁闷，"用'傻'都不足以形容我了。"

戎逸忍不住笑出了声。其实拿到票的时候，他是真的非常开心。但也比不上现在这么开心——方才陈柯尧说只是想让他开心一下时，他变得更加开心了。

唯一美中不足的是，陈柯尧从昨晚到现在不知吐了多少次，再吐的话，怕是身体受不了了。

在他担心陈柯尧的时候，陈柯尧也有点儿担心他。

"你真的不饿吗？"陈柯尧伸手指了指放在茶几上的那盒点心，"都凉透了。"

戎逸转头看了一眼，忽然蹦出来一个念头："你之前不是想吃虾肉小馄饨吗？我现在带你去！"

出门时，戎逸的心情好得不行。

可等走出了酒店，戎逸又有些担忧了。

在室内的时候不明显，到了光线良好的地方，陈柯尧那张脸憔悴得一塌糊涂，看着让人放心不下。他回忆了一下方才陈柯尧说的话，发现这个人大概连续两个晚上没好好休息过了。

"你要不要先回去睡一会儿？"戎逸问。

陈柯尧茫然道："不是说要去吃小馄饨吗？"

"你不困吗？"戎逸蹙眉。

陈柯尧一边拉着他轻快地往外走，一边回答："不困呀。我们该往哪个方向走？"

戎逸犹豫了一下，还是替他指了路，然后被他拖着，大步流星地向目的地进发。

戎逸在路上一直偷偷观察陈柯尧。这个人面色不佳，面容憔悴，又偏偏喜气洋洋，显得有些亢奋。

出门时，戎逸还想过要不要吃完东西后，一起去之前想去却没去成的那几个景点转转。但看见陈柯尧如今这模样，怕是兴奋劲过去了就会半路昏厥，他还是在吃完东西后就赶紧把这人带回去补觉吧。

快到店里的时候，戎逸突然想让陈柯尧试试他吃过的那个炸糕，于是为了节约时间，他们兵分两路，陈柯尧去不远处的炸糕铺子，戎逸在小馄饨店里坐着等他。

这会儿店里的空位比较少，戎逸赶紧占了角落里的两个小板凳。没想到他起身端碗馄饨不到半分钟的时间，一回来就发现座位上已经坐了人。

把他位子占了的是两个还挺壮实的大叔，嗓门特别洪亮。见他端着碗站在旁边，那两个大叔依旧不为所动，抽着烟正聊得起劲。

碗端久了挺烫手的，戎逸没辙，只能主动开口："不好意思，这位子是我的。"

大叔抬头看了他一眼："我们来的时候，这儿没人。"

"但我之前就坐在这儿的，"戎逸把碗放在桌上，"我刚才是去端馄饨了。"

大叔依旧是那句话："我们来的时候，这位子就是没人的呀。"

戎逸没辙了。正当他环顾四周，想找找哪桌人快要吃完了，好提前去候着，陈柯尧提着炸糕进来了。

"怎么回事呀？"陈柯尧远远冲着戎逸喊了一句，径直走到了桌边，"没位子吗？"

戎逸一脸郁闷地低头看向那两个大叔，于是陈柯尧也下意识皱起了眉，顺着戎逸的视线，看向那两个大叔。

两位大叔仰着头，盯着陈柯尧的脸看了一会儿，接着，其中一个大叔小心翼翼地站起了身。

"你们坐吧。"起身的大叔对着另一个人猛使眼色。见对方反应迟钝，他干脆伸手把人拽了起来。

等他们快步离开后，站在原地的戎逸和陈柯尧还有些茫然。

陈柯尧拉过凳子坐了下来，说："这两个人怎么那么好？"

戎逸有点莫名其妙地说："他们刚才不是这样的。"

陈柯尧回头看了一眼，见那两人正站在店门口等位，于是冲着他们大喊了一声："两位大哥，多谢了！"

那个先起身的大叔对着他连连摆手："应该的，应该的。"

"真是好人。"陈柯尧回过身来，"我们赶紧吃吧，吃完了给别人腾位子。"

戎逸欲言又止，他心里有一个微妙的猜测，可盯着面前陈柯尧的脸看了半天，他又觉得不是那样。

虽然他一度觉得脸上带着一条疤的陈柯尧距离"大佬"只差一根金链子，但如今不知道是不是因为疤痕淡化了不少，面前这个人高马大、长相略微严肃的人看起来一点儿也不凶，还挺有趣。

"你的炸糕。"陈柯尧把装着炸糕的袋子推到戎逸面前，"我刚才在走过来的路上已经忍不住吃完了一袋，真的好吃。不过这个在家里是不是挺难做的呀？"

戎逸点了点头。要在家起这样的大油锅，确实太劳师动众了，浪费，而且容易弄出一屋子油烟味，炸出来的效果也不见得好。

陈柯尧叹了一口气，接着跃跃欲试地拿起了勺子："可惜了。让我试试这个馄饨能打几分。"

只靠着精神亢奋来强行支撑疲惫的肉体果然是不成的，吃饱了的陈柯尧很快就开始哈欠连天，昏昏欲睡。回去的路上，他脚步虚浮，戎逸十分担忧，生怕他就地晕倒。

为了让他清醒一点，戎逸主动和他搭话："你给小馄饨打了几分？"

陈柯尧眯着眼睛想了一会儿，道："八十八分。"

戎逸惊讶："这么精确？"

"嗯，"陈柯尧说，"好吃，但比你做的差一点儿。"

"我还没做呢。"戎逸说。

陈柯尧笑："我预测了一下，应该八九不离十吧。"

这人看来是真迷糊了，开始胡说八道了。

戎逸低着头不看他，一边走一边跟着笑。

"我先保守一点儿，给你打个九十八分吧，另外两分等吃过了再加。"陈柯尧继续说道。

"满分有什么奖励？"

"嗯……"陈柯尧想了一会儿才说，"你想要什么？"

戎逸答不上来。他转头飞快地看了一眼困得稀里糊涂的陈柯尧，觉得自己此时此刻好像没什么特别想要的，一定要说一个的话，就是希望陈柯尧那个让人头痛的毛病快点儿好。但他也不希望陈柯尧过于着急，万一心理负担太重，治疗效果反而变差了怎么办。

"快点说啊，想要什么？"陈柯尧催促道，"我有求必应。"

戎逸故意刁难他："那我想要世界和平。"

陈柯尧居然立刻点了点头："好。"

戎逸瞬间笑出了声："你哪有那么大本事呀？"

"我有呀，"陈柯尧低着头，拖着脚步往前走，"我的世界现在特别和平。"

戎逸搭不上腔了。他突然想到一件事：其实陈柯尧这个人嘴特别甜。在有意识的情况下，陈柯尧总是挑他爱听的说。可在两人有矛盾的那段时间里，陈柯尧所有令人郁闷的发言也都是不经意间说出口的。这人从来不是想要故意气人，而是天生就缺根筋。

大概从陈柯尧的角度看，戎逸每次生气的原因都很莫名其妙。

陈柯尧走了几步，回头说道："我也有一个心愿，这个世界上只有你可以帮我实现。"

戎逸有点儿紧张："你说说看？"

"等回去了，我想吃你做的虾肉小馄饨。"

戎逸简直哭笑不得。

"好不好？"陈柯尧又问。

戎逸没好气道："回去再说。"

陈柯尧闻言，不知为何，好像还挺高兴的。他侧过头看了戎逸一眼，笑道："好，回去再说。"

到了酒店附近，大门的喷泉花园附近站着不少人。酒店门口总免不了有人出入，但这些人看着并不像住客。戎逸边走边打量，觉得他们好像在等什么人。

戎逸脑中下意识跳出的第一个答案，就是莫昱飞。

等走近些，戎逸发现其中有些人还带着十分专业的摄影工具，这印证了他的猜想。

戎逸回头看了一眼身边的陈柯尧，发现对方一脸不屑。

于是戎逸只能装出一副全然不在意的模样。可万万没想到，等他们靠近酒店大门时，那些人齐刷刷地把视线转到了他俩身上。

戎逸被看得有点儿不自在，加快了脚步。紧接着，居然有人对着他举起了相机。戎逸不解的同时，下意识挡住了脸。

有个人凑上前来，想开口说些什么，陈柯尧挡在戎逸身前说道："你们认错人了。"

他这一嗓子的音量比平时说话大了不少，外加他的表情严肃，立刻起到了强烈的震慑作用。

一直到他们走进自动门，那些人都没再上前。

"怎么回事？"戎逸一进门就忍不住问道，"那些人是干什么的呀？"

"大概他们看你长得像大明星，所以顺便拍拍吧。"陈柯尧说。

这猜测并不合理。戎逸又不是第一天长这样的，过去可从来没有过这样的待遇。心怀不安地回了房，他的手机忽然响了。

他拿出手机一看，是个陌生号码。迟疑了几秒后，隐约猜到了对方是谁。

见他看着手机眉头紧皱，却不挂断，也不接听，陈柯尧凑过来看了一眼屏幕，问道："谁打的？推销吗？"

戎逸犹豫了一下，还没回答，陈柯尧却像是猛然想起什么，表情一变。他一把拿过戎逸的手机，按下了拒绝接听，接着一气呵成地把号码加进了黑名单。

做完这些，两人互看了一眼，神情十分微妙。

两人还没开口说话，戎逸的手机又响了。这一次，是认识的人打来的。

"这个小张是我同事。"戎逸说着，接过手机。

戎逸才刚按下接听，打了一声招呼，对面传来的大喊声就几乎刺破他的耳膜。

"你给我老实交代，你和我们莫莫到底是什么关系？难怪你的票是VIP！天啊，你不是人！"

戎逸赶紧皱着眉把手机拿远，等她吼完了，才重新把手机放回到耳边，问："怎么了？"

"你快老实告诉我，"小张严肃的语气之中还透着一股兴奋，"你和莫莫到底有什么不为人知的关系？"

戎逸大吃一惊，还没来得及回应，从刚才起一直默默竖起耳朵偷听的陈柯尧就大喊了一声："有个鬼！"

空气安静了两秒钟，电话那头的小张十分忐忑地开口问道："你边上有人吗？"

戎逸迟疑了一下，然后说道："嗯，我朋友在。"

小张迟疑了一会儿，问道："微博上有个树洞，你知道吗？"

"什么树洞？"戎逸茫然。

原来刚才楼下的那些人是来蹲"莫昱飞的圈外好友"的。

就在前几天，一个名叫"追星的那些事儿"的树洞号发了一则投稿，投稿人自称是某位当红小生的圈外密友，详细描述了他们之间的过往，强调一直以来自己为了对方的事业忍辱负重做出莫大牺牲，信息量不小。

原本这类投稿的可信度并不高，高赞评论大多是让投稿人醒醒，别再做梦了。当然，也免不了有人根据其透露的内容，猜测投稿人提到的究竟是哪位艺人。

那篇投稿内容的指向性挺明显的，对演艺圈稍微了解的人都能看出全文暗示的那位当红小生就是莫昱飞。

原本没有人把这当一回事，但偏偏这篇文字投稿最后说了一句"他为了弥补我，已经在为我准备秘密惊喜了，是让所有人知道的惊喜哦"。

于是，在昨天的见面会后，这篇原本纯属无稽之谈的投稿突然就变得几分可信度了。

又有人挖到了一位粉丝发在自己微博上的照片——照片里，戎逸正坐在行李箱上皱着眉头打电话，拍摄角度很妙，看起来腿长两米。

那张照片的发布时间是周五下午，定位在戎逸入住的酒店，明显是偷拍。微博的文字内容是：没蹲到莫莫，但收获了意外之喜——这应该也是个艺人吧？谁告诉我这个大帅哥叫什么名字？

至此，围观群众把一切强行串联上了，并且认为整个推理过程滴水不漏：莫昱飞的圈外密友和莫昱飞住在同一家酒店，在见面会上坐着得天独厚的 VIP 席位，还被叫上台互动，甚至被莫昱飞主动拥抱了。

那个互动环节在事后看，透露着十分可疑的气息。一般这样的见面会，主办方为了照顾大多数粉丝的情绪，并不会让艺人在台上和粉丝有太多接触，就算要给小福利，也不会任由粉丝随意提条件——万一上来一个脸皮厚的粉丝，那可怎么办？

而实际上，被选上去的那个人是莫昱飞亲自指定的。

整个剧情完美地对应了投稿中的"让所有人知道的惊喜"。

莫昱飞这人，出现在人前时一直形象良好，但私下各种不好的传闻也是源源不断，一直是个充满争议的人物。如今，讨厌他的人高举这"如山铁证"，而他的粉丝中虽然主流还是在各种反驳，但也有不少产生了动摇。

短短一天不到的时间，事件不断发酵，各种随之而来的谣言甚嚣尘上，有些猜测已经到了匪夷所思的程度。

厘清了这一切，戎逸无语，陈柯尧气得肝疼。

也亏得戎逸本人的微博里全是各种抽奖，没有任何生活照片，所以暂时没有引起任何人的注意。但以如今网上那些无聊人士的搜索能力，估计很快他的所有信息就会彻底曝光。

两人正坐在沙发上发愁的时候，又有陌生号码打来了电话。

戎逸的精神高度紧张，十分警惕地按下接听后，对面传来一个平静无波的女声："请问是戎先生吗？"

"是。"戎逸小心翼翼地问，"请问您是哪位？"

对面的人让他稍等。几秒后，电话那头换了一个声音："可算打通了，你不会是把我拉黑了吧？"

完了，是莫昱飞。

戎逸僵着还没开口，就听见对方说道："都说粉丝是最薄情的生物，但你这也太过分了吧？前两天还在大家面前说会一直支持我呢。"

戎逸每次面对莫昱飞都不知所措，以前是因为偶像光环使人神志不清，现在是心情过于复杂，外加对这人的脑回路实在无语。生怕他说什么都不对，他干脆保持沉默。

坐在他旁边的陈柯尧十分警惕，往戎逸身边挪了挪，问："谁？"

"陈柯尧就在你旁边？"电话那头的莫昱飞问道。

戎逸一个头两个大，干脆把手机塞进陈柯尧手里道："你和他说吧！"

陈柯尧皱着眉头把手机放到耳边，"喂"了一声以后，沉默了大概十几秒。

听不到对方声音的戎逸后悔了，于是也学着陈柯尧刚才的模样往手机那边凑。

可惜陈柯尧十分地不配合，一直躲躲闪闪。他边躲，边对着电话那头说道："别和我说这些有的没的，你告诉我，你现在打算怎么办？"

戎逸不爽了，强行把自己的脑袋贴到手机另一侧。

陈柯尧反应剧烈，一开始试图躲避，但他眼看都要坐到沙发把手上了，戎逸依旧不依不饶，于是他干脆一不做，二不休，把手机夹在脸和肩膀之间，腾出两只手，十分利落地把戎逸整个人给制住了。

"别闹。"他对着戎逸比口型。

相比之前制服歹徒，如今他的动作自然温和许多。他手上不敢用力，于是他便试图用眼神弥补，奈何戎逸完全不怕他，起不到任何震慑作用。

戎逸扑腾了两下，差点把他的手机打掉。

"随便你。"陈柯尧看着戎逸，连对着电话那边的莫昱飞说话时的语气都不自觉柔和了，"反正他本来就和你没关系。"

戎逸挣脱不了，依旧不屈不挠，试图像条毛毛虫那样蠕动出去。陈柯尧苦不堪言，干脆转过头去不看他。

戎逸虽手脚被制，但嘴巴却是空着。他努力做了一个仰卧起坐，张嘴作势要咬。陈柯尧有生之年第一次在制服"歹徒"时被"歹徒"用这种手段反击，大惊失色，手一抖，手机掉在沙发上了。

手机落在戎逸边上，这下他能听清楚对面的话了。

"我想和他说两句话都不行吗？喂？人呢，刚才是什么声音？你们在干吗呢？"

接着，通话就被陈柯尧掐断了。

戎逸躺在沙发上，冲着陈柯尧眨巴了两下眼睛。

陈柯尧此刻的表情，让他心里突然有点儿惭愧。一开始他蹭过去的时候，其实没想逗陈柯尧，但后来是故意的。电话是他塞过去的，但看陈柯尧和莫昱飞讲话，他就特别想刷存在感。

陈柯尧连着几晚没睡本来就累得很，还让他不舒服，可能过分了。然而，他的"对不起"没来得及发出半个音，就被陈柯尧的动作堵了回去。

戎逸原本以为陈柯尧会立刻冲去厕所，吐个天昏地暗，没想到这个满脸写着郁闷的人这次特别平静。

"你还好吧？"戎逸轻声问道。

陈柯尧没有回答，只是小幅度地摇了摇头。

戎逸一动也不敢动，生怕陈柯尧会因此更难受。

戎逸小心翼翼地侧头，在陈柯尧耳边轻声说道："这不是坏事呀，这意味着你感受到了向往中的温暖美好的感觉，对不对？"

陈柯尧浅浅地点了点头。

"你看，你现在的状态不是挺好的？"他在陈柯尧耳边轻声说道，"你可以把这当成一项挑战！每次多忍一点点攒积分！从量变到质变！最后顺利通关就可以……"

陈柯尧终于开口了，声音特别不自然，身体也抖个不停："你不要故意逗我笑……我会憋不住……"

"我很认真地在说！"戎逸郁闷。

他有些生气，但见陈柯尧再次沉默，还是不忍心占了上风。

"要不……这样！"他继续说道，"你听我说，我之前是骗你的，我其实是一只大狗狗。"

"求你了，你别说话了。"

戎逸不爽："我安慰你两句，你还挑三拣四？"

"你要是觉得我不像大狗狗，把我当成小猫咪也行，"他毫不气馁，"你可以想象我是那种罕见的，闻起来甜甜的小猫咪。"

他话音刚落，原本已经平复了许多的陈柯尧十分明显地抖了起来。

戎逸顿时紧张，小心翼翼地看向他，问："你没事吧？"然后他发现陈柯尧也在看他。

陈柯尧的眼眶特别红，但嘴角是扬着的，他在笑。

"没事了？"戎逸问。

陈柯尧却答非所问："居然夸自己是甜甜的。"

戎逸终于恼羞成怒，用力推他："你离我远点！"

可惜陈柯尧太沉，一动不动。

陈柯尧不肯挪地方，说："我现在感觉特别好，多待会儿。"

戎逸犹豫了片刻，为了表明态度，他还是非常坚定地转过头去。

陈柯尧却并不在意。他伸了一个懒腰，轻声说道："甜甜的好。"

下午，陈柯尧补了觉。睡前，他向戎逸简述了方才莫昱飞在电话里说的内容。

莫昱飞说他的公司会发布一则澄清声明，为了减少对戒逸的影响，他想在官方声明后用个人账号再作出补充，就说他当天叫上台做活动的人是朋友的朋友，他同对方并不熟悉，纯粹只是想跟朋友开个玩笑。至于酒店，也是他独自一间，那两位朋友一间房。

莫昱飞说，反正大部分内容都是真的，应该不会出纰漏。至于那个投稿人，八成就是歪打正着的"脑补狂"。他们公司和树洞号已经在沟通了，要找出投稿人不难。

戒逸记得他当时听到的陈柯尧的回答是"随便你"。

一直到陈柯尧彻底睡死过去，戒逸还在看那个声明……

陈柯尧醒来以前，百无聊赖的戒逸一直在上网。

戒逸退掉了今天下午的返程机票，之后又登录了那个论坛。收件箱里有三条新的私信，发件时间是前天半夜。

"我不等了，我决定明天就去找他！

"完了，我买不到机票……

"买到了，祝我顺利吧！"

不用再猜了，这世上哪有那么相似的两个人在做同样的事。戒逸盯着那些回复看了好久，然后发送了回复："我猜你一定非常顺利吧？"

他发完后刷新了许多次页面，但始终没有回音。

戒逸偷偷去陈柯尧的房间看了一眼，他依旧睡得很沉，手机就放在床边的柜子上。所以，眼下是肯定收不到这位热心网友的回复了。

戒逸把他们两个人的私信记录完完整整地看了一遍，想笑，又忍不住有些气恼。看着最后那几条回复，不禁眼眶发热。

这个人，怎么傻乎乎的呀，一点也不潇洒果断，求和好那么简单的事情，还磨磨唧唧地绕弯子。写什么信呢，果然还是直接表达最有效果。等等，他写了信……信呢？他写完还亲手誊了一遍，十分认真又郑重的整整两千字的信在哪儿？自己怎么还没收到？

这比陈柯尧背后说他"脾气很大，喜怒无常"更让人在意。

戒逸又偷偷去陈柯尧的房间转了一圈。陈柯尧的行李箱就放在床边上，大方地敞着，里面的东西一览无余。戒逸绕着行李箱转了三百六十度，也没找到看起来像书信的东西。

没经过本人同意，终归不好随便翻别人的私人物品，戎逸犹豫了半天，决定姑且等一等。

回到客厅后，他为了转移自己的注意力，就打开了微博，接着他绝望地发现短短几个小时里，话题"莫昱飞的神秘好友"赫然变成热搜榜第一。

他做足心理准备，点进去后，看到的第一条微博居然贴了他和陈柯尧在酒店的照片，转发过万。

发照片的微博号是个媒体号，照片发了足足九张。除了两张戎逸和陈柯尧在酒店的，还有莫昱飞公司发布的声明截图、莫昱飞的澄清微博截图、莫昱飞的官方硬照以及见面会上两人拥抱的照片。那个媒体号发了一个"笑哭"的表情，然后配文："原来一切都是乌龙呀。看见面会上那个拥抱两人的肢体语言就知道他们肯定不熟悉啦！不过小莫的朋友居然如此赏心悦目，算不算是物以类聚，人以群分？"

最后，媒体号还为下个月即将上映的莫昱飞出演的新电影打了广告。

点开评论，戎逸往下拉了一长串，大多是莫昱飞的粉丝在吹捧偶像，剩下的都在忙着解释——

"朋友之间开这样的玩笑，太正常啦，这不是说明感情好吗？"

"我们哥哥做事一向是坦荡又有分寸的。"

他再往下翻了几条相关的热门微博，都是差不多的内容，同样的配图，统一的口径，类似的评论。

在他感叹之际，小张发来了一条微信："我的天，你那个朋友好帅！"

戎逸忍不住有点儿得意，回了一张狂舞的表情包。

片刻后，小张又发来消息："不过上次你不是说和朋友闹翻了？什么时候和好的？居然还一起看演唱会。"

一时之间，戎逸不知要如何解释，更可怕的是他还没纠结完，这几天都没联系他的周砾也发来了信息："我没认错吧？这张照片是你和陈柯尧？"

戎逸只能先回复他："是我们……"

五秒钟后，周砾的消息又来了："你们的关系什么时候这么好了？还一起旅游？"

周砾特别激动："你居然完全不告诉我！"

与此同时，小张的消息来了："所以你真的和小莫认识，对不对？能不能帮我要一张签名照？"

　　戎逸应接不暇，却不想一个许久没有联系过的高中同学也突然发来了消息："戎逸，在吗？"

　　戎逸皱着眉头回复："有事？"

　　接着，他和莫昱飞在舞台上拥抱的照片就被发了过来："我没认错吧？这是你吧？"

　　戎逸头痛。

　　但更头痛的是，他的表姐在此时也出现了："崽崽，这个是你吧？你旁边的帅哥是谁呀？"

　　戎逸无语，甚至有点儿想关机。可惜在他付诸行动前，手机铃声突然响起。

　　来电提示就一个字：妈。

第十章

信

Mr. Rong

戎逸的母亲热情外向，父亲木讷寡言，两人只看外表，无论是身材还是长相，都平平无奇。但有趣的是，戎逸往他们身边一站，一看就是两人的孩子。戎逸的长辈从小就调侃他，说他生得特别聪明，尽挑父母优点，只是长得有点儿凶。

对于这个始终交不到朋友的儿子，他父母其实比他本人更看得开。

戎逸按下手机的接听键，发现对面传来的声音很是激动："崽，你姐说她在网上看到你了。"

戎逸咽了一口唾沫："嗯……"

"你边上那个小伙子是谁啊？"

戎逸一时无奈，笑出了声。

于是电话那一头的妈妈也开始笑了，说："啊呀，看着还不错。有没有正面照片呀？"

那倒没有。戎逸多少有点儿庆幸，网上流传的照片里的陈柯尧都是侧面和半侧面。陈柯尧脸上的那条疤还挺神奇的，能瞬间改变整个人的气质。看不见疤的时候，他是一个严肃的商务精英；疤一露出来，他瞬间满身匪气。

戎逸对此全然不在意，但长辈的接受度终归有限。

"你这朋友今年多大，是做什么的呀？"妈妈又问。

戎逸老老实实一一交代。

正聊着，背后突然传来了开门声。

陈柯尧睡眼惺忪地从房间里走了出来，打了一个十分夸张的哈欠，接着问道："又在讲电话呢？"

戎逸对着他比口型："我妈。"

睡得蓬头垢面，整个人松松垮垮的陈柯尧闻言，瞬间站得笔直，一开口中气十足："阿姨好！"

"哎哟，你旁边有人？是你那朋友吗？"

这大嗓门果然传过去。戎逸头疼："妈，没别的事儿我就先挂了，等晚点再……"

"别，"他母亲十分急切，"你把电话给他，让妈和他聊几句。"

戎逸一脸纠结地看向身边的陈柯尧。

"快点呀！"对面的人再次催促。

戎逸皱着眉头，把手机递到了陈柯尧面前。

陈柯尧接了过去："阿姨您好……我叫陈柯尧，没事儿，您就叫我'小陈'好了。"

他这一开口，普通话都比平常标准了许多，连表情都特别到位。戎逸觉得要不是这人现在头发乱得像个鸟窝，脸上还带着条疤，真该给他俩开个视频，让自家老妈见见这小陈同志对她多么尊敬。

"欸，对，我们……戎逸他之前租我房子……是是是，我和您其实那时候就见过，阿姨您记性真好。

"啊？呃……对，是这样。可以啊，当然可以。阿姨您看您什么时候方便，我来帮你和叔叔买票。不麻烦不麻烦，这都应该的，现在网上买票特别方便……啊，可以啊，当然可以啊，阿姨您记一下我手机号码……"

戎逸越听越不对劲，在他面前张牙舞爪疯狂比画。

陈柯尧不理会他，三百六十度旋转只为把他驱逐出自己的视线。

"行行行，你和叔叔安排好了直接联系我，不麻烦，真不麻烦。阿姨您可千万别和我客气。啊，这样啊，那我把手机还给戎逸？哦……好好好，没事没事，那就这样，有事儿随时打我电话，好好好，好好好。"

戎逸目瞪口呆地拿回电话，还没来得及开口，就听见自家老妈用忧心忡忡的语气说："崽，原来小陈就是你那房东？你那时候不是说你房东的脑子有毛病吗？"

戎逸万分心虚地看了一眼面前的陈柯尧，回道："他……他康复了。"

眼见陈柯尧面露疑惑，戎逸赶紧对着电话一通喊："行了，不早了，先不说了，你早点睡吧，晚安！"

刚一挂电话，陈柯尧立刻抓着他肩膀用力摇晃："你妈说要和你爸一起过来玩几天！太突然了吧！"

"你都跟他们说好了，来就来呗，"戎逸被他摇得有点头晕，他缓了一下说，"我觉得……你们会相处愉快的。"

从当晚到第二天，戎逸收到了十多个久未联系的朋友的问候。

网上确实出现了一些他的相关信息，好在涉及隐私的部分都很快被删除了，所以他并没有遭受陌生人的骚扰。

但熟人的轰炸就让他应付得头大了。

戎逸干脆编辑了一个模板，告诉大家网上的传言里有一些误传，措辞并不准确，以及他和莫昱飞真的不熟，不方便要签名。

不仅是他，照片里和他一起出现的陈柯尧也被轰炸了一遍。

与此同时，他的那位网友在陈柯尧玩起手机不久后就回复了。

"哈哈哈，承你吉言，确实成功了！"

戎逸心潮澎湃，赶紧又发了条消息。

"那你写的信呢？给了吗？"

只可惜，石沉大海。

陈柯尧这人未免过河拆桥了，与自己和好以后就不把当初互相鼓励的小伙伴放在心上了。

当初还在犹豫时他可不是这样的，一不留神收件箱里就是一大堆未读消息。好了，现在用不上了，就从热心网友光速退化为冷淡网友了。

要怎么委婉地提示他又不暴露自己的身份呢？戎逸苦恼。

最终戎逸发送的消息过了整整一天半，才收到回复。内容倒是挺长的。

"真是不好意思！我这两天没来得及看论坛。我走得太急，那封信忘带了。没想到进展这么顺利，最后信根本没用上，早知道就不浪费时间了。还是你说得对，直接是最有效的。你顺不顺利？别犹豫了，我现在算是想明白了，整天想着自己的毛病裹足不前，真的是杞人忧天。我这两天呕吐症状已经好转了，你做好准备，我请你吃饭吧！希望到时候你能把你的好朋友一起带来！"

戎逸反反复复看了这些句子十几次，最后只回了三个字："那信呢？"

冷漠网友很冷漠，直到他回了家依旧没有答复。

之前答应过陈柯尧的，下一次去心理咨询时他会陪着一起去。实际坐在诊室听过医生的一席话后，戎逸一阵后怕。

那位看起来十分温柔和蔼的医生告诉他，从陈柯尧开始定期咨询的时间来看，现阶段的康复情况可算十分喜人，如果还想更快一些，或许可以两个人配合做一些强制脱敏治疗。戎逸听到这部分时紧张又期待。但医生又说，那样有可能产生一些副作用——如果陈柯尧每次看见他，都产生呕吐欲，以后可能会形成条件反射，到时候戎逸这个人会让他自然呕吐。

坐在活动电脑椅上的戎逸吓得当场和陈柯尧拉开了两米多的距离。

戎逸又问了医生一大堆注意事项，最后他得出了一个结论：目前情况还是很乐观的，慢慢来，会好的。

回家的车上，陈柯尧坐在驾驶座，双手握着方向盘，一脸忧郁。

坐在副驾驶座上的戎逸若有所思，趁着红灯，他稍稍往左靠近陈柯尧，然后说道："那以后我趁你不注意，多跟你接触一下试试？"

陈柯尧眉头紧锁地说道："我在开车呢……"

戎逸哭笑不得，只得闭嘴。

到家后，戎逸忙着做饭，而陈柯尧抱着笔记本电脑，躺在客厅沙发上敲敲打打。

把陈柯尧最爱的小排骨汤放到煤气灶上煮着了，戎逸溜出厨房看了一眼，见陈柯尧毫无反应，便回了房间。半个小时后，等他整理完毕，刚打算去厨房看一眼，手机振了一下。

距离他不到五米的陈柯尧给他发了一个委屈的表情。

戎逸莫名其妙，对着门外喊："你又怎么了？"

陈柯尧没吭声，但戎逸的手机再次振动了一下。

"说好的趁我不注意就在我面前多晃晃，都是骗我的。"

戎逸哭笑不得，放下手机往门外走。走到门口的时候，他轻轻咳嗽了一声，而依旧躺在沙发上的陈柯尧目不斜视地看着电脑屏幕，一副专心致志的模样。

戎逸走到沙发旁边，特意放慢脚步，还低下头把视线停留在了陈柯尧的身上。

但那之后，他路过沙发，绕了个圈径直走进厨房，又走回了房间，躲在房间里偷笑了一会儿后，他偷偷往外看了一眼，发现陈柯尧已经坐起了身，正痛苦地捂着脸，弯着腰。

自己好像有点儿过分了。但现在出去是不是会影响到他的自我斗争？戎逸站在房间里，皱着眉头犹豫不决。

没一会儿，陈柯尧突然推开门走了进来。他的脸色还是不太好，他很不高兴地说："你就是故意耍我。"

戎逸赶紧冲他笑着说："我没有呀。是你自己一直在注意我，这和说好的不一样吧？"

陈柯尧并不理会戎逸的狡辩，他皱着眉，径直大步走近。模样难得地有气势，让原本就心虚的戎逸下意识往后退了一步。

戎逸试图讨饶："我错了，我下次保证按计划行动！"

面色还有些糟糕的陈柯尧终于憋不住，也笑了，抬起手来："我先让你这次长长教训！"

两人一阵打闹，陈柯尧有心让着戎逸，战况虽是一面倒，戎逸倒也有三分还手余地。嘻嘻哈哈了好一阵，眼看陈柯尧又皱着眉捂住了嘴。

"没事吧？"戎逸伸手拍了拍他，"我去给你倒杯水。"

才刚走出房间，他眉头一皱。

"什么味道？"他问。

陈柯尧回过头，思索片刻后犹豫着问道："你是不是在煲汤？"

话音刚落，厨房里传来了诡异的声响。

时隔两个月，陈柯尧在戎逸入住之初就开始担心的事情，终于发生了——厨艺优秀，但只能单线程运作的戎逸，终于在房东的配合下，对厨房下了毒手。

所幸厨房并没有大碍。因为发生了小型爆炸，害怕煤气管道因此有损伤造成泄漏，陈柯尧在清理过后关闭了总阀，又打电话预约了检修。

现在唯一的问题是，没法儿在家做饭了。

而不幸中的万幸则是，按照原定计划，接下来的几天他们本就不需要在家吃饭。

因为戎逸的父母要来了。

戎逸的假期已经消耗殆尽，必须老老实实去上班了。所幸他的善良房东主动请缨，要替他招待两位远道而来的长辈。

等戎逸终于下班，他已经把戎逸的父母从机场接到了酒店，安置得妥妥帖帖。晚上四个人又一同吃了顿饭，戎逸的父母对陈柯尧赞不绝口。

陈柯尧备受鼓舞，又自告奋勇要在接下来的几天继续当他俩的导游。

戎逸心里多少有些不好意思。就这么过了两天，眼见组里没什么活儿大家都清闲得很，他干脆假公济私，给全组放了个假。

离开公司前，他给陈柯尧打了电话。恰好陈柯尧正陪着他的父母在附近商场闲逛，戎逸就让他来接自己下班。

原本说好了让陈柯尧在车里等自己出来，这兴致勃勃的家伙却上了楼。

两个人在公司门口不期而遇，陈柯尧笑嘻嘻地对着他招手，不远处的前台妹子见状开口说道："哇，这是死而复生呀！"

陈柯尧茫然道："啥？"

戎逸赶紧冲过去，拉着他走开了。往电梯方向走的路上，戎逸小心翼翼地回头看了陈柯尧一眼，发现对方居然在笑。

陈柯尧道："你那时候是不是到处说我坏话？"

戎逸咽了一口唾沫："什么？你不要胡说。"

"刘源说，你以前好像被很坏的人刺激过。"陈柯尧说。

"啥？"戎逸回忆了一下，那段时间他确实对着刘源痛骂过陈柯尧，毕竟谁也想不到这两个人居然是认识的。

"他说你骂得还挺难听的。"

戎逸捂脸："这个大嘴巴！"

陈柯尧突然停下了脚步，轻声地说道："对不起。"

原本还有些慌张的戎逸顿时愣住了："你也骂我了吗？"

陈柯尧被他逗乐了，摇了摇头，才继续说道："我也不知道到底要怎么说……就是……谢谢你还愿意给我这个死而复生的机会吧。"

戎逸站在原地，迟疑了两秒，小声说道："都过去了，扯平，不提了。"

两个人相视一笑，继续往前走。

等戎逸到了停车场，打开车门往里一看，他大吃一惊："这些都是什么东西？"

"叔叔、阿姨买的。"陈柯尧说，"他们难得来一次，总要带点东西回去送人。"

戎逸迟疑了一下，问道："谁买的单？"

陈柯尧冲他"嘿嘿"笑。

戎逸觉得这样不太好，但陈柯尧看起来挺高兴的，他也不好意思泼冷水扫人兴致，只是道："他们肯定觉得你很好。"

"我也觉得。"陈柯尧说，"我现在是他们宝贝儿子的最佳室友了。"

他说完，突然脸色一白，接着侧过了头。

戎逸觉得自己可能有点儿精神分裂。

戎逸现在面对陈柯尧，一半时间觉得这人可真是怪不错的，另一半时间恨不得踢他。

相比之下，陈柯尧的情绪要稳定许多，他每天都很兴奋，斗志昂扬地带着戎逸的父母走遍这座城市的大街小巷，连昼伏夜出的作息都被强行纠正了过来。

就这么过了一个星期，戎逸觉得在自家父母心目中，自己的地位江河日下，而他老妈一听到"陈"字都会立刻眉开眼笑，乐不可支。

到了周末，他父母说，来这么久了，该玩的、该看的都没落下，但儿子的住处至今没参观过，不妥。于是一大清早，陈柯尧就奉命开车把他们接了过来。

但来了以后，有一个小难题——做一桌四人份的家常菜，对戎逸而言是小菜一碟，但巧妇难为无米之炊，他们家厨房前阵子发生了一点儿意外，还没来得及完全修复。

戎逸双亲在家里参观了一圈，路过厨房时，往里看了一眼，当即大惊失色。

那天陈柯尧说不严重，只是为了安抚戎逸。排骨汤彻底烧干以后，发生了小型爆炸，半面墙已经变黑了。

做饭也能粗心大意到这个地步，于是戎逸理所当然地被自家老妈一阵数落。戎逸觉得特别冤枉，只能猛瞪陈柯尧。

陈柯尧赶紧岔开话题，领着戎母回了客厅，接着十分浮夸地夸起了戎逸的厨艺，说得天上有，地下无。

戒逸自己听着都尴尬，但他父母还挺高兴的。嘴上再嫌弃，他们对儿子打心底里还是充满爱意的，当下他们也跟着附和了起来。

"我们崽高中的时候做菜就有模有样了……"极少开口的戒爸爸笑容中还带着一点儿骄傲。

陈柯尧闻言看向了坐在斜对面的戒逸。他没开口，只是一直笑，笑得戒逸满心窘迫。

戒逸正想开口说些什么，尽快停止这个话题，却见陈柯尧皱起了眉头。

戒逸对这表情十分熟悉。不出预料，几秒后，陈柯尧就抬手捂住了嘴，还弯下了腰。

戒逸的父母没见过这阵仗，十分担忧："小陈你怎么了？你还好吧？"

陈柯尧低着头摆了摆手，起身快步走向了卫生间，留下戒逸一家三口面面相觑。

"小陈是不是吃坏了肚子？"戒逸的母亲很关心，"崽，你别愣在这儿，快去看一下。"

戒逸面无表情，坐着不肯动。

看个鬼。明明这些天都好好的，还以为他已经康复了大半，偏偏在这种时候犯病。

片刻后，陈柯尧回到客厅，面色看起来十分糟糕。

戒逸见状，暗自叹了一口气，快步走到他跟前，小声问道："你怎么回事呀？"

陈柯尧眉头紧蹙，刚要开口，又捂住了嘴。

"这肯定是吃坏肚子了吧。"戒逸的母亲很是担忧，"家里有没有药？要不要去医院看一下？"

"应该不用吧。"戒逸说。

他说话的同时，象征性地拍了拍陈柯尧的背，拍了两下，第三下拍空了。

陈柯尧一转身，又扎进了卫生间。戒逸僵在原地不知所措。

"你快去看看呀。"戒逸的母亲不满，"他身体不舒服，你怎么也不知道关心一下。"

戒逸头疼，这要怎么关心？他要是跟过去，指不定陈柯尧吐得更厉害了。

过了大约五分钟，陈柯尧终于走了出来，不仅刘海，连贴在脸颊上的创可贴都湿透了，面色煞白。

"小陈你怎么了？"戎逸的母亲一脸关切，"是不是吃坏了东西？"

"我最近胃不太好……可能是早上出门的时候空腹喝酸奶，太凉了，胃受刺激了。"陈柯尧苦笑，"我下去买点儿药，马上就回来。"

他说着刚要转身，就被戎逸的母亲拉住了。

"不舒服就休息一会儿。"她说着对戎逸伸手一指："崽崽你去。"

戎逸默默地站起身，偷偷瞪了陈柯尧一眼，回到房间穿上外套，出门了。

反正家里药箱基本是空的，想着有备无患，戎逸买了包括胃药的一大堆常用药。

这一趟用了大约二十分钟，回到他家时，那三个人正坐在沙发上其乐融融地看电视。自戎逸搬来，那台电视机就一直是一个摆设，陈柯尧曾经吐槽过"自从用上机顶盒，那两个遥控器我根本玩不转"，所以电视机只能摆在那里积灰。

戎逸还没来得及把那袋药放下，就发现皱着眉头的陈柯尧依旧是一脸惨白。

他正在想是不是不太对劲，陈柯尧捂着嘴冲进了卫生间。

戎逸站在原地，目瞪口呆。

不用自家老妈催促，戎逸这一次以光速跟着陈柯尧一起进了卫生间。他看着趴在水斗前干呕不止的家伙，皱着眉问道："陈柯尧，你怎么样了？"

陈柯尧缓过来后，用水拍了拍脸，他虚弱地直起身来："我胃难受。"

戎逸用鼻子哼了一声："你这话骗我妈还行。"

"真的，"陈柯尧说着走到他跟前，"我没吃早饭，就喝了一杯酸奶，现在整个胃都在抽。你买的药呢？"

戎逸愣了一下，突然想起来一件事："你最近买过酸奶吗？"

陈柯尧摇头说："不用买，冰箱里就有现成的呀。"

戎逸火速把这家伙拽去了医院。他们最近都没买过零食，那出现在冰箱里的酸奶就只有可能是这傻瓜前阵子买的临期酸奶，这都过期多久了。

两人一路风风火火地到了医院，陈柯尧问诊时，差点吐在年过半百的医生大叔面前。戎逸简直哭笑不得。

医生让陈柯尧先去验血。等化验报告的时候，戎逸陪着陈柯尧坐在等候区的长椅上，想起不久前的某天半夜里，陈柯尧陪着他在这儿待过。

戎逸转头看了一眼身边那个因为不适而蜷着身体别扭地趴着的人，想起了方才自家母亲说过的话。

两个人住在一起，总要互相照应。

戎逸伸手在他肩上揉了揉，说道："很难受？"

陈柯尧抬起头，冲他笑了笑，道："现在好点儿了。"

陈柯尧坐起了身来，调整了一下姿势后闭上了眼睛。

医生诊断的结果是急性胃炎和轻微的食物中毒。

戎逸问医生，胃炎会不会和陈柯尧最近总是被迫呕吐有关。

医生听了直摇头，说小伙子难不成你还催吐减肥？这肯定伤胃。

挂水的时候，戎逸陪着陈柯尧一起，帮他提着瓶子。中途，陈柯尧又去厕所吐了一回，也不知道是因为胃不舒服，还是因为又想多了。

"真的是胃不舒服……"陈柯尧特别委屈，"我现在不会对着你吐了，就是有点儿难受，忍忍就过去了。"

戎逸觉得陈柯尧折腾出胃病，纯粹是因为这段时间他对自己太不友好了。明明医生说过慢慢来也会好，搞什么脱敏治疗和身体过不去。

"胃这东西很麻烦的，真伤了要养好特别难，要是变成慢性胃炎，你可有得苦了。"戎逸抱怨。

陈柯尧靠在椅背上小声道："除非你不出现在我面前。哦，那也不行……"

戎逸瞥了他一眼，道："目光短浅。万一现在落下病，等年纪大了怎么办？"

陈柯尧闻言，睁开眼微微抬头看了看他，说道："对不起。"

他说的时候一直在笑，特别没诚意。

因为家里的厨房没法用，所以他们原本打算午饭点外卖，晚饭去附近的小饭馆解决的。如今陈柯尧突然生病，自然一切从简。

戎逸的父母提前回了酒店，还给戎逸发了消息，说明天他们自己去机场，让陈柯尧多休息。还说留了个红包在茶几上，钱不多，就是份心意。

戎逸把陈柯尧押送回房后去茶几上看了看，好厚一沓。

他把红包拿进陈柯尧房间，放在对方身上："喏，给你的。"

"难道是房租？"陈柯尧说着，突然笑了，"前几天中介打电话给我，说差不多该续租了，问我们什么时候再去签合同。"

"啊……"

陈柯尧乐不可支："我和他说不用了，我和你之间没必要那么麻烦。"

戎逸大概可以想象出中介当时一脸蒙。

"这是我爸妈给你的。"他转身往房外走去："你把药吃了，再休息一会儿。我把电饭煲找出来，晚上煮粥吃。"

他们俩这几天到处游玩，都是陈柯尧掏的口袋。想来是当面推脱不好意思，才借口"红包"补偿。

等他走到厨房门口，发现陈柯尧跟出来了。

"你干吗呀？"戎逸皱眉，"回去躺着。"

"我口渴，没水。"陈柯尧解释道。

戎逸四下看了一圈，指了指客厅说："那里有。"

他父母离开时把垃圾带走了，但桌上没收拾，还放着几个茶杯，陈柯尧的杯子也在里面。戎逸快步走了过去，拿起陈柯尧的杯子，在饮水机那儿接了水，然后和药一起递了过去。

陈柯尧仰头咕嘟咕嘟喝了几口，歪了歪头说："这水怎么怪怪的？"

闻言，戎逸凑过去在杯口闻了闻，接着心里便"咯噔"了一下。

老戎同志这人没什么爱好，就喜欢每天来点儿小酒，平时他不管走到哪儿，身上都带着一小瓶酒。因为上飞机不好带酒，他这几天就没喝，但前几天陈柯尧特地给他买了两瓶茅台酒。戎逸的母亲还夸奖了陈柯尧贴心——陈柯尧买了茅台酒，还顺带买了一个方便随身携带、密封性良好的小酒壶。

戎逸刚才去医院的路上给他父母点了外卖当午饭，估计是他爸吃午饭时喝了酒，不仅稀里糊涂地拿错了杯子，还没喝完。

"你还好吧？胃难受吗？"戎逸有点儿慌张。

陈柯尧酒量如何倒在其次，医生才嘱咐过必须清淡饮食，这也不知到底喝了多少，万一伤着胃，或者酒与药物一起服用产生反应可就不好了。不过好在杯子里剩的酒原本就不多，又是经过饮用水稀释的，陈柯尧也只喝了几口，分量很少。

"我没事，"陈柯尧倒是很淡定，"我现在胃里暖暖的，不难受。"

戎逸还是放心不下。他迟疑了一会儿，指了指陈柯尧的房间："你还是先去休息吧……不舒服记得叫我，知道吗？"

"嗯，"陈柯尧点头，"下午我睡一觉，你就别进来了。"

陈柯尧乖乖回房的时候，看起来神色如常。

戎逸监督他躺上床盖好被子，便去做饭了。虽然厨房情况凄惨，但好在电饭煲毫发无损，可以给陈柯尧煮粥。淘米放水，插上电，按下开关，戎逸盯着电饭煲的指示灯看了一会儿，心里突然升起了一种奇异的感觉。

陈柯尧生病难受，他当然是不忍心的，但有机会像今天这样为这人忙前忙后，他又觉得有点儿开心。

这些天，陈柯尧每天陪着两位长辈游览观光，又辛苦又无聊，且违反生物钟，他却依旧乐此不疲，大概也是类似的原因吧。

住在一起的叫室友。互相扶持，就渐渐变成了一个家。

他的父母明天就要回去了。但他在这个城市里，依旧是有个家的。

戎逸怀着感动蹑手蹑脚地推开陈柯尧的房门，想看看他的情况，发现这个不省心的家伙已经起来了，只是没下床。

陈柯尧穿着单薄的睡衣，蹲在床沿上，双手抱着膝盖，一脸严肃地低着头，注视着床边那双他自己的拖鞋。

"你干吗呢？"戎逸皱着眉头走进去，"要起床，好歹把衣服穿上呀。"

陈柯尧听见声音立刻抬起头，一见着戎逸就笑了。

那模样透着一股傻气。

戎逸有点儿莫名其妙地问："怎么啦？想到什么开心的事情了？"

陈柯尧点头，拍了拍自己身边的床垫："来这儿，坐！"

戎逸先从椅背上拿了外套替他披上，才在他身边坐下，然后也低头看向那双拖鞋。

"到底怎么了？"他觉得那拖鞋看起来特别普通，没半分稀奇之处。

刚说完，他发现陈柯尧已经不看拖鞋了，而是在看他。

戎逸往后缩了缩，问："你到底想干吗呀？"

"你还记不记得，你之前答应过我的，"陈柯尧冲他傻笑，"回来以后给我做小馄饨吃。"

戎逸愣了一下："等你胃好了，我再给你做。你现在还难受吗？"

陈柯尧摇头，继续说道："我已经好了，我想吃小馄饨。"

戎逸迟疑了片刻，皱起眉头。他掏出手机，给刘源发了一条消息："陈柯尧是不是酒量很差？"

刘源还没回复，陈柯尧的脑袋已经凑了过来，问："你在和谁说话？"

说话的同时，他看清了手机屏幕上的文字，接着点了点头："哦，酒量是蛮差的。"

"嘘，"陈柯尧小声说，"别说出去。我一般告诉别人我要开车，不能喝酒，其实我是根本喝不了，哈哈哈！"

就在此时，手机振了，刘源回复了："我不知道。他从来不碰酒，说是要开车。怎么了？"

戎逸的头隐隐作痛，而再次看向他手机屏幕的陈柯尧眉头皱得比他还深。

"刘源？"他伸出手，勾住了戎逸，"跟我聊天要专心！"

戎逸哭笑不得："你是小朋友吗？"

陈柯尧以一种非常扭曲的姿势歪倒在床上，点了点头："嗯。"

戎逸一愣。他很快笑出了声，并且有点儿兴奋。这人好像傻了似的，还挺有趣，让人忍不住想抓紧机会赶紧多套点话。

戎逸舔了舔嘴唇，紧张地问道："和我相处挺开心的吧？"

陈柯尧在他耳边大喊："废话！"

戎逸瞬间被震得耳膜疼，他用力在笑着的陈柯尧背上拍了一下："你小声一点，行不行？"

陈柯尧非常小声地回答："哦。"

戎逸想了想，又问道："你觉得我怎么样呀？"

陈柯尧没吭声。

戎逸侧过头看他，发现他笑得停不下来了。他看起来浑身傻气，让人忍不住也跟着一起笑。

"别笑了，快说话。"戎逸忍不住催促。

陈柯尧现在是真的乖，立刻笑着开口："我觉得你的脾气真的好差。"

戎逸差点当场发脾气。

陈柯尧毫无所觉，依旧笑得很开心，说："我怀疑你是属马的，一言不合就翻脸。"

这种时候最让人气恼的，就是戎逸如果真的炸毛，就印证了这家伙所说的"脾气差"。

"怎么着，你看起来对我很不满意？"

"嗯，"陈柯尧居然点头了，"我大人大量，不和你计较。"

戎逸又好气又好笑，一时间拿他没法子。

陈柯尧眯着眼发了会儿呆，忽然像是想到了什么，一下子蹦了起来，下了地，摇摇晃晃地绕过自己的拖鞋，光脚走到了屋子中央，然后开始发呆。

"你穿鞋呀，"戎逸着急，"这么想生病吗？"

陈柯尧不理他，皱着眉头似乎认真想着什么，接着大步走到了书架旁的衣柜前。

戎逸提着他的拖鞋追到他身边，说："你给我穿上！"

陈柯尧完全无视他，接着拉开衣柜大门，抽出中间的一个小抽屉，接着从抽屉里翻出一个方方正正的小盒子，递给了戎逸。

戎逸下意识伸手接过小方盒。

陈柯尧也从他手里接过自己的拖鞋，然后把鞋丢在地上，一边穿，一边说道："这个，给你的。"

戎逸目瞪口呆，小心翼翼地打开那个盒子。里面的东西果然和他预料的一样。

陈柯尧终于穿好了鞋，依旧皱着眉头，苦思冥想，接着突然一脸福至心灵的表情。

眼见他开始脚步不稳地在屋里转悠，戎逸忍不住好奇，问他："你又要找什么？"

然后，陈柯尧在戎逸惊讶的目光中打开了床头柜的第二个抽屉，拿出一个特别厚实的信封。

戎逸走过去踮起脚瞅了一眼，发现封面上写着四个大字——戎逸亲启。

那字迹非常漂亮，一看就是陈柯尧亲手写的。但这封应该由戎逸打开的信，却被陈柯尧本人非常粗鲁地拆开了，并且从里面拽出了一沓厚厚的信纸。

然后他把信纸展开，清了清嗓子，开始念。

"戎逸，你好。这封信对你而言可能很突然，但这是我深思熟虑后做的决定。我有一些话……"

戎逸当场崩溃："别，别念了！求你了！"

"哦，"陈柯尧点头，"前面都是废话，我从重点开始念吧，你等等……"

说着他就开始往后翻，很快再次清了清嗓子："其实我不只是想吃你做的小馄饨……"

怎么又是小馄饨？太有执念了吧！

"别念了，可以了。"戒逸蹦过去把信纸从他手里抢了过来，"你放过我吧！"

"不用念了吗？"陈柯尧迷茫地看着他。

戒逸低头看了看那几张自己之前找了好久，如今终于到手的信纸，说："不用你念，我自己看。"

他说着背过身，低下头，小心翼翼地展开争抢中被捏得满是折痕的信纸，接着发现那几张纸被陈柯尧翻得顺序全乱了。

正打算整理一下，身后传来"扑通"一声。醉鬼终于支撑不住，一屁股倒在了地上。就他这样子，当初有什么资格嘲笑自己喝多了？

终于把这个家伙搬运到床上，戒逸累得不行，在沙发上眯起了眼睛。他在半梦半醒间暗想，陈柯尧酒醒以后，可千万不能把这些经历忘了。

陈柯尧确实都记得。醒来以后，他恍惚了很长时间，然后趴在床上，把枕头压在脑袋上面，不肯抬头。

"也不是什么丢人的事情，而且就算丢人，在我面前又有什么关系。"戒逸安慰他，"我又不像你，会反复把别人喝醉后的事情拿出来嘲笑。"

"你这不就是在嘲笑吗？"陈柯尧闷在枕头下面喊道。

戒逸笑个不停："往好的想，你现在跟我待在一块儿完全没有要吐的感觉了吧？"

陈柯尧闻言终于抬起头来："好像是哦。"

他说完坐起身来，视线随意地扫到床下后猛然意识到了什么，飞快地跳了下去捡起地上的信纸团着团着就要丢进垃圾桶里。

戒逸立刻扑上去和他争抢。

"你干什么，我还没看完呢！"

"别看了，真的没什么好看的，"陈柯尧的脸很红，"你饶了我吧。"

"这是写给我的，信封上还有我的名字，就是我的东西。"戒逸大喊，"你还我！"

"都揉成这样了，"陈柯尧还是在闪躲，"没法看了。"

戎逸一时没站稳，跟跄了几步。

陈柯尧见状，赶紧伸手扶他，戎逸趁机把那团纸一把抢了过来。

"算了算了，"陈柯尧抹了把脸，"你想看就看吧，我去给你弄点东西吃。"

他明显是为了避开这尴尬一幕，戎逸也不勉强，小心翼翼地试图让那些纸张恢复平整。

努力到一半的时候，手机振了一下。发信人是他这几天都没怎么联系过的周砾。

"刘源好烦，我受不了了！"

戎逸顿时僵硬。完了，都和刘源这小子说了别太积极，他怎么不听呢。

"发生了什么？"他问。

周砾一秒回复："你现在有空吗？方便打电话吗？"

就在此时，房门被打开了，陈柯尧探进来半个身子："厨房还有你做的粥，热一热就能吃了。你还要不要别的？"

戎逸想了想，说："我想吃蛋饼。"

陈柯尧冲他比了个"ok"的手势，转身哼着歌走了。

他刚低下头，手机又振了一下："他又来了。我要疯了！"

周砾说完还发了一张聊天界面截图，最后几条依次是"我去洗澡""好的，小心不要着凉""洗好了吗？不早了，早点睡""晚安""早呀""今天天气不错，有没有出去走一走的冲动？"

戎逸一眼扫完，沉默了。刘源太努力了，简直催人泪下。

周砾又发了一条消息："我头好痛……"

戎逸有点儿理解他，刘源这人太没救了。

在刘源态度正常的时候，戎逸感觉得出，周砾不反感他。毕竟这人虽然傻，但性格开朗，对待朋友真诚热情，是个极好相处的人。

他给周砾打了一个电话，对面的人语气特别沉重。

"其实换一个人，我早就拉黑了，"周砾哀号，"但我对他真的不好意思，毕竟我欠了他那么大的人情。这人怎么回事？之前他一直好好的呀！"

戎逸也不知道要如何安慰，想了想，说道："你是不是以前没和人有过这样的接触？"

"有什么问题吗？"周砾语气微妙。

"因为你没接触过这样的人，所以你会比较难体会他现在的心情。"戎逸说着叹了一口气，"我觉得他这个人还挺不错的……你之前说觉得他挺有意思的吧？"

"但他现在这样，就很没意思呀。"周砾嘟囔。

戎逸也有些为难。刘源太惨了，一直被人嫌弃。

这种事不能强劝，戎逸想想，道："你要是真的觉得他讨厌，还是早点直接告诉他吧。"

周砾安静了一会儿，道："也不是讨厌。"

"我也不知道怎么说，烦死了，怎么办？"周砾问。

"凉拌。"戎逸说，"陈柯尧买吃的回来了，我先不说了，你自己琢磨吧。"

他刚和周砾道别挂了电话，陈柯尧就推门走了进来。卖蛋饼的铺子就在小区门口，跑一趟用不了多长时间。

陈柯尧进来以后，先瞥了一眼放在床边没展开的纸团，松了一口气。

他把蛋饼递给戎逸，说道："我有一个朋友，之前因为我的病，给了我很多鼓励，我很感激他。等将来有机会，我想请他出来吃个饭，你也来吧。"

戎逸低头说道："哦，好呀。我当然得来。"

陈柯尧听着，抬头看着戎逸傻笑了一下。

戎逸也笑，他打算在收到邀请的那天告诉陈柯尧。放心吧，我当天一定会出席，我还要给你一个惊喜。

他才出神了半秒，只见陈柯尧突然蹦了起来，一把抓过他放在床边的纸团，得意扬扬地绝尘而去。

戎逸呆坐原地，一脸茫然。

这傻瓜为什么会这么幼稚，难不成又喝多了？

戎逸无语至极，叹了一口气后，他往原本放纸团的地方扫了一眼，发现这家伙情急之下竟有遗漏。他方才努力抚平了其中一张，陈柯尧拿走时没注意到。

戎逸把仅剩的那张信纸拿了起来——

"其实我不只是想吃你做的小馄饨。你做什么我都喜欢，或者你不想做的时候，叫外卖也可以。若是以后有必要，我也能学。你教我，我做给你吃。

可能我做得不好吃，但我洗碗特别干净。

"我就是想每天能和你坐在同一张桌边吃饭。你坐在我对面，我一抬头就能看见。我听你说话，看你笑，饭就特别香。

"聊你觉得郁闷的事时，你对着我发脾气也可以。我不太会安慰人，但我愿意听你说。要是你遇上了讨厌的人或事，我还能陪你一起骂两句。你骂我也可以，我努力不回嘴。

"所以，你愿不愿意和我坐在一起吃饭？

"我保证一直很乖、很听话，除了洗碗，还能把桌子抹干净。

"你那么好，就答应我吧？"

番外一

陈老师很苦恼

~~~~~~~~~~~~~~~~~~

　　这天下课后，几个还没被家长接走的小孩凑在一起，趴在练习室角落的地板上做游戏。

　　陈柯尧跑去凑热闹，小朋友捧着一堆折叠起来的纸片递到他面前，让他抽一张。他装模作样地在那堆纸片里挑挑拣拣，最后拿起一张纸背隐隐透出一点颜色的纸片。

　　打开一看，里面是用粉色水彩笔画的一朵小花。

　　"这是送给陈老师的小红花吗？"他问。

　　"不是呀，"小朋友奶声奶气地告诉他，"这是说你马上就要遇到一个大可爱了。"

　　陈柯尧当场笑喷。

　　他问："遇到大可爱是什么意思？"

　　"就是……你会认识一个很好的人！"

　　陈柯尧伸手摸他的小脑袋："你们都是陈老师的小可爱。"

　　半个小时后，他终于等到小朋友们全被家长领走了。他才刚走下楼，一眼就看到斜对面的商场门口站着一个人。

　　那人穿着修身的长款风衣，双手插在兜里，正面无表情地看着前方发呆。

　　陈柯尧的视线原本是不经意扫过去的，扫到对方身上时，顿住了。隔着不远不近的距离，陈柯尧其实看不清对方的面容、五官，但这并不影响他在那一瞬间感到欣喜。

吸引他注意的不只是这人的长相，还有这人的衣品。绝大多数男性穿这样的风衣，都是一场惨剧，因为长风衣这东西很奇特，腿短的人穿着显得腿更短，腿长的人穿着则显得愈发身材高挑。

陈柯尧的视线在这陌生人身上盯了几秒后，引起了对方的注意。

当那人转过头，向他看来时，陈柯尧不由得产生了做贼心虚一般的慌张。他连忙转过身，拿起手机假装正在讲电话。

就这么硬着头皮举着手机装模作样了一会儿，当他再次小心翼翼地看过去时，人家已经走了。

陈柯尧当下便后悔了。他贸然过去搭讪，固然会引起对方的反感，但就算只有万分之一成功的可能性，至少也是个机会，眼下就这么错过了，希望便只剩下零了。

在原地发了一会儿呆后，陈柯尧下意识地摸了摸还装在口袋里的那张小纸片。

他不信玄学，但此刻他特别希望这小朋友的游戏能应验。

就在此刻，马路对面突然传来了一阵喧闹声。

陈柯尧觉得自己可能被命运之神眷顾了。

他在二十分钟后知道了对方的名字，在一个半小时后加上了对方的微信。三天后与对方共进晚餐。这一切美妙又不可思议，连那条他自己偷偷购买的小兔子手帕所带来的心虚和负罪感，都一起被蒸发。

他开始每天早上给自己定闹钟，就为了能及时回复对方起床后发来的第一条问候。

"早上好"，特别简单的三个字，他却能看三百遍。

戎逸是一个腼腆又不爱说话的人。

他很少主动开口，但当陈柯尧看向他的时候，他会立刻露出笑容，眼角那一点细微的弧度带来无限的治愈。

和他在一起的时候，陈柯尧每分钟都觉得恍惚。

陈柯尧从未想过，有生之年竟会遇到一个如此善解人意、完美无瑕的人。

美好到不真实，这一切简直像是假的。

还真是假的——

陈柯尧对着合不拢的车门，气到简直想笑。明明是一条大尾巴狼，他装什么小绵羊？

第二天，当陈柯尧满心悲痛地把车开去修理，被告知这种明显的非事故人为损坏，如果不报案，保险公司将不予理赔。

虽然完全称不上好聚好散，但陈柯尧也不至于为了这点钱，就把事情做绝。他留下车，刚要走人，工作人员拦住他，说在车里找到了一张身份证。

陈柯尧拿着这张证件看了很久，觉得恍如隔世。他坐在出租车上，一路长吁短叹。他犹豫再三，到家后还是叫了快递小哥，把身份证寄到了戎逸的公司。

毕竟他脱离了当时的愤怒情绪，回头再想，也并不是只有他一个人受到了伤害。

有些事没有谁对谁错，只是勉强不来。

陈柯尧在车门修好以后，立刻把车送去做了一个彻底的清洁。

他总有错觉，感觉车厢里还隐隐残留着戎逸的气味。那一丝隐隐约约、若有似无的甜味，飘散在车里的每个角落，使他身体不适。

他在心中暗暗祈祷，希望从今往后和这个人再也没有交集了。因为从各方面而言，这个人都太让他难受了。

可上天这一次完全没有听见他的声音。

其实要堵住他那隔三岔五就过来唠叨的父亲的嘴，还有许多别的方法，又或者再等上几天——以他房子的条件，想要找到租客应该很容易。

陈柯尧并不明白在那短暂的一瞬间，自己为什么会开口请求戎逸留下。

一直到很久以后，他才终于发现，他在接到他父亲电话的那个瞬间，心里是惊喜的。

因为那是一个光明正大，名正言顺，可以说服自己，也可以说服戎逸的最好借口。

但当时的陈柯尧只忍了几天，就开始崩溃了。他在脸上还包着纱布的某个晚上，打开论坛，奋笔疾书，哀叹命运对自己开了巨大的玩笑。

帖子写到一半的时候，他发现好像有点儿跑题，便想要删掉一些，可又做不到。反复看了两遍以后，他甚至觉得自己写得还不够，又添了几句。

他和他的老同学刘源感叹：你给我介绍的这个租客没有朋友，一定是因为脾气太臭了。

刘源说：你这么难搞的人就不要嫌弃别人了，好吗。

刘源这个人实在狭隘，陈柯尧和他没有共同语言。

至于和戎逸，好像还是有一点的。戎逸在陈柯尧面前终于不再小心翼翼地掩饰自我，于是陈柯尧有机会看到他有别于微笑或害羞的其他表情。

他时常嫌弃自己，还会板着脸皱眉或者干脆瞪自己，但他偶尔也会在自己面前哈哈大笑。被夸奖了做菜的手艺后，他会露出明显的得意神色；在得到自己的帮助后，他会小心又忐忑地示好；被逗了两句，他又会立刻恼羞成怒。

他变得生动，他做的小排骨真的特别好吃。他的温度和气息都让人感到温馨美好。

陈柯尧冲出电梯吐得天昏地暗时，整个思绪乱作一团。

他的胃一抽一抽地作痛，脑袋也跟着嗡嗡作响，生理性的眼泪止不住地往外涌，连扶着栏杆的手都在发抖。

有一只手在他的背上轻轻地拍了拍。

"你喝多了？"戎逸问他。

戎逸有着明显的醉意，语气听起来有别于平日，特别有趣。

陈柯尧转头看他。

戎逸的眼睛原本睁得很大，但与陈柯尧的眼睛对上后，他立刻眯眼了。

那模样像是在疑惑，又像是在担忧。

"要我扶你吗？"他在问话的同时，微微歪了歪头。

陈柯尧原本混沌的大脑在那一瞬间，突然产生了一个无比清晰而又强烈的想法。

他内心深处向往又恐惧的美好，近在咫尺了。

可没高兴多久，便发生了可怕的事情。明明已经顺利脱敏的他的胃开始隐隐作痛，之后，被戎逸逼着去预约了一个胃镜检查。

说是无痛，实际等麻药效果退去以后，陈柯尧依旧觉得嗓子眼和胃部隐隐残留着不适感。

最后的诊断结果，果然是浅表性胃炎。

"我难受。"回到家后，陈柯尧开始示弱。

"你以后不要再喝冰的酸奶了，知不知道？"戎逸安抚他，"从冰箱里拿出来，至少放半个小时，等摸上去不凉了再喝。"

"嗯。"陈柯尧点头，接着把脸贴过去，"我的嗓子和胃都好难受。"

戎逸皱着眉头看了他一眼，拍了拍他的肩："以后每天三餐按时吃吧，反正生物钟已经调整过来了，就别总是熬到后半夜了。"

陈柯尧犹豫了一会儿，点了点头："哦。"

见他一脸纠结，戎逸忍不住有些好笑："说好的'很乖、很听话'呢？"

陈柯尧想起那张被捏成一团，又被戎逸展开，接着在自己的疏忽下被遗漏，最终被戎逸烫平了装进相框、挂到墙上的信纸，心中悔恨不已。

戎逸笑着说："乖，晚上给你做小馄饨吃。"

戎逸出去买馄饨皮了，陈柯尧在家苦思冥想，琢磨着究竟要如何才能说服戎逸把那个相框拿下来，放进抽屉里。

万一有人来做客，进了他的房间，问这是什么玩意儿，那可如何是好。他一边想，一边在屋里转了几圈，最后来到厨房，打开冰箱拿出一罐酸奶，当下撕开便喝了起来。

冰凉的酸奶进了肚子，胃很快变得难受起来，他心中警铃大作。而就在他捏着酸奶盒子不知所措的时候，厨房外响起了大门被打开的声音。

脚步声步步逼近，陈柯尧汗如雨下。

完了，他想，他好像今天会被骂。

番外二

莫昱飞

临近年关，陈玄接到了一个来自儿子的电话。

陈柯尧在电话里问他要不要一起去外地过年，顺带旅游。

陈玄当下有些疑惑，但在陈柯尧报了地名后，他立刻了然。

他告诉自己那个傻儿子，他这边有些事，走不开。末了又叮嘱，去别人家做客记得带礼物。

在这些年里，陈柯尧对他的态度一直很别扭，理由他多少知道一点——陈柯尧心里始终放不下，认为曾经那些年里，姚岚受了苦。这孩子小时候明明和他更亲近，但长大以后，陈柯尧逐渐开始心疼自己的母亲。大概是因为人类的感情总是免不了倾向看起来柔弱的那一方吧。

陈玄对此并不觉得十分委屈，毕竟走出那段失败的婚姻后，他也逐渐意识到自己曾经有过太多错误。

好在陈柯尧在怨念之余，终归还是在乎他的。

对比姚岚，陈玄如今勉强也算是个孤寡老人。平日里也就罢了，大过年的，陈柯尧到底不舍得他一个人过。

被陈玄拒绝以后，见陈柯尧一副不放心的模样，便告诉他："放心吧，大年三十的时候，飞飞会陪我过，你就别操心了。"

陈柯尧果然不说话了。

陈玄当然是胡说的。莫昱飞最近挺忙的，临近年关接到了几个卫视的邀请，要去录制晚会，给全国人民拜年，正在赶的戏也因为投资方出了点纰漏，整个人焦头烂额。

这些是前些天莫昱飞和陈玄打视频电话时说的。原本两人只是在打语音电话，聊到一半时，莫昱飞突然说要给他看看自己不化妆时的大黑眼圈。

莫昱飞把脸贴在摄像头前，用手戳在自己眼睛下边，然后大声嚷嚷着："叔叔你看，我惨不惨？我累死了，我想死你了。"

他说完顿了顿，纠正道："叔叔，我特别想你。"

陈玄看着他就忍不住笑："你好好休息，什么时候有空回来，记得提前和我说一声，我好准备几个你爱吃的菜。"

莫昱飞在视频里猛点头，那模样看起来还是同以往一样乖巧。

其实莫昱飞不姓莫，他身份证上的名字至今还姓韩。不过到了如今，"韩昱飞"这个名字已经没有几个人叫了。早些年，他想去派出所改名字，但不符合条件，没通过审核。而当时陪同他一起去的陈玄比他更失望。

"也不是很要紧，"当时才刚成年不久的莫昱飞反过来安慰陈玄，"如果有得选，我更想姓陈。"

这孩子一旦突发奇想就收不住，差点真的用"陈昱飞"这个名字出道。好在陈玄的话，他还是愿意听的。

但听话不代表他不委屈。

"我觉得没有被叔叔当成自家的孩子。"他说。

陈玄赏了他一个栗暴。

"这么没良心的话都说得出口，叔叔也不想要这个孩子了。"

莫昱飞捂着脑袋，撇了撇嘴，然后说了一句让陈玄惊讶到开不了口的话。

"我知道，叔叔你希望我姓莫，是因为我妈妈。"然后他很快在陈玄不知所措的目光中笑了，"我不介意你在我的身上找她的影子。"

陈玄在短暂的惊愕过后，终于回过神来，移开了视线。

"胡言乱语。"他说。

事实上，莫昱飞在成年以后就变得愈发像他的父亲了，只有笑起来的时候，眉眼间会染上几分陈玄记忆中最美好的影子，陈玄不想多看。

但与现在不同的是，莫昱飞在童年时和他的母亲长得极其相似，以至于当年陈玄第一眼见到他，就毫不犹豫地确定了他的身份。

陈玄当时在夜色中看到那个坐在小板凳上，双手托着下巴，安静地看着天空的小孩，震惊到说不出话来。

情绪终于恢复平静后，陈玄走上前去，同那个小孩搭讪："小朋友，这么晚了，你为什么一个人坐在这里？"

小孩并不看他，依旧仰着头，说："我在看星星。"

于是陈玄也把头抬了起来。在厚重的云层和城市严重的光污染下，天空一片灰蒙蒙的，什么都看不清，连月亮都是朦朦胧胧的。

"哪里来的星星？"他问。

"不知道。"小孩摇头，然后说，"叔叔你要是看到了，告诉我一声。"

陈玄忍不住笑了，他蹲下身子问道："你为什么一个人在这里看星星？你的家人呢？"

然后，他看见这孩子抬起手，指向那片昏暗的天空："我妈妈应该在那里，但现在看不见了。"

陈玄顺着他的手指抬头，视线中依旧是一片昏沉。

片刻后，陈玄低下头来问道："你叫韩昱飞，对不对？"

小孩终于把视线落到了他的身上，问他："你认识我？"

陈玄指了指天空说："我认识她。"

小孩皱着眉，有些疑惑地看着他。

"你爸爸呢？"陈玄问，"这么晚了，他怎么让你一个人待在外面？你吃饭了吗？"

对方闻言，露出了有些苦恼的神情："我爸爸……在忙呢。"

莫昱飞当时的住所是隔音效果非常糟糕的老房子，他领着陈玄走过歪七扭八的破旧弄堂，最后停在一扇老旧的木门前。

"他就在里面，但你现在最好不要敲门，他会生气的。"莫昱飞压低声音道，"我爸爸生起气来，是很吓人的！"

陈玄当然不会敲门，在清晰地听见里面响起暧昧气息的污言秽语后，他恨不得立刻牵着这孩子离开这里。他在来之前就听说这个男人品行恶劣，却万万没想到会糟糕至此。

但当时还年幼的莫昱飞对此不以为意，又或者说，习以为常。

陈玄在惊讶和愤怒过后，拉着小孩离开了那条旧弄堂。

"你饿不饿？"他弯下腰问小孩，"叔叔带你去吃好吃的，好不好？"

小孩那双黑漆漆的大眼睛瞬间就亮了起来。

那天，陈玄在离开前给莫昱飞留下了自己的手机号码，嘱咐他有事可以随时联系。

两周以后，陈玄才意识到自己失策了——这孩子根本没有手机，家里也不见得有电话。那天他带莫昱飞去吃饭时，莫昱飞告诉他，自己根本没有任何零用钱。

陈玄当时想要给他钱，可他不肯要，说回去若是被他爸看到了，会被拿走。

那个孩子根本不具备联系陈玄的条件。

于是陈玄像上次那样横跨大半个城市，赶去找莫昱飞，可当他赶到时，那里已经人去楼空。

住在他们家隔壁的阿婆正在门口择菜，上下打量了他几遍后，主动开口问道："小伙子，你应该不是来讨债的吧？"

她告诉陈玄，一个星期前，那个男人因为藏毒，被警察带走了，而他的幼子似乎是被他们家的一个远房亲戚领回去了。阿婆对那家人的信息一概不知，只说听口音，看打扮，不像是本地人。

对陈玄而言，小孩从此可谓杳无音信。他在隐隐的担忧中度过了半年，直到有一天，他接到了一个陌生的来电。

号码是一个固定电话，陈玄在接听以前以为是广告推销。他按下通话键后，对面传来了嘈杂到让人感到轻微不适的背景音。

就在陈玄想要挂断时，那头响起一个怯生生的声音："叔叔，你还记得我吗？"

陈玄在如释重负后感到了强烈的欣喜："飞飞，你在哪儿？"

坐了两个小时的长途汽车，接着转乘了一辆小巴士，下车顺着破旧土路走了半个小时后，陈玄终于见到了那个让他放心不下的小朋友。

他一直记得莫昱飞在见到他后，瞬间哭出鼻涕的可爱模样。

后来当他就像每一个不合时宜的中年人那样，把这令人感到尴尬羞耻的童年旧事讲给当事人时，已经上高中的莫昱飞脸红了大半。

然后他小声说："叔叔你别笑我呀，我那时候真的很想见你。"

原本确实带着几分调侃之意的陈玄，反而成了更尴尬的那个人。

"我那时候都不确定你还记不记得我……我一直想给你打电话，可又不敢。我像收藏宝贝一样存着你给我留电话号码的那张纸，每天拿出来看一看，号码都背下来了，也舍不得丢。"

陈玄咳嗽一声，道："过去了，过去了，不说这些了。"

可莫昱飞非要说："虽然在那之前，我们只见过一面，但叔叔你已经是这世界上对我最好的人了。"

陈玄说不出话，自己那时候也无非是带他去吃了一顿饭，陪他聊了一会儿天，想要给他一点零花钱，还没能顺利给出去。自己对他的那一点点好，无非是在许多不好下被衬托出来的。

被乡下亲戚带走的莫昱飞过得非常糟糕，每天上学前、放学后，他都要帮着干活，完全抽不出任何时间做作业和复习功课。但更可怕的是周围人的态度——村子里和学校里的所有人都知道，他是"劳改犯的孩子"。大人们尚且只是窃窃私语，孩子们不会对此加以掩饰。

"我爸爸说我不可以和你一起玩。"

"你妈妈是自杀的？她为什么自杀？"

"我听他们说，你妈妈是被你推进河里的！"

莫昱飞从一开始的茫然无措，到后来顺着他们的话，也胡说八道。

那张被陈玄随手拿来写电话号码的餐厅广告单，成了他那段时间里生命中唯一的光。

陈玄终于知道这一切时，莫昱飞正忙着和陈柯尧争宠。

这俩小子从第一次见面就不太对付，或者说，是莫昱飞单方面和陈柯尧不对付。毕竟陈柯尧脾气好，平日里很少主动与人起争执。但莫昱飞在大多数时候也是一个随和的人，他只在陈柯尧面前特别多事，明里暗里非要一较高下，还喜欢绞尽脑汁地打小报告，十足的小人嘴脸。

陈柯尧有点儿耿直，被针对久了自然也不会毫无所觉，于是理所当然地对他没有好脸色。外加原本就对莫昱飞的存在感到不满的姚岚经常埋怨，陈玄每日头痛欲裂。

无奈之下，他只能私下找莫昱飞谈话："你为什么那么不喜欢你哥？"

莫昱飞摇头："我没有不喜欢他呀。"

"那你为什么老是针对他？"陈玄说，"尧尧这个人我最清楚，他性子直，又不太会说话，有时候得罪了人，自己也不知道，但其实他从来没有坏心的。

275

要是他说错了什么话，你看在叔叔的面上，别往心里去，好不好？"

莫昱飞垂着视线沉默了很久，突然说："他是我哥，他叫你'爸爸'，我却只能叫你'叔叔'。"

"这世界好不公平，"莫昱飞说，"为什么我生来不能是你的孩子呢？"

陈玄在他的脑门上弹了一下："你妈要是和我在一起了，也生不出你来……"

后来，这两个小屁孩儿的关系缓和了一段时间，陈玄却是半点也高兴不起来，他担心这是暴风雨前的短暂平静。焦急的老父亲不得不轮流地找这两个孩子谈话。

陈柯尧从小就是让人省心的孩子，哪怕小时候一度因为精力过剩而让人应付不来，送进少年武术班后就痊愈了。

他在童年时和独立后都很乖巧，唯独那段时间，恰好撞上了他人生中短暂的叛逆期。

陈柯尧和莫昱飞不一样，莫昱飞会低下姿态，小心翼翼地对着人撒娇，但陈柯尧不懂这一套。他一旦倔强起来，头特别硬，于是父子俩拍着桌子大呼小叫一顿吵，最终不欢而散。

陈玄从来就不是一个严父，在儿子面前缺乏威信，迫于无奈，他只能从莫昱飞那儿下手。莫昱飞果然态度完全不一样。

陈玄语重心长地长篇大论，最后总结陈词："叔叔希望你们两个都能永远过开心快乐的日子，你明白吗？"

"我现在就很开心，很快乐，"莫昱飞说，"为什么要想那么多呢？所谓的永远是多久？也许我明天就死了。那现在快乐，对我而言就是永远都快乐了对吧。"

"飞飞，你在胡说什么？！"陈玄觉得十分无力，"好好的，为什么要去做这样的假设？"

"我已经死过一次了，"莫昱飞看着他，"我现在只想顺着自己的心意，做想做的事情。真的不行吗？"

陈玄无言以对。莫昱飞确实去鬼门关走过一回——他的母亲当初在绝望之际跳河，是带着他一起的。被好心人从水里捞出来的时候，他一度停止了呼吸。

陈玄会知道这些，是因为后来有人辗转找到他，想向他讨要当年垫付的住院费用。

这是莫昱飞本人第一次向他提及这段往事，用的口吻并不算郑重，但其中所蕴含的心情却让他无法做出任何反驳。

果然，没多久，这两个孩子就彻底撕破了脸。对比陈柯尧的愤怒与决绝，莫昱飞平静得多，他一直在试图求和好，态度几乎可以用"低声下气"来形容。

但没有用，平日里越是温和的人，发起脾气来就越是可怕。

"他说我在恶心他，"莫昱飞告诉陈玄，"我也会觉得伤心呀。"

陈玄不知道说什么才好。

陈玄说："两个人的相处要将心比心，遇到同样的事，你也会如此的……"

"不会。"莫昱飞说。

陈玄有些无语，甚至笑了："可能是因为不是每个人都曾经死过一次，都想得那么开吧……"

在陈柯尧和莫昱飞撕破脸后，陈玄一直忧心忡忡，直到莫昱飞又像往常那样给他打电话，并且告诉他，自己又被陈柯尧骂了。

"他新交的朋友，看起来挺不错的。"莫昱飞说，"叔叔你别总是操心他了，你多关心关心我好不好？"

陈玄心想：我还不够关心你吗？

但他没说出口，因为这小子会打蛇随棍上。

"既然挺好的，你可别去捣乱。"陈玄说。

莫昱飞沉默了一会儿，答道："哦，你说的我都听。"

那之后，一切果然特别顺利。

虽说陈柯尧因此连过年都不能陪他过，但陈玄觉得这也没什么不好的。

孩子长大了，总要有属于自己的人生。陈玄到了这把年纪，对所谓的节日也没那么在意了，没有人陪伴，权当是个普通日子那样过就行了。

话虽这么说，但他还是在除夕夜给自己额外烧了几个菜。

坐在饭桌前，他想着剩菜估计得吃上至少两天时，他接到了一个电话。

"叔叔你快下来，东西太多，我一个人提不了，得要你搭把手。"莫昱飞在电话里大声嚷着，语气欢脱又兴奋，"对不起，忘记提前告诉你让你做准备了。"

番外三

雷霆、闪电、周砾

当初会收养闪电，对刘源而言完全是一个意外。

他那天因为忘带资料，中午临时回了一趟家，走到楼下就看见隔壁家还不满十岁的小姑娘抱着一个透明的小盒子蹲在地上，眼睛红红的。

刘源走到她跟前，也蹲下身子。小姑娘抬起头，接着"哇"的一声哭了："刘源哥哥，姥姥让我把小巴豆丢掉。"

刘源皱着眉，看向盒子角落里缩在碎木屑里的那只小白团子，有些为难地伸手抓了抓头发。

从前他还在念小学时也养过宠物，也是一只仓鼠。那只仓鼠灰扑扑的，背上有银色的花纹，可爱又帅气。刘源给它起名"雷霆"。

雷霆是一只特别黏人的仓鼠，只要人把手伸进盒子里，它就会自动跳进人的掌心里。刘源那时候最喜欢做的事，就是在指头上蘸一点水，伸进笼子里，等雷霆舔他的指尖。每到那一刻，他就会觉得心口特别暖，还特别软。

在他的悉心呵护下，雷霆活了一年半，寿终正寝，在仓鼠界算是一个老寿星了。

但对于一个小孩子而言，第一次尝到生离死别的滋味，总是难以消化。刘源给雷霆造了个墓，墓上还种了一棵树。然后他决定再也不养宠物了，看着它们离开，太难受了。

时隔多年，刘源还是把小巴豆带回了家。然后他在未经原主人允许的情况下，给它改了名，叫闪电。

闪电是一只和雷霆很不一样的仓鼠，它是奶茶色的，浑身没有杂毛，而且特别胆小，和刘源相处得并不融洽。

刘源给它买了豪华的双层笼子，买了磨牙石，买了高级仓鼠粮，买了补充营养的小虫干，买了芳香洗澡沙。

闪电对这些都很喜欢，但它不喜欢刘源。

每天晚上，刘源关了灯躺上床，都能听到它在滚轮里欢快奔跑的轱辘声，可等天亮了，他跑去笼子边看时，闪电会立刻躲起来。

没有亲密接触，就很难建立感情。

刘源觉得这样也不坏，这小东西的寿命太短暂了，如果彼此感情不深，分别的时候就不会伤心了。

他这样想的同时，每天依旧毫不气馁地试图和闪电搞好关系。他把瓜子放在手心里，再把手往笼子里伸，然后一动不动。

闪电一开始反应激烈，对着他龇牙咧嘴，但几个月后，它终于鼓起勇气凑上来，嗅刘源的手指。又过了一段时间，它会飞快地蹿上刘源的手心，抱起瓜子就走。

一直到一年后，当它第一次蹲在刘源的掌心里嗑开了瓜子壳，悠闲淡定地把瓜子仁塞进嘴里，刘源感动得快要哭了。

但这时的闪电，已经是仓鼠界的老寿星了。

"它的年纪越来越大，它开始掉毛，吃得也少了。再后来，它的肚子上长了一个小疙瘩。我带它去看医生，医生说它这把年纪了，没必要治疗了，不如安乐死。"

"咦？"周砾睁大了眼睛，惊讶地看着他。

刘源冲他笑了笑，说："我当时还在犹豫呢，毕竟舍不得。其实那天我本来是想下了班就送它去医院的。"

周砾低下头，抿着嘴不吭声了。

"放心啦，那个小疙瘩应该没毒。"刘源说。

"不是，"周砾摇头道，"我不是担心这个。"

刘源边走边微微转头看他。

周砾的眼睛垂着，从刘源的角度看去，只能看到他左眼长而卷曲的睫毛。那和他蓬松的短发一样，会带给人一种温柔的错觉。

"你要是实在觉得过意不去呢，"刘源舔了舔嘴唇，"也有别的方式能补偿一下。"

周砾立刻抬头看他。

"比如，立刻安慰我一下？"刘源说。

周砾的眉头立刻皱了起来。

"什么乱七八糟的，"他重新低下头，"闪电听了都生气。"

刘源笑着耸了耸肩。

交谈间，两人已经到了戎逸和陈柯尧家的楼下。

等电梯时，刘源感慨道："你还记不记得我们第一次见面是在哪里呀？"

周砾的表情十分微妙。

刘源冲他笑，而他立刻别过了头。

刘源今天会来这里，是因为一年一度的老同学聚会。

当初他们寝室里的四个兄弟，至今关系仍然非常不错，但苦于工作忙碌，很难凑到一起聚一聚，因此为了联络感情，他们每年都会找一个固定时间，大家一起吃顿饭。

往年都是订在酒店，今年陈柯尧主动提出不如去他家，比较自由，没有时间限制，去得早还能多聊一会儿。

因为大家都会带朋友一起参加，所以刘源在来之前，问了周砾有没有空，原本他没抱什么期望，没想到周砾竟一口答应了。

刘源才想自己很有可能是沾了戎逸的光。

他偶尔也会有点儿羡慕，就像当年十分羡慕陈柯尧一样。长得帅气的人更讨人喜欢，虽然他本人一直为此苦恼，但刘源免不了日常羡慕。

每当这种时候，刘源都会姑且安慰自己，至少在感情经历方面，他比陈柯尧丰富许多。

刘源很小的时候就开始谈恋爱了。

当时的对象是一个扎着长长的双马尾，眼睛特别大的小女孩。班级里还有一个特别顽皮的小男孩儿也喜欢她，每天揪她的辫子，抢她的牛奶。而刘源每天会把自己的牛奶送给她喝，所以顺利赢得了芳心。

可惜临近毕业，那女孩转学了，初恋因为距离而惨遭夭折。

升学后，他谈过恋爱，对象是比他高一个年级的校友，长得特别漂亮。

刘源对人家一见钟情，穷追猛打，然后就顺利地与那人在一起了。

后来两人分手，是因为刘源发现自己的对象其实暗恋高中部的一位学长。

刘源当时说：只要你回心转意，我可以当作没有这回事。

可惜对方告诉他：对不起，我真的喜欢那个学长，我们分手吧。

再后来，他的对象是坐在他隔壁的女孩。两个人说不清谁先喜欢上谁，自然而然就在一起了。这一次恋爱的时间持续得特别长，感情也很稳定。

一直到两人分别考上不同的大学，刘源还信誓旦旦地对她说，四年以后，我们就结婚。

后来他在大一下学期发现女孩儿休学了，休学原因是流产。他会发现她休学，是因为她很久没找他帮忙写英语作文，而这时他们已经半年没见面了。

把内情告诉刘源的那个老同学还说，害她流产的人是个十足的"人渣"。

刘源千里迢迢赶回去，告诉她，我知道你受伤了，我愿意陪你一起走出来。女孩当时感动得大哭不止。可两个月以后，刘源发现女孩儿依旧和那个"人渣"藕断丝连。

她又一次对着刘源哭，说：我也不知道怎么办，我放不下他。

一直到大三上学期，刘源才缓过劲来，然后喜欢上了一个天仙一样的小学妹。

小学妹是真的漂亮，追求者无数，而刘源顺利地脱颖而出。

可惜这段感情只持续了大半年，小学妹提出分手时说：你很好，但我们在一起没有共同语言，我觉得和你在一起很没有激情。

刘源不是很懂自己为什么会被甩。他可以在大冬天里天还没亮就冒着严寒去食堂，替她买早点，送到她寝室楼下；他会翘自己的课，特地去图书馆帮她占座；他能因为她一句玩笑话，大半夜翻墙出宿舍，给她和她的舍友买夜宵；他每天早起，帮她去操场跑圈打卡；期末时，他甚至帮她代写论文。但她觉得他没意思。

他们分手以后，小学妹有了新对象，时不时过来找他诉苦。她对他说：你真好，我们能不能永远做好朋友？

刘源闻言，哭笑不得。

后来有个人对他说，你的问题在于人太好了。那些人因为你好，所以和你在一起，又因为你太好了，所以不珍惜你。

那个人还说：当初看着你们俩在一起的时候，我特别想谈恋爱，因为我期待自己也被珍视。但我不会期待那个人是你。

后来刘源和这个人在一起了，但毕业后还是分手了。因为对方家里希望刘源家能全款买一套婚房，而刘源当时拿不出那么多钱。

他们是和平分手的，对方最后和他说：你记得，以后就算再喜欢一个人，也得给自己留一点余地。

刘源觉得这太难了，他看到在意的人就高兴，什么都想顺着对方，控制不住地想对对方好。

哪怕对方看起来并没有那么在意他。

"你傻笑什么呀？"电梯里，周砾皱着眉头看向刘源。

刘源摇头否认，又突然想到了什么，叮嘱道："待会儿看到我那两个朋友，你可得给我留点儿面子。"

周砾疑惑地看着他。

"不然他们老取笑我。"刘源说。

周砾移开了视线："什么鬼。"

他虽然这么说，但当两人走到门口时，他还是默默往刘源身边挪了半步。

开门的人是陈柯尧，他一边把两人往家里迎，一边问他们饿不饿，要不要先吃点心。

刘源和周砾走进客厅，发现他们是到得最晚的，另外两位老兄已经围坐在桌边了，还各自捧着一个小碗。

"戎逸做了虾肉小馄饨，特别好吃，我给你们也盛一点吧？"陈柯尧说。

戎逸是真的很会做菜，刘源有幸吃过一次，色香味俱全。虽然那天吃饭的时候他心神不宁，但他依旧无法忽视其美味。

今天的虾肉小馄饨也是一绝——皮子薄得通透，又完全不黏糊，馅料鲜香，虾肉微弹，配上汤料里的紫菜和蛋皮，使人意犹未尽。

刘源一口气吃了两碗，还想再添，惨遭拒绝。

"戎逸晚上准备了好多菜呢，你留点儿肚子行不行？"陈柯尧一副嫌弃刘源没见过世面的鄙视表情，"你来之前没吃午饭吗？"

"可不是？"刘源大言不惭道，"有人请客，我当然得饿着肚子来。"

"丢不丢人？"陈柯尧把视线转向周砾，笑着说道，"你看看他。"

周砾不吭声。

老同学难得见面，气氛自然热闹。

除了陈柯尧，大家都是第一次见到周砾，都同他开玩笑。

当年的寝室长故意问周砾："想不想知道刘源大学的时候是什么德行？"

周砾看了刘源一眼，小心翼翼地点了点头。

刘源十分慌张，生怕这两个没心眼的损友故意提他的黑历史，连忙打岔。

"哎，从进来到现在，怎么都没见到戎逸？他人呢？"他对着周砾说道，"你怎么也不去看看他？"

戎逸自然是在厨房里忙活，但周砾十分难得地并不乐意立刻去找他，看起来周砾对刘源曾经的经历很感兴趣。

寝室长见状，笑得一脸神秘，问周砾："你觉得我们源儿怎么样？"

周砾有点拘谨地说："挺好的。"

他刚说完，可能是想起刘源在进门前说过的话，补了一句："特别好。"

刘源很痛苦，担心那两个不要脸的损友立刻把他的故事说出来，为此，他不惜放了个伤敌一千，自损八百的大招："有烟吗？"

他刚说完，周砾微微蹙起了眉头。

刘源从大学起就抽烟，工作忙的时候，他一天能抽掉一整包，有烟瘾。

但他最近戒了。抽烟的人一般意识不到自己身上的味道，刘源痛定思痛，决定远离这种气味，好在努力至今，颇有成效。

眼见寝室长开始发烟，周砾立刻站起身，表示大家先聊，我去看看厨房里有没有需要帮忙的地方。

刘源拿着烟，没点。他在房间逐渐变得烟雾缭绕的时候，借口要去上厕所，然后跑去厕所斜对面的厨房里找周砾。他才刚过了拐角，就发现周砾正站在厨房门口，一副为难的模样。

刘源好奇，下意识蹑手蹑脚。周砾一注意到他，立刻抬手比画。

"我们回客厅吧？"周砾像做贼一样，用气声对刘源说。

刘源顺着他方才的视线往厨房看了一眼，立刻了然。

厨房里，戎逸正站在料理台前忙活，背后站着一个不帮忙、只添乱的陈柯尧。

周砾拽着刘源的袖子，当即就往客厅走。

客厅里都是烟味，周砾也不想回去，两人便站在走道里。

周砾看着面前的人，一副不满的模样。

"你是不是有什么不可告人的事情怕被我知道？"他问。

"我怕这些人故意败坏我的形象。"刘源说，"室友之间的嫉妒心也是很可怕的。"

周砾看着他问："嫉妒你什么？"

刘源不说话，只是看着他笑。

因为刘源的怂恿而在客厅里抽烟的两位老哥，被陈柯尧痛骂了一顿，理由是戎逸不能闻这些有毒有害气体。

陈柯尧骂完不懂事的客人，关掉空调，打开屋子的所有门窗，把所有人冻得瑟瑟发抖。

"刘源先说要抽的！"寝室长指证。

刘源手一摊："我又没抽。"

而站在刘源身边的周砾居然"扑哧"一声笑了。

晚饭时，刘源喝了不少。周砾以前没见过他喝酒，眼看着他脚边的啤酒罐堆了起来，当下便十分慌张。

席间大家都怂恿陈柯尧干上一杯，这个人以往总推说要开车，所以滴酒不沾，但如今他就在自己家，这理由必然不能作数。

陈柯尧本来十分坚定，直到戎逸也加入了劝酒的行列："今天难得你们老同学碰个面，你多少也要给点儿面子，喝两口有什么关系。"

说完，他主动帮陈柯尧拿了一个杯子，并且倒上了酒。

陈柯尧看着戎逸时，神情极其微妙，然后在戎逸的注视下，他默默地把那杯酒喝完了。

刘源万万没想到这会是自己末日的开始——那两位方才看似要掀他老底的老哥最终很有分寸，并没有多说什么，当然，也有可能是他们根本找不到机会说，因为全被陈柯尧一个人说完了。

"他，"陈柯尧第二十三次指向刘源，"那时候偷偷哭过。我看见了，怕他介意，所以假装不知道。"

"我听你胡扯！"刘源抓狂，"你就喝了那么点儿，怎么胡说八道呢？"

陈柯尧表情严肃地说："是真的，我真的看到了。那天你躺在寝室床上，突然擤鼻子，我本来以为你是感冒了，结果回头一看……"

"你做梦呢。"刘源打断他。

"那是什么时候的事？"周砾突然插嘴。

陈柯尧闻言，一脸苦思："我想想……他被甩哭太多次了，我有点儿混淆……"

"你别听他乱说，"刘源垂死挣扎，"没有的事。"

"真的有，"陈柯尧不依不饶，"这怎么是我胡说呢？我后来不是还陪你去校门口的烧烤摊喝酒了吗？虽然我没喝。"

刘源很绝望，甚至想和他绝交。

好在此时戎逸开口："你去把厨房里的那几个碗洗了。"

闻言，陈柯尧十分乖巧地点了点头，站起身来，晃晃悠悠地走了。

"他喝多了就喜欢胡说。"戎逸冲众人微笑，"你们别在意。"

谁知刚离开的陈柯尧又回来了："我没有胡说，是真的！"

戎逸急得直瞪他："你快去吧！"

刘源头痛，也分不清是因为今天喝多了，还是被刚才的陈柯尧闹的。戎逸后来偷偷道了歉，说没想到陈柯尧会提这一茬，他很不好意思。

刘源表面上说没关系，其实心里慌得很。

他想知道周砾会怎么看自己。

两人从陈柯尧和戎逸家出来后，没有立刻叫车，因为周砾也喝了点儿酒，说觉得热，想吹吹风，于是他们就在人行道上散步。

走了几步，周砾问："他说的到底是不是真的呀？"

刘源觉得有点儿尴尬，不知道该不该否认。

"那个人真讨厌。"周砾继续说道，"你眼光真的不怎么样，怎么老看上那种人啊。"

"我……"

周砾突然停下了脚步，而后转身面向刘源，却不抬头看他。

刘源以为周砾要说什么，但等了老半天，他什么也没听见。

于是他主动开口：“我觉得我现在的眼光挺好的。”

周砾安静了一会儿，突然点了点头：“嗯。”

“你不会……不会再有下一次了。”周砾说完，拉着他继续往前走。

“什么？”刘源舔了舔嘴。

周砾回头看他：“我是说，不会再有让你难过的事情了。”

周砾重新低着头往前走去：“你这次眼光不错。”

刘源被他拖着，不得不加快了脚步，他一边笑，一边默默想着：果然耐心还是会有意义的。

就像他当初养那只小仓鼠一样，花了时间，投入精力，终归等到它愿意蹲在他的掌心里愉快地嗑瓜子。

而这一次，他不用再担心小仓鼠会太早离他而去了。

番外四

新书签售

~~~~~~~~

队伍长得可怕。

戎逸捧着怀里的书,低头看了一眼时间。

离他开始排队已经过去了一个半小时。如果早知道需要站那么久,他万万不会凑这个热闹。可眼下身后蜿蜒曲折一直延续到大马路上的队伍已经远长于身前的队伍,放弃可惜,他决定还是再坚持一下。

他身后排着两个二十多岁的年轻女性,原本素不相识,趁着这一个多小时已经聊成了好朋友,此时正兴冲冲讨论着书中的情节。

戎逸手上的书是刚买的,还没看过内容,不方便加入谈话,在一旁听着倒也有滋有味。

新作的男主角似乎是一个看起来气场强大但骨子里温柔可爱的家伙,初见面时总能轻易地把人唬住,而被他的魅力吸引成为他的队友后,一些人大呼上当,对他的喜爱却分毫不减。

那两个女生对这个充满"反差萌"的主角迷恋不已,兴冲冲地讨论他究竟和哪一个配角更相称。

戎逸听着心痒痒的,恨不得立刻打开书抓紧阅读。

但时间已经不充裕。队伍又往前挪了一截,过了拐角,戎逸一眼便看见了队伍尽头的长桌,和正坐在桌后一脸严肃的男人。

他身后的女生感慨:"真的好帅!"

"确实,"另一个女生点头附和,然后疑惑道,"他为什么会给自己起

'岚山幽梦'这种笔名？"

因为那不是他起的。

知道真相的戎逸忍着笑低下了头。

又等了几分钟，他终于能把刚买来的新书递到岚山幽梦老师的面前。

对方头也没抬，一边签字一边非常机械地说了一句"谢谢你的支持"。

戎逸见状，半弯下腰问道："老师，能多写一句祝福语吗？"

"不可以哦，"一旁的工作人员见状立刻出声阻止，"今天只签名。"

戎逸耸了耸肩，唇角微微带笑。

他面前已经抬起头来的陈柯尧正瞪大了眼睛，一脸诧异。

两人就这么对视了几秒，陈柯尧笑了起来。他低下头，在已经签好的笔名旁又画了个小图案。在把书递还给戎逸的同时，他转头问一旁的工作人员："这是我朋友，可以让他进来吗？"

戎逸被引着绕过桌子往里走时回头看了一眼，方才排在他身后的女生正惊讶地看着他交头接耳。

她们可能很纳闷，既然认识为什么排那么长时间的队。

因为陈柯尧非要装神秘，扭扭捏捏不愿意告诉他新书上市的消息，今天出门时还撒谎只是"朋友聚会"。

戎逸在休息室的沙发上玩了半天手机，陈柯尧终于甩着手走了进来，一脸别扭地问道："你干吗排队，累不累啊？"

"累啊，累死了。大作家太受欢迎了，"戎逸刻意地说道，"我又没有被邀请，想要签名除了排队还有什么法子？"

陈柯尧有点尴尬，傻笑了两声。

"还装，要不是我正好刷到广告，都不知道你新作已经开售了，"戎逸板下脸来抱怨，"我就说你最近怎么鬼鬼祟祟的，居然还瞒我。"

"哪有，"陈柯尧明显心虚了，"只是没特地提罢了，又不是什么大事。"

"没瞒吗？你不是说今天是出来和朋友聚会的吗？"戎逸问。

"没错啊，"陈柯尧振振有词，"和读者朋友聚会啊！"

"所以本读者朋友也来共襄盛举。"戎逸说着做作地捶了捶自己的大腿，"排得我累死了。"

他嘴上这么说，实则心中并无不满，能看到陈柯尧那副惊呆的傻样，已经算是值回票价。

陈柯尧讪讪地走到他身旁，坐了下来："算我不对，晚上请你吃饭。"

戎逸点头："那就给个面子吧。"

可惜，陈柯尧没能兑现诺言。

出版社的人组了个局，理所当然地邀请他出席。陈柯尧不太想去，碍于编辑的面子，不方便推辞。

戎逸被迫当了一次拖油瓶。

他完全是个外行，饭桌上听人互相介绍一个个似乎都颇有来历，却又闹不明白其中各种玄妙，只能全程坐在陈柯尧身旁发呆，偶尔和陈柯尧说说小话。

所幸他外表颇具威严，自我介绍时只简短说了"我是岚山老师的朋友"，又时不时和陈柯尧这个主角交头接耳。陈柯尧时不时为他夹菜倒水，更衬得他高深莫测，旁人自然不敢随意递话。

席间他听人提起了这部新作的若干合作，除了影视剧外，还有手游、漫画等项目，听得他一愣一愣。

终于散席，陈柯尧迫不及待带着他开溜，因为席间喝了点酒不方便开车，只能找代驾。

手机上半天没人接单，两人站在停车场外吹了会儿风，陈柯尧提议不如去附近散散步。

戎逸当下同意，陪着陈柯尧一同晃悠到了不远处的江边，才开始后悔。

"我今天站了两个多小时，脚都痛了，"他抱怨，"你这会还让我陪你乱走。"

陈柯尧咂嘴："你缺乏锻炼。"

戎逸瞪他一眼，本想作势踹他一脚，忽然想到了什么，笑着作罢："今天就算了。"

"有诈，"陈柯尧不安，"是什么让你良心发现？"

"第一次直观感受到你有多受欢迎，刚才饭桌上那些人也是一口一个'老师'，"戎逸感慨道，"你的形象一下子高大起来了。"

陈柯尧又嘚瑟又有点儿不好意思，清了清嗓子："知道了吧，以后对我尊敬一点。"

"才不惯着你呢，"戎逸说完随口问道，"刚才听他们说影视版权什么的……大概能有多少钱呀？"

他纯粹是好奇，只想长长见识，待陈柯尧报了实际数字，瞬间目瞪口呆，心态也变了。

"我觉得我们之间出现了巨大的隔阂……"戎逸连连摇头，"已经不是一个阶级的了。"

"别啊，"陈柯尧可怜巴巴地贴上来，"我的就是你的。"

"说得好听，要不是我无意中发现，你压根不告诉我。"戎逸说。

"不是的，不说其实是因为……因为……"陈柯尧莫名羞赧，抬手抓了抓头发，"因为怕你看了新书会笑话我。"

"借口，"戎逸不信，"我前几本都看了，都很喜欢，怎么可能笑话你？"

陈柯尧并不解释，舔了舔嘴唇，突兀地转移了话题："对了，我最近有点想搬家。"

戎逸惊讶："啊？搬去哪儿？"

"我们现在住的房子是我大学毕业刚赚钱的时候买的，那时候手头比较紧，所以选择范围有限，"陈柯尧说，"现在有条件了，想换个更好的地方。"

戎逸皱眉："我觉得现在挺好的，如果你搬的话，那我……"

"不好，很不好。我想把起居室和书房分开，再设置一个活动房用来摆放运动器械，各个功能独立开来，这样以后我们也不容易互相影响，"陈柯尧比画着，"你不是说想买咖啡机，还想要大型烤箱吗？现在的厨房都摆不下。"

戎逸默默闭上了嘴。

"你本来想问什么？"陈柯尧问。

戎逸摇了摇头："没什么。"

"你未来几年都没有换工作的打算吧？"陈柯尧又问。

"没有，"戎逸不解，"怎么突然提这个？"

"那就更应该搬家了，"陈柯尧说，"你现在上下班还要坐车，不方便。我们可以换个离你公司更近的地方。"

他说得过分理所当然，戎逸一时间说不出话来。

"你觉得呢？"陈柯尧问。

戒逸扭头看向另一侧："无事献殷勤。"

"有事，非常有事，有很多事，"陈柯尧说，"你每天来回省下统共一个小时的通行时间，晚饭也能多翻点花样。"

"什么意思？"戒逸故意曲解，"嫌我做的菜没新意，吃腻了？"

"怎么会啊，吃不腻的，"陈柯尧认真解释，"你别说，刚才那家饭店价格不便宜，但菜的口味也就那样。我吃的时候就在想，手艺还不如你呢。"

他太会说了，戒逸再也挑不出刺，低着头努力忍笑。

"就这么说定啦？"陈柯尧问。

戒逸明知故问："那我要付房租吗？"

陈柯尧笑了："付过了。"

"我怎么不记得？"戒逸问。

"真的，已经付过了，"陈柯尧往前走了两步，放缓了语调，"没有你，也不会有这本书。"

戒逸略感惊讶："什么？"

"你搬来以前，我好几年没有动过笔了，没灵感，硬着头皮写出来的东西一团糟，被骂得不行，"陈柯尧依旧背对着他，也不知是不是不好意思，"但这本评价特别好，你知道为什么吗？"

戒逸隐约猜到了答案，却没有说出口，刻意问道："是什么让你又有灵感了？"

"你买来还没看吧？"陈柯尧转身看他一眼，"看了就知道了。"

"你这部作品那么成功……我好像也是有一点功劳的。"他试探着说道。

"是、是吧，嘿嘿，"陈柯尧傻笑起来，"所以说，不是无事献殷勤。"

说完，他转过身，略显忐忑地看向戒逸的眼睛，问道："你觉得怎么样？一起搬吧。"

戒逸忍着笑低下头，答道："听起来还不错，我考虑一下吧。"

"嗯。"陈柯尧自信地点头，"我知道，这对你来说就是答应的意思。"

戒逸看了他一眼，终于忍不住笑出了声。